GILLES DEL PAPPAS

Der Kuss der Muräne

Buch

Der ehemalige Fotograf Constantin hat sich in Marseille niedergelassen und führt dort ein beschauliches Fischerleben unter der provenzalischen Sonne. Da geht ihm eines Tages eine dunkelhäutige Nixe ins Netz. Sie schwimmt auf offener See auf sein Boot zu und bittet ihn, sie nach Marseille mitzunehmen. Doch kaum ist die verführerische Juliette bei Constantin untergeschlüpft, geschehen grausame Morde. Was suchen Juliettes Verfolger, das sie sogar über Leichen gehen lässt? Und inwiefern ist sie selbst in die Vorgänge verstrickt? Constantin bringt sich in höchste Gefahr, um der Wahrheit auf den Grund zu kommen ...

Autor

Gilles del Pappas ist als Sohn eines Griechen und einer Italienerin ein echtes Marseiller Gewächs. Wie sein Held Constantin arbeitete er als Fotograf und Filmemacher, bevor er zu schreiben begann. »Der Kuss der Muräne« ist der Auftakt einer überaus erfolgreichen Krimireihe um den Griechen Constantin, die mittlerweile 12 Bände zählt. Del Pappas gilt als Meister des atmosphärisch dichten mediterranen Kriminalromans und als würdiger Nachfolger Jean-Claude Izzos.

Weitere Kriminalromane von Gilles del Pappas in Vorbereitung.

Gilles del Pappas

Der Kuss der Muräne

Kriminalroman

Aus dem Französischen
von Michaela Messner

blanvalet

Die französische Originalausgabe erschien 1998 unter dem Titel »Le Baiser du congre« bei Editions Jigal, Marseille.

FSC
Mix
Produktgruppe aus vorbildlich bewirtschafteten Wäldern und anderen kontrollierten Herkünften

Zert.-Nr. SGS-COC-1940
www.fsc.org
© 1996 Forest Stewardship Council

Verlagsgruppe Random House FSC-DEU-0100
Das für dieses Buch verwendete FSC-zertifizierte Papier *Holmen Book Cream* liefert Holmen Paper, Hallstavik, Schweden.

1. Auflage
Deutsche Erstausgabe September 2008 bei Blanvalet, einem Unternehmen der Verlagsgruppe Random House GmbH, München.

Umschlaggestaltung: HildenDesign, München
Umschlagfoto: © Shutterbox/Russel Swain
Redaktion: textinform, Gerhard Seidl
LW · Herstellung: HN
Satz: Buch-Werkstatt GmbH, Bad Aibling
Printed in Germany
ISBN 978-3-442-36937-9

www.blanvalet.de

Muräne

Klasse: Osteichthyes oder Knochenfische
Unterklasse: Strahlenflosser oder Actinopterygii
Ordnung: Aalartige oder Anguiliformes
Familie: Muränen
Verbreitung: Mittelmeer und tropische Gewässer
Lebensraum: Korallen- und Felslöcher

Besonderheiten: Die MURÄNE ist ein nachtaktiver Fisch, der sich tagsüber in Höhlen und Spalten versteckt und nachts auf Jagd geht. Die bekannteste Art ist die Mittelmeermuräne; sie ist bräunlich mit unregelmäßigen gelbgeränderten Flecken und kann eine Länge von eineinhalb Metern erreichen. Der Körper ist schlangenähnlich und schuppenlos. Die Muräne kann sehr fest zubeißen, ihr Blick wirkt stechend. Sie klappt ihren Mund im Sekundentakt auf und zu, um sauerstoffreiches Wasser durch den Kiemengang zu pumpen.

Schon die Römer schätzten sie als Delikatesse. Ihr Biss und auch ihr Blut sind giftig wie das von allen Aalen und Muränen.

Bei Féfé wird hart gearbeitet.

Heute Abend legen wir vor den Frioul-Inseln die Netze für die Rotbarben aus. Wenn die Sonne diese Farbe annimmt und von weit draußen diese hauchzarte Brise heranweht, dann sind die Rotbarben dran.

Ich habe schnell gelernt, zum einen, weil ich einen guten Lehrer hatte, nämlich den alten Mann, und zum anderen, weil ich recht schnell im Kopf bin, wenn mir etwas liegt. Und das hier liegt mir so sehr, dass ich beschlossen habe, es zu meinem Beruf zu machen. Ich bereue es nicht.

Die pralle Sonne geht unter, hinten bei Fos-sur-Mer, ein schöner Sonnenuntergang! ... Ganz, wie ich es mag – eine gewaltige Scheibe, das Auge eines Riesen, rot und gelb mit einem bisschen Grün am Rand.

Beim Losfahren denke ich mir, wir sollten doch lieber Le Petit Nice ansteuern. Am Vorabend hatten wir dort einen hübschen Fang Meerpfauen gemacht. Aber Féfé hat mich überzeugt, dass sich die Netze bei der Nordströmung schnell verfangen würden; ich bin seinem Rat gefolgt.

Rein theoretisch bin ich der Boss und Féfé ist mein Angestellter. Aber als ich den Entschluss fasste, Fischer zu werden, verstand ich kaum etwas davon. Féfé hat mir alles beigebracht, und wenn wir verschiedener Meinung sind, dann gibt seine Entscheidung den Ausschlag.

Das ist eine Frage der Logik: Ich respektiere die Erfahrung dieses exzellenten Lehrmeisters und Mentors, den ich in ihm gefunden habe. Außerdem, das muss unbedingt gesagt werden, hat er fast immer recht, weil er viel mehr Erfahrung hat als ich, denn er segelt schon seit seiner Kindheit.

Damals wusste ich, einmal abgesehen von den Fischen, die ich für meinen Kochtopf einkaufte – ich koche leidenschaftlich gern –, absolut nichts über das Leben eines provenzalischen *pescadou.*

Man muss die Winde in Marseille und Umgebung kennen, das sind mindestens zehnerlei, muss die verschiedenen Strömungen unterscheiden lernen, draußen auf See seinen Standort bestimmen können, man muss lernen, die Schifffahrtssignale zu erkennen, und wissen, was sie bedeuten, muss die verschiedenen Netze handhaben und sie reparieren können.

Und ein bisschen Schreiner sein, um die Schiffsteile, die durch das Salzwasser und die Sonne verrottet sind, wieder instand setzen zu können. Schiffsplanken, Latten, Wrangen, das Ruderblatt, außerdem – das ist eine Frage des Überlebens – muss man auch als Mechaniker etwas taugen und den schwerfälligen Dieselmotor seines Schiffs in- und auswendig kennen.

An diesem Juniabend haben wir also, weil Féfé es so wollte, vor der Frioul-Insel unsere Netze ausgeworfen. Wären wir meiner ursprünglichen Idee gefolgt und hätten die Netze vor dem Petit Nice ausgeworfen, wäre nichts passiert … Der Himmelsstern pinselt Marseille rot an, in einem Rot, das ins Orangefarbene spielt. Ein herrlicher Anblick. Die zarte Brise hat sich gelegt. Wie so oft abends um diese Zeit. Das Meer ist, wie man hier sagt, »aus Öl«. Wir baden in einem gigantischen kosmischen Uterus, den ein warmer und bunter Schein umgibt.

Féfé hat soeben den letzten Plastikkanister angebunden.

Aus diesem ragt ein Stecken auf, an dessen Spitze kleine schwarze Flaggen wehen, ein Unterscheidungsmerkmal, das es uns am frühen Morgen gestattet zu erkennen, welche Netze uns gehören.

Ich lasse das Boot einfach treiben. Es bewegt sich kaum von der Stelle. Es geht uns gut.

Féfé fragt mich: »Holst du den Aperitif raus, *gàrri*?«

Ich gehe zwei Gläser holen, den Pastis, das Wasser, die Eiswürfel für Féfé und mich, den Liter weißen Muscat de Régusse, den ich gestern angebrochen hatte. Das ganze Aperitifzubehör befindet sich in einer kleinen Kühlbox vorn in der *santenne*.

Das hat schon Tradition bei uns. Nach der Arbeit auf See, wenn es so schön ist wie heute Abend, genehmigen wir uns einen Aperitif.

Im Rücken die Frioul-Insel, sehen wir schweigend zu, wie die große Stadt ihre Farbe wechselt und die Lichter angehen. Dabei reden wir nicht miteinander. Féfé und ich, wir lieben das Meer. Vor allem das Mittelmeer. Manchmal bleiben wir bis in die Nacht so sitzen.

Plötzlich schreckt uns ein Plätschern auf. Es klingt, als springe ein Fisch auf der Flucht vor einem feindlichen Räuber aus dem Wasser. Vorn schwankt das Boot, und wir sehen eine dunkelhäutige, goldene, wasserglänzende Meerjungfrau auftauchen.

»Guten Tag! Könnte ich auch einen Aperitif haben?«

Wir verlieben uns auf der Stelle in sie. Der alte Seebär, der schon in allen Erdteilen Kinder gezeugt hat, und der junge Schnösel mit dem gemarterten Herzen, der so naiv war zu glauben, so etwas könne ihm nie wieder passieren.

Ich sehe Féfé an, der meinen Blick erwidert und mir dann ein verschwörerisches Lächeln zuwirft.

»Ja, da schau her … *Tè, zou maï* … Komm rauf, meine Schöne! Du hast uns einen schönen Schrecken eingejagt. Kletter rein, sonst säufst du noch ab.«

Féfé streckt ihr seine sehnigen Arme entgegen, die junge Frau packt sie und klettert behände ins Boot, wobei sie die von der Sonne aufgeheizten Planken und das Deck nass macht.

Als sie so vor dem Boot auftauchte, war mein erster Gedanke, sie müsse die Meeresgöttin sein. Ich hatte das Gefühl, sie schon immer zu kennen. Dass sie wegen mir kam, dass sie mich holen kam, hinunter ins tiefe Wasser, dorthin, wo meine Träume aufhören.

Sie war sehr dunkelhäutig, das Haar schwarz, fast schon blau, so dunkel war es, das Gesicht wohlgeformt, das Kinn kantig, die Lippen voll, eine typische Frau vom Mittelmeer. Man könnte meinen, das Wasser perle von ihrer feinen Haut und ihren Haaren ab, ohne sie nass zu machen. Ihr matter Teint eignet sich nicht besonders für aufwendiges Schminken. Das trifft sich gut, denn sie ist völlig ungeschminkt. Dafür sind ihre Augen von den längsten Wimpern umkränzt, die ich je gesehen habe. Ganz besondere Augen, unglaublich leuchtend, graue Augen mit einem bisschen Grün darin, die ihr lachendes Gesicht erleuchten.

Sie weiß, wie sie auf Menschen wirkt, vor allem auf Männer. Die stumme Ehrerbietung, die wir ihr entgegenbringen, findet sie offenbar lustig. Aber sie tut so, als habe sie nichts bemerkt. Sie fühlt sich auf dem Boot ganz wie zu Hause.

»Guten Abend! Ich bin als Schiffsanhalterin unterwegs. Das letzte Pendelschiff von den Frioul-Inseln hab ich verpasst, und ich möchte doch nach Marseille zurück. Da hab ich euch entdeckt und mir gesagt, ihr könntet ja vielleicht …«

Féfé und ich schauen uns an. Eine glatte Lüge. Die Boote fahren noch bis Mitternacht nach Marseille zurück. Von den Frioul-Inseln nach Marseille braucht man mit dem Linienschiff etwa eine halbe Stunde. Aber weder Féfé noch ich stellen ihre kindische Lüge bloß. Uns ist gerade aufgefallen, dass die junge Frau fast nackt ist. Sie trägt ein Kleid um den Hals, bindet es los und schlüpft ganz selbstverständlich hinein. Durch das Meerwasser klebt das Kleid an ihrem jugendlichen Körper, und plötzlich wirkt sie noch aufreizender.

»Was möchten Sie trinken? Einen kleinen Pastis oder einen weißen Dessertwein?«

Endlich schaut sie mich an. Starrt mich an, ganz intensiv. Als gäbe es mich wirklich. Es ist wie ein Schock.

Ich weiß, dass es mich gibt, aber dieser Blick geht mir durch und durch, und ich weiß nicht, was ich mit dem Glas in der Hand anfangen soll.

Man sagt, »ein Engel geht vorüber« oder »die Zeit ist stehen geblieben«, ich sage, dass sie mich zum Leben erweckt hat, dass mich noch nie jemand so angeschaut hat.

Marseille und das Meer nehme ich nicht mehr wahr. Es gibt nur noch ihre graugrünen Augen, die jetzt ganz ernst wirken, während die Sonne ihr Gesicht warm erstrahlen lässt. Sie zieht die Nase hoch, das zerstört den Zauber.

Féfé prustet los, klopft ihr freundschaftlich auf den Rücken und nimmt damit der Situation die Spannung, die daher rührt, dass mir das Ganze so peinlich ist.

»Na dann, *nistonne,* wenigstens hältst du mit deinen Gefühlen nicht hinterm Berg! Und was nimmst du jetzt, bis du den Mund wieder aufkriegst, einen kleinen Pastis?«

Sie nickt mit einem strahlenden Lächeln und betrachtet die Tätowierungen auf Féfés Armen. Auf dem linken Unterarm sieht man einen Anker mit einer Banderole, und auf dem rechten Arm die korsische Flagge mit dem Maurenkopf. Sie nimmt das Senfglas, das Féfé ihr hinhält, die gleiche Mischung, die er sich selber immer macht. Also eine starke Mischung. Wenn wenig Wasser beigemischt wurde, sagt man hier: »Man kann die Jungfrau de la Garde nicht mehr durchsehen«. Féfé scheint unsere Meerjungfrau sehr amüsant zu finden.

»Na, du bist ja nicht gerade eine *tchatcheuse,* und wie heißt du?«

»Juliette … Aber jetzt haben Sie mir eigentlich immer noch nicht gesagt, ob Sie mich nach Marseille mitnehmen.«

Sie sieht mich schräg von unten an, als ob das von mir abhängen würde. Mein Gott, was bringt mich dieses Mädchen durcheinander! Sie ist recht groß, und ihr viel zu schnell gewachsener jugendlicher Körper scheint den ganzen Platz auf meinem Boot einzunehmen.

Ich versuche zu vergessen, dass ich sie gerade ganz kurz nackt gesehen habe. Offensichtlich kennt sie sich gut aus auf Booten; sie fühlt sich dort ganz wie zu Hause. Ja, ich habe Lust, sie nach Marseille mitzunehmen … oder wo auch immer wie hin will. Trotzdem antworte ich: »Tut mir leid, Mademoiselle, aber wir fahren nicht nach Marseille, wir fahren zurück nach l'Estaque. Außerdem fahren die Fährschiffe von den Frioul-Inseln noch bis Mitternacht. Wir können Sie hinbringen, wenn wir zur Anlegestelle zurückfahren.«

Ich bin überrascht, wie anders sie sich jetzt verhält. Sie zuckt zurück, als hätte ich die Hand gegen sie erhoben. Ich bedaure meine Absage bereits, aber …

In ihren Augen stand die Angst, sie hatte Panik. Féfé sieht mich verblüfft an, er ist überrascht und bestürzt über meine Reaktion.

Ich weiß, dass ich meinen Gefühlen nicht traue. Gefühlen, die ich allzu hübschen Mädchen entgegenbringen könnte. Er frotzelt mich oft deswegen und tut so, als würde ich mich blöd anstellen, und wenn er an meiner Stelle wäre … Dem entgegne ich dann, Sex würde mich nicht mehr interessieren, die einzigen Vertreterinnen des weiblichen Geschlechts, für die ich noch etwas übrig hätte seien die schönen silbrigen Sardinen, die uns in die Netze gingen.

Man muss aber auch zugeben, dass ich kein Glück gehabt habe. Eine banale Liebesgeschichte mit einer jungen, reichen Frau, die auf die unvermeidbare Heirat zusteuern sollte. Aber aus Liebe zum Meer gebe in den anständigen Beruf des Fotografen auf, um stattdessen Fischer zu werden. Und aus Rache macht sich die junge Frau mit einem Gynäkologen aus dem Staub, dem eine glänzende Zukunft beschieden ist. Ich nehme es ihr nicht übel; sie hat gut daran getan. Sie ist eher der Typ »feine Dame« und hätte nie die Frau eines Fischers sein können. Ich kann mir überhaupt nicht vorstellen, wie sie mich, der ich nach Fisch stinke, vom Hafen abholen kommt. Seltsamerweise hat sie es mir übel genommen. Voller Ressentiment, fast schon Hass, als hätte ich sie mit dem Meer betrogen. Sophie – ich habe sie seither nicht wieder gesehen.

Aber ich habe sehr darunter gelitten. Genug, um mich vor allzu großen Gefühlen für junge Frauen mit allzu hellen und allzu glänzenden Augen in Acht zu nehmen, die unsere Hoffnungen wecken … Nach dieser Erfahrung hatte ich tatsächlich keine Lust mehr, den Schürzenjäger zu spielen.

Es ist, als hätte man dieses Bedürfnis bei mir für immer zerstört. Deshalb ist mir meine Arbeit in der Natur seither vollauf genug. Außerdem ist dieses Leben für Beziehungen mit Frauen auch nicht gerade geeignet. Es ist ein Männerleben, hart, viril.

Féfé regt sich zu Unrecht auf.

»*Ho, fan de chichourle,* Kleiner! Was bist du denn für ein stachliger Seeigel! Wir können die junge Frau doch trotzdem nach Marseille fahren!«

Und er hält mir eine Standpauke: »Na hör mal, Constantin, das ist aber nicht sehr nett von dir. Und das nur, weil dir mal eine Blondine Kummer gemacht hat und dein Herz seither einer verschrumpelten Rosine gleicht! Du hättest dir ja einfach nur eine von hier suchen brauchen, so eine wie unsere Mademoiselle, eine echte Brünette ...«

Und dann noch im Scherz: »Oder du stellst dich nur deshalb so an, weil Juliette meine Tätowierungen anschaut und du neidisch bist!«

Féfé geht mir auf die Nerven, wenn er sich in mein Leben einmischt und versucht, den Vater zu spielen, den ich nie gehabt habe.

Der alte Mann wurde von der Handelsmarine in Rente geschickt, nachdem er die Hälfte seines Lebens auf der *Massalia* verbracht hatte, dem größten und elegantesten Schiff der Compagnie Paquet. Als er sich zur Ruhe gesetzt hatte, langweilte er sich ziemlich in dem Dorf, in dem er heute noch lebt, l'Estaque, einem kleinen, ein paar Meilen östlich von Marseille gelegenen Fischereihafen.

Ein mythischer Ort: Cézanne, Dufy, Renoir und noch ein paar andere der bekanntesten impressionistischen Maler haben sich dort von der Reede und den Farben des Himmels inspirieren lassen.

Auch ein paar Kubisten haben den Hafen, die Eisenbahnbrücke, das Schloss Fallet oder die kleinen Buchten von Rôve auf ihren Gemälden unsterblich gemacht. Zola hat in dem kleinen Dorf gewohnt und dort seinen »Nais Micoulin« geschrieben.

In diesem kleinen Stadtteil von Marseille, einem der beliebtesten Ausflugsziele am Sonntagabend, hat man manchmal den Eindruck, man befinde sich noch immer im 19. Jahrhundert. Es gibt Orte auf der Welt, an denen man das Gefühl hat, es könne einem dort nichts passieren, es lasse sich dort gut leben, man brauchte sich dort vor nichts zu fürchten, außer vielleicht davor, von einem *cacou* auf dem Mofa bei der Siesta gestört oder vom Geschrei eines *gabian* aus dem Mittagsschlaf gerissen zu werden.

Da es keine Infrastruktur gibt, konnte sich auch kein Tourismus entwickeln. Im Sommer sieht man nur wenige blonde Hünen oder kleine Japaner mit der Videokamera in der Hand auf der Suche nach besonderen Schnappschüssen in den engen Gassen des kleinen Dorfs herumlaufen. Das Wappen von l'Estaque stellt den Patron Saint Peïre l'Estaca auf dunklem Grund mit den Schlüsseln der Stadt und zwei Sardinen dar. Der Heilige hat ein Anlegeseil in der Hand, »uno estaco«, daher der Name des Dorfs. Und das Anlegeseil ist auch ein Symbol für das ruhige Marseiller Viertel. Für die Verbundenheit von Mensch und Natur. Es gibt keinen Parkplatz, keinen Souvenirladen, so gut wie keine Straße und vor allem nichts zu sehen außer einer bestimmten Lebensart, einer Stimmung, die man nirgendwo sonst findet.

Man fühlt sich einfach nur wohl, muss ans Meer, an die Sonne, an die Provence denken. Die Leute haben alle einen Akzent, und manche sprechen sogar Provenzalisch oder diese Marseiller Mundart, die von längst vergangenen Kulturen und all den Nationalitäten hervorgebracht wurde, die erst vor kurzem hier heimisch wurden und die besondere Eigenart dieser Häfen ausmachen.

Wenn man gegen ein Uhr, nachdem die Kinder vom Strand zurückgekehrt sind, in den verwinkelten Gassen spazieren geht, dann kann man die Düfte der gesamten provenzalischen Küche der Küstenregion einatmen. Wie oft bin ich schon, wenn ich von der Arbeit nach Hause ging, bei all diesen Gerüchen nach hausgemachtem Aïoli, nach Knoblauch und Olivenöl, von einem gewaltigen Heißhunger befallen worden. Dann riecht es nach dem heißen Fett von Sardinen im Fenchelbett oder gar nach den *Pieds Paquets,* die in ihrem Tontopf schmorend vor sich hin glucksen.

Am Hafen liegt *Le Rendez-vous des Pêcheurs,* eine kleine Bar mit Terrasse, in der sich die Arbeiter treffen, um ihren Aperitif zu trinken und noch warme *panisses* zu essen, die zusammen mit den *chichis fregis* zu den Spezialitäten aus l'Estaque gehören. Dort bin ich auch Féfé begegnet, dem alten Korsen, während er vor einem Pastis saß.

Damals war ich auf der Suche nach einem *pointu* gewesen, einem dieser kleinen, für die Gegend so typischen Boote, die im Allgemeinen in Weiß und Blau gestrichen sind, den Farben von Marseille und Griechenland. Das Besondere an diesen Barkassen ist, dass sie am Bug einen aus Holz geschnitzten Phallus haben. Die alten Marseiller erkennen noch heute den Kunsthandwerker, der sie hergestellt hat, anhand der Form, der technischen Details oder einfach anhand der Gestaltung des männlichen Geschlechtsteils, das stolz am Bug prangt.

Féfé und ich waren uns sofort sympathisch. Ich habe ihm von meinen Träumen erzählt. Er hat sich auf eine nette Art über mich lustig gemacht, so sind die Männer aus Marseille, und dann hat er beschlossen, mir zu helfen.

Wir sind Freunde geworden.

Ich hatte mir einiges von dem Geld, das ich mit den letzten Fotos vor meinem Unfall verdient hatte, auf die hohe Kante legen können. Damals verdiente ich in dem Job einen Haufen Kohle … Es hat fast gereicht, um das Boot zu bezahlen. Das restliche Geld hat Féfé zugesteckt, und dann haben die Banken noch was für die Ausrüstung zugelegt.

Féfé war es auch, der mein Boot aufgetrieben hat, den *Engatseur.* Ich weiß, der Name ist nicht sehr schön; es bedeutet *Krawallsucher.*

Das heißt, eigentlich kann man das Wort unterschiedlich deuten, das kommt ganz auf den Zusammenhang an. Zum Beispiel nennt man es eine *engatse,* wenn es irgendein Durcheinander gibt. Wenn man aber sagt, man habe sich mit einem Mädel *engatsé,* dann heißt das, dass man es tüchtig angemacht hat.

Für mich steht der *Engatseur* für jemanden, der störrischer als ein Esel ist, der einfach nicht aufgibt. Das ist ein schönes Bild für meine Anfangszeit in dem Beruf. Ich musste ganz schön darum kämpfen, meinen Traum verwirklichen zu können.

Für das Boot habe ich nicht viel bezahlt, und als ich es zum ersten Mal sah, war es so heruntergekommen, dass ich dachte, Féfé sei ein bisschen *fada,* und ihn einen *jobi* geschimpft habe.

Er lächelte. Er kannte seine Vorzüge …

»Das ist ein hübscher Pointu, mein Kleiner. Weißt du, er wurde von einem der besten Schiffbauer aus der Gegend hergestellt.«

»Woher weißt du das? Kennst du das Boot?«

»Na, das ist ja wohl nicht schwierig, in l'Estaque gab es nur drei oder vier Schiffbauer. Der erste war Monsieur Fostinesi. Dann gab es noch die Werkstatt von Vater und Sohn Moren, die von Clarius Turcon *Le Magnifique,* von Noguéra, genannt *Zé,* und schließlich die von Robert Gay, dem Neffen von Ruopollo. Und der hat diese *bette* gebaut.«

»Aber woher weißt du das? Hat dir etwa die Witwe …«

»Aber nein! Du siehst doch den kräftigen Bogen des Vorderstevens, wie es sich zum Heck hin verjüngt, und vor allem diese perfekte Stromlinienform des Schiffsdecks. Das alles kann nur das Werk eines einzigen Mannes sein: Robert Gay. Es ist sein Erkennungszeichen, seine Handschrift …«

Féfé kennt sich gut aus mit diesen kleinen Booten und den Leuten, die sie entworfen haben. Ich bin völlig geplättet. Er ist ein derber Mann, aber gebildet. Das denkt man nicht so ohne Weiteres, wenn man ihn so sieht, wie er mit seinen schwieligen Händen die Netze aus dem Wasser zieht, oder wenn er und der Besitzer der am Strand gelegenen Sportsklause gegenüber dem Quai, an dem *l'Engatseur* liegt, sich gegenseitig anbrüllen.

Ihre Streitereien sind mittlerweile schon legendär. Der Grund für diese Feindschaft ist, dass Féfé seinem unglückseligen Konkurrenten, dem Bistrobesitzer, eine Frau weggeschnappt hat, nämlich Tine. Das Ganze ist schon lange her, und über die Leidenschaften von damals ist wieder Gras gewachsen, aber aus Spaß an der Freud werfen sie sich immer noch allerhand Schimpfwörter an den Kopf. Im Grunde haben die beiden Männer sich herzlich gern, aber bei diesem Kampf geht es um eine saftige provenzalische Dialektik, das heißt, es geht darum, wer die meisten Wörter kennt und sie mit passenden Verben zu pfeffern versteht. Eines Tages hatte Féfé eine schlimme Angina und musste mehrere Tage das Bett hüten. Der Barkeeper machte sich Sorgen, weil er nicht mehr kam, und klopfte mit einem Geschenk bei ihm an; mit einer Rolle schön warmer *panisse*.

Darüber war Féfé sehr gerührt gewesen, und die Streitigkeiten haben jetzt keine Wirkung mehr; wie Pastis mit zu viel Wasser. Tine, die ja der Anlass für das ganze Geplänkel war, sagt über die beiden: »Wie Hund und Katz …«

Eines schönen Tages kauften wir den *Engatseur*. Sein Besitzer, ein Rentner, fuhr zu seinem Vergnügen immer mit dem Boot raus, um mit einer stabilen Grundangel mit Wurfgewicht Meerpfauen zu angeln und sich aus den überaus hübschen bunten Fischchen eine Suppe zu kochen. Eines Tages verschied er still, und seine Witwe, die vor Kummer schier verging, ließ das elegante kleine Boot in einer Ecke des Hafens verrotten. Féfé kannte die Dame, und ich habe ihn im Verdacht, dass er sie ein bisschen getröstet hat.

Kurz und gut, er hat sie davon überzeugt, das Boot wieder zum Leben zu erwecken.

Einmal abgesehen von der formvollendeten Rundung des Kahns und der Kraft seines leistungsstarken Dieselmotors, war dieses Boot ganz offensichtlich auch deshalb so interessant, weil es zusammen mit dem Bootsplatz verkauft wurde.

Wenn man in Marseille und in l'Estaque ein Boot besitzt, gibt es ein Parkproblem, und für einen Platz im Hafen wird gutes Geld verlangt.

Oft kaufen sich die betuchten Pariser, die sich in Marseille niederlassen, einen alten Pointu, den sie dann versenken, um ihr Segelboot an den Platz zu stellen. Ein Pointu aus Holz ist empfindlicher als ein Boot mit Plastikrumpf. Man muss so einen Kahn ständig instand halten.

Natürlich finden die Schönheit und Anmut dieser kleinen Schiffe nicht ihresgleichen. Aber leider werden die blauen Holzboote nach und nach von den großen weißen Booten abgelöst.

Ich bin kein Nostalgiker, so ist das halt.

Daher war der *Engatseur* so wichtig.

Er wurde zusammen mit dem Platz verkauft, an einer guten Stelle, kurz nach dem Beginn der Anlegestelle.

Als wir die Witwe schließlich überredet hatten – eine üppige Dame mit lilaweißen Haaren, die sich unausgesetzt in Féfés Schoß ausheulte, ihren Mann und ihre Jugend beweinte –, machten wir uns ernsthaft an die Arbeit. Und davon gab's mehr als genug!

Wir mussten das Boot aus dem Wasser ziehen, das verfaulte Holz entfernen, vor allem bei den Planken, alles abschleifen, abdichten und neu streichen. Bei der Wahl der Farbe haben wir uns kurz in die Haare gekriegt.

Féfé wollte die Farben von Marseille beibehalten, während ich es gerne in Grün gesehen hätte. Am Ende hat dann der alte Mann gewonnen, und ich bedaure das nicht.

Wir mussten auch den Motor reinigen, der zum Glück nicht allzu großen Schaden genommen hatte und dank der Erfahrung des alten Mannes fast augenblicklich ein fröhliches Töfftöff ausstieß, wahrscheinlich überglücklich, wieder am Leben zu sein. An einem schönen Frühlingsmorgen ließen wir das Boot zu Wasser.

Während unserer ersten Fahrt übers Meer war ich aufgeregt wie ein junger Bräutigam am Hochzeitstag. Sobald ich meinen Fuß auf das Boot gesetzt hatte, nahm ich das Ruderblatt in die Hand und ließ es nicht mehr los. Ich liebe das! … Féfé ist das völlig schnuppe. Am ersten Tag hat er mir mit einem kleinen Lächeln im Mundwinkel zugesehen und seine beißenden Scherze für sich behalten. Schließlich hat er ein wenig verächtlich gesagt: »Ein stolzer Besitzer.«

Dann musste ich mich als Schiffseigner eintragen lassen und mit den Banken über die Kredite verhandeln.

Das war nicht einfach, man darf nicht vergessen, dass

ich in dem Beruf ein Neuling war. Aber da ich in dem Laden ein alter Kunde bin, wurde mir Vertrauen geschenkt. Bis jetzt haben sie es nicht bereut. Wir verdienen ganz gut, Féfé und ich, mittlerweile zumindest.

Aber damals: die Ausrüstung des *Engatseur,* die Netze – für jede Fischart gibt es ein eigenes –, die Winde … In jedem Stadium des Projekts, bei jeder Neuanschaffung war mein Freund zur Stelle, der alte Mann mit dem zerzausten Haar, dem von tiefen Falten zerfurchten Gesicht, der schwarzen Haut.

Der hagere, dunkelhäutige Korse, ein Griesgram, oft schlechter Laune und böswillig, Féfé, Frédéric Paoli mit richtigem Namen, hatte mich beraten, mich angespornt, mich in Momenten der Entmutigung mitgeschleift; ich schuldete ihm viel, ich schuldete ihm alles.

Ganz zu schweigen davon, dass er mich meinen Beruf gelehrt hat. Und anfangs ist das nicht leicht für mich gewesen. Ich war es gewohnt, allein zu arbeiten; das Fotografendasein ist, zumindest in der Sparte Reportage, etwas für Einzelkämpfer.

Theoretisch bin ich in l'Estaque der Fischereimeister, aber letztlich werden die Entscheidungen, ob wir neue Netze kaufen, ob wir Richtung Niolon oder Richtung Prophète in See stechen, gemeinsam getroffen. Es ist zu einem Spiel geworden, das unsere Verbindung und unsere Freundschaft besiegelt.

Er behält natürlich sehr oft recht.

Die junge Frau sieht mich immer noch erwartungsvoll an …

Da ich ihren hellen Augen nicht traue, wende ich mich brüsk ab und bedeute ihr damit, dass ich nicht darüber reden will, dass meine Entscheidung gefallen ist.

Sie legt mir ganz selbstverständlich die Hand auf den Arm, eine kühle Hand mit langen, dunklen Fingern, die mir einen Schauder über die Haut jagt.

»Ich will Ihnen keine Umstände machen, Monsieur Constantin. Können Sie mich in l'Estaque absetzen? Ich nehme dann einen Bus ins Stadtzentrum. Ehrlich gesagt, ich will gar nicht das Pendelschiff nehmen, es gibt da jemanden, dem ich aus dem Weg gehen will, deshalb bin ich bis zu Ihnen geschwommen.«

Und immer noch dieser Blick von unten, der mich berührt, mich durcheinanderbringt. Ich bin einverstanden, zufrieden, dass ich meine unhöfliche Reaktion, auf die ich nicht gerade stolz bin, wiedergutmachen konnte.

»Wunderbar, wenn das so ist, kein Problem! Ich kann Sie sogar im Auto mit nach Marseille nehmen, wenn Sie auf mich warten, ich muss nur bei Féfé meine Post holen.«

»Super! Haben Sie vielen Dank.«

Juliette schenkt mir ein Lächeln der Erleichterung, und Féfé blinzelt mir hinter ihrem Rücken verschwörerisch zu.

Ich muss unwillkürlich lachen und sage halb im Ernst zu ihm: *»Tronche d'àpi!* Hol den Anker ein, wir sind nicht gerade früh dran. Tut mir leid, Mademoiselle, aber den Aperitif werden wir Ihnen bei Féfé anbieten. Bis wir an Land sind, wird es Nacht werden, ich hoffe, Sie ziehen sich keine Erkältung zu.«

Féfé holt mit der kleinen Winde den Anker ein und bringt den Motor zum Laufen. Ich klemme mir die Steuerpinne des Boots zwischen die Beine und drehe mir eine Zigarette.

Juliette betrachtet etwas hinter mir.

Sie hat den gleichen Gesichtsausdruck wie vorhin, als ich ihr sagte, ich würde sie zum Anlegesteg der Frioul-Insel zurückbringen. Ich sehe fürchterliche Verwicklungen auf uns zukommen. Ich drehe den Kopf, um herauszufinden, was sie so beunruhigt, und sie versucht mich abzulenken.

»Sie heißen also Constantin? Das ist griechisch, oder?«

Ich konnte gerade noch etwas erkennen. Wenn auch nur im Gegenlicht. Wir sind etwa dreihundert Meter von der Frioul-Insel entfernt. Es ist ein schwarzer Mann; die Gestalt, die sich von dem zerklüfteten Felsen abhebt, ist beeindruckend groß. Er steht reglos da, als atme er nicht. Er beobachtet das Boot. Ich ahne Böses. Etwas richtig Böses.

Ich habe seine Augen nicht sehen können, zu weit weg, aber ich spüre sie in meinem Rücken.

Die junge Frau gibt sich Mühe, nicht hinter sich zu sehen, und da sie mich plötzlich interessiert anschaut, vergesse ich ganz, dass ich gerade eine Gefahr gewittert habe. Ich antworte auf ihre Frage.

»Mein Vater war Grieche. Das ist hier nichts Ungewöhnliches. Wir sind alle ein bisschen eine Mischung, entweder es sind Araber dabei oder Italiener, Spanier, Portugiesen, Libanesen, Afrikaner und sogar Korsen, wie bei Monsieur Paoli hier. Und Sie, Sie sind nicht von hier?«

Ein Schleier legt sich über ihre Augen. Sie schnieft, während sie darüber nachdenkt, was sie mir darauf antworten soll.

»Sagen Sie mal, gibt es da etwas, das Ihnen Angst macht?«

Ich habe in ihrer Stimme einen Akzent herausgehört, der nicht aus Marseille stammt. Der vielleicht nicht mal Französisch ist. Sie schenkt mir ein breites, beruhigendes Lächeln.

»Aber gar nicht, wovor sollte ich denn Angst haben? Ich bin doch bei echten Männern gelandet, oder etwa nicht? Aber in einem Punkt haben Sie recht, ich stamme nicht aus Marseille ... Ich bin in Guayana geboren, in Cayenne. Mein Vater war Legionär, das heißt, er hatte kein Vaterland. Ich glaube, er kam aus Süditalien, oder vielleicht aus Malta, das habe ich nie herausbekommen. Ich sehe ihm angeblich ähnlich.«

Sie dachte ein wenig nach, dann wechselte sie das Thema. Der Schalk blitzte in ihren Augen.

»Sagen Sie mal, Monsieur Féfé, warum haben die Boote hier alle männliche Geschlechtsteile vorn am Bug?« Die junge Frau deutete auf die Holzskulptur.

Féfé foppte sie ein wenig: »He *nistonne,* du hast deine Augen aber auch überall, was?«

Wir amüsieren uns über ihre betretene Miene, sie wird rot.

Nachdem er sich erst einmal vor Lachen ausgeschüttet hat, erklärt er ihr: »Diese Verzierungen hatten ursprünglich alle ihren Grund. Ich kenne die genaue Bedeutung dieser Skulpturen nicht. Aber man findet sie auf diesen Booten seit der klassischen Antike. Hier in l'Estaque nennt man das den *capian.*«

Juliette hört Féfé aufmerksam zu.

»Monsieur Damonte, ein echter *félibre* aus l'Estaque, hat mir erzählt, er habe mit eigenen Augen eine auf einem Römerschiff aus dem dritten Jahrhundert vor Christus gesehen.«

Wir fahren an dem Leuchtturm vorbei, der den Eingang zum Hafen markiert. Die Sonne geht unter, die schwächlichen Straßenlaternen flackern auf und geben der Küste ein atemberaubendes Relief.

Der Schiffsmotor, der von dem Korsen wie eine Uhr eingestellt wurde, läuft absolut rund.

Ich stelle mir einen Legionär da unten in Kourou vor oder auf einem der drei oder vier Flüsse, die durch den

Regenwald von Guayana fließen, einen Mann, der alle möglichen Schwarzhändler überwacht und der dieser zugleich starken wie zerbrechlichen jungen Frau ähnlich sieht.

Weshalb tritt man der Fremdenlegion bei? Und was hat diese Meerjungfrau in Marseille verloren? Wovor hat sie Angst, wovor ist sie auf der Flucht, dass sie sich hier auf diese Weise halbnackt auf meinem Boot verstecken muss?

Ein verstoßener Liebhaber, besorgte Eltern? Ich schüttle den Kopf, das Ganze geht mich nichts an.

Der Abend ist so lau, dass ich ins Träumen gerate.

In der Nacht kommen wir in l'Estaque an. Féfé zeigt unserem blinden Passagier den kleinen Hafen. Mit seinem unnachahmlichen Akzent erklärt er ihr, wie es in seiner Jugendzeit hier in der Gegend aussah – als er die jungen Mädchen zum Tanzball in die am Ufer gelegenen *balettis* ausführte, zu den Klängen des örtlichen Musikvereins, vor einem nach Rosen duftenden *Chichi-Fregi*.

Oder von den Kämpfen, die er gewonnen hat, als er, wie ich, als *targaïre* bei der *Fine Lance Estaquéenne* gegen die berühmte Mannschaft von Martigues angetreten ist. Und vom Fischen in der damaligen Zeit ... Der Suche nach der Bartmuschel oder dem nächtlichen Fischen mit der Acetylenlampe, oder dem Aufsammeln der Seeigel, für die es spezielle Seeigelfischer gab.

Féfé erzählt; wie oft habe ich ihm schon dabei zugehört, wie er das Garn seiner Erinnerungen abspult, Erinnerungen an eine verstorbene Welt, die er einen Augenblick lang für einen jungen, staunenden Mann wieder zum Leben erweckt, oder, wie heute Abend, für eine junge Frau. Ich muss allerdings auch sagen, dass Juliette wirklich zuhören kann. Das findet man selten ...

Sie fragte weiter nach.

»Monsieur Féfé, die Fahne mit dem Schwarzen drauf, die Sie da am Arm haben, was ist das?«

Féfé bedeutet mir mit einem Blick, dass er über die Unwissenheit der Kleinen entsetzt ist. Er nimmt mich zum Zeugen.

»Schaut euch das an! Ihr jungen Leute studiert jahrelang, und dann habt ihr von nichts eine Ahnung. Das ist die Fahne der schönsten Insel der Welt ...«

Und während der alte Mann ihr das Wie und Warum der Fahne erklärt, fahre ich den *Engatseur* vorsichtig zu meinem Bootsplatz. Féfé vertäut fachmännisch unser Boot. Ich schließe die Haube, die den Motor vor der nächtlichen Feuchtigkeit schützt, und Féfé geleitet uns in sein Haus, durch die verwinkelten Gässchen von l'Estaque. Es ist angenehm mild heute. Es gibt noch keine Zikaden, was ich bedaure. Vor allem an diesem Abend. Aber sie wären sowieso mit dem Sonnenuntergang verstummt, und die Grillen hätten die Staffel übernommen.

Wir kommen bei Féfé an.

Er wohnt in einem einstöckigen Haus. Es ist auf Fels gebaut, eine alte Fischerhütte, wie sie in diesem Viertel recht häufig anzutreffen sind. Gelegen in einer Sackgasse, die bezeichnenderweise den Namen Traverse da la Rascasse trägt – Drachenkopfsteg.

Nach einer steilen Treppe gibt eine in bläulichem Weiß gekalkte Terrasse den Blick auf die Reede von Marseille frei.

Ein herrlicher Anblick, an dem ich mich nicht sattsehen kann. Ein paar blühende Geranien geben dem Ort, an dem Féfé alles macht, ein fröhliches Gesicht. Hier repariert er die Netze, hier liest er – und Féfé liest viel –, hier kocht er, brät sich Sardinen auf dem Grill ... Das milde Klima:

In dieser Gegend hält man sich viel draußen auf der Terrasse auf.

Im größten Zimmer, das nach draußen führt, herrscht ein gewaltiges Durcheinander an maritimen Objekten, flache Körbe für die Leinen, Reusen aus Weidengeflecht, Schwimmer aus Glas, Steuerblätter, kolorierte Stiche und Fotos von alten Gebäuden, Schiffstaue, Seekarten, Netze in allen Farben und Maschengrößen. Für die Beleuchtung des Zimmers sorgt eine echte Schiffslaterne. Auf der einen Seite überzieht ein Bücherregal die ganze Wand, ein sicherer Beweis für die Leseleidenschaft des Bewohners. Viel Literatur zu Meeresthemen, Geschichtsbücher, aber auch eine ungeheure Anzahl von Gedichtbänden und Belletristik. In der Mitte des Raums ein schöner Kompass auf kupfernem Fuß, die letzte Reliquie eines Schiffs, auf dem Féfé gefahren ist …

Juliette sieht sich alles neugierig an. Ich verstehe sie gut, ich war auch von diesem Raum fasziniert, als ich ihn das erste Mal betreten habe. All diese Gegenstände aus dem Leben des alten Mannes zeigen uns, dass es ein Leben voller Geschichten und Abenteuer war …

Ich schnappe mir meine Post. Das hat sich so eingebürgert, seitdem wir zusammen arbeiten, denn damals hatte ich noch keine Adresse. Also habe ich mir meine Post an Féfés Adresse schicken lassen. Wahrscheinlich hat Tine vorbeigeschaut, denn die Briefe sind sortiert, es gibt einen Stapel für mich und einen für Féfé. Auf meinem Haufen liegen nur ein paar Rechnungen, während der viel größere Stapel für Féfé aus allem Möglichen besteht, bunt und voller geheimnisvoller Briefmarken, seltsamer Umschläge, die zum Reisen und Träumen einladen. Briefe von Freunden oder Familienangehörigen, die über den ganzen Planeten verteilt sind und denen der alte Mann lange Briefe schreibt, um ihnen mitzuteilen, was es so Neues gibt.

Auf der rechten Seite des großen Zimmers liegt die Küche, in der es ein bisschen so aussieht wie im Rest der Wohnung, eine echte Rumpelkammer …

Eine fröhliche Küche, mit einer Sammlung alter provenzalischer Tontöpfe, die an den Stielen aufgehängt sind, sowie anderen aus geschlagenem Kupfer. An der einen Küchenwand steht eine eindrucksvolle Gewürzsammlung, der ein starker, einladender Geruch entströmt, obwohl sie fest verschlossen ist.

Und dann noch die bizarren Souvenirs, die Féfé von seinen zahlreichen Reisen mitgebracht hat. Von einem Regal starren einen eine Reihe afrikanischer Masken mit strengem Blick an … eine ungewöhnliche Küche, eine bunte Mischung.

Auf dem Metzgerhackklotz, der ihm als Küchentisch dient, thront eine *banaste.*

Der alte Mann öffnet sie und ruft hocherfreut: »Kuck doch mal, Tine ist vorbeigekommen, weil sie uns was Gutes tun wollte! Sie hat mir *Favouilles* mitgebracht …« Er fragt uns: »Ein kleiner Krabbenreis, na, wär das nicht was? Mal schauen, ich hab also Favouilles, Zwiebeln, Reis, Orangenschale, Safran, ein bisschen Sellerie, ja, ich hab alles.«

Féfé sieht uns fragend an. Ich muss gestehen, ich habe echt Kohldampf. Ich habe nicht gerade große Lust, sofort nach Hause zu fahren, und außerdem beschäftigt mich Juliette ganz schön. Um es mal ganz ehrlich zu sagen, sie beschäftigt mich zwar, aber vor allem gefällt sie mir, unsere Meerjungfrau. Zudem ich heute große Lust habe, den Abend mit Freunden zu verbringen. Ich sehe die junge Frau an, die offensichtlich abwarten will, wofür ich mich entscheide, bevor sie etwas sagt.

»Also, ich hab Zeit, und ich liebe Favouilles-Reis. Außerdem macht Féfé ihn wirklich gut. Aber wenn Sie keine Zeit haben, kann ich Sie ja zum Bus bringen, er fährt am Hafen ab, das ist fünf Minuten von hier. Aber …« Ich recke den Zeigefinger. »Sie müssen eines bedenken, Mademoiselle, in einem Restaurant werden Sie nie in den Genuss von Favouilles-Reis kommen …«

Sie lächelt mich zufrieden an und dreht sich nach Féfé um. Der sich bereits in der Küche zu schaffen macht.

»Ich habe Hunger, denn ich habe heute Mittag vergessen, was zu essen, und ich habe es nicht eilig. Ich danke Ihnen für die Einladung, Monsieur Féfé, aber was sind eigentlich Favouilles?«

»Favouilles? Mensch, Mädchen, das sind Krabben!«

Wir folgen dem alten Mann in seine Küche. Ich fange mit dem Abwasch an, um den Féfé sich offenbar schon seit Tagen nicht mehr gekümmert hat, Abspülen ist wirklich nicht seine starke Seite … Féfé schnappt sich einen schwarzen gusseisernen Kochtopf, schneidet eine Zwiebel klein und hackt Knoblauch, erhitzt das Olivenöl und gibt zu dem Gemüse pro Person noch eine Handvoll Reis aus der Camargue hinein, und noch eine Handvoll für die Armen, wie man das hier so macht.

Juliette und mir läuft schon das Wasser im Mund zusammen, so hungrig sind wir. Der Meeresbarde erklärt uns weiter die verschiedenen Zutaten des Gerichts.

»Die Favouilles, oder *leis favouilhos,* wie es im Provenzalischen heißt, sind Krabben hier aus der Gegend. Aber Vorsicht, es sind keine Schwimmkrabben, die sind flacher und grüner, während man diese Krabben hier daran erkennt, dass sie krumm laufen. Das heißt schräg. Ich hab jetzt keine Zeit mehr dafür, aber früher habe ich die Favouilles durch *fieu-pélans* ersetzt.«

Féfé schließt beide Hände zur Faust, um zu zeigen, wie groß sie sind. »Dicke, behaarte Krabben, die man in den Felsen fangen muss, in der Nacht, mit Taschenlampen. Das ist eine ziemlich sportliche Übung! Die können einem mit ihren Scheren glatt einen Finger abzwacken, wenn man nicht aufpasst, und man muss sie lebend fangen, weil sie sonst auslaufen und keinen Geschmack mehr haben.«

Féfé wirft die lebenden Krabben in den brutzelnden Reis; dann gibt er die restlichen Zutaten dazu und begießt alles mit Wasser, das er zuvor zum Kochen gebracht hat. Mittlerweile bin ich mit dem Abwasch fertig, und wir schauen ihm beim Zubereiten der Mahlzeit zu.

»Da schau her! Tine hat uns einen Chambris dazugetan! Das sind die besten Langusten überhaupt. Los, Kleiner, rühr dich! Deck lieber den Tisch, statt dir hier einen Ast zu gaffen.«

Juliette schaut dem Koch aufmerksam zu, dann deutet sie mit dem Finger auf das Krustentier.

»Ist das da die beste Languste überhaupt?«

»*Chambris* oder Bärenkrebse. Als ich das erste Mal unter Wasser so ein Tier entdeckt hatte, war ich noch ein Kind, ich hatte einen Heidenschreck bekommen, weil es so komisch aussieht. Aber was den Geschmack angeht, das musst du mir selbst sagen.«

Ich räume die Schiffstür mit ihrem dicken kupfernen Bullauge frei, die auf der Terrasse als Tisch dient.

Ein riesiges beleuchtetes Tankschiff, eine richtige schwimmende Stadt, treibt still zwischen den Leuchtbaken hindurch, die den Eingang zum Hafen markieren. Die Kräne, die kleinen Barkassen sind vom Licht des zunehmenden Monds erleuchtet.

Das Ganze wirkt unwirklich, wie ein Schauspiel, bei dem wir in der ersten Reihe sitzen dürfen.

Juliette hilft mir dabei, die Teller und das Besteck aufzulegen, dann hält sie inne und schaut sich mit mir das riesige Schiff an.

»Das sieht aus, als sei es nicht echt ... wie im Kino.«

»Es gibt Leute, die sagen, das Kino sei das wahre Leben ...«

Die junge Frau schaut mich fragend an, aber ich diskutiere nicht gern, erkläre mich nicht gern. Juliette wendet sich zur Küche um und ruft Féfé eine schelmische Frage zu.

»Und Tine? ... Wer ist das?«

Féfé antwortet nicht – tut so, als habe er nichts gehört –, er beruft sich oft auf seine vorgebliche Taubheit, wenn er etwas nicht hören will. Sie dreht sich zu mir um. Ich frotzle ihn ein bisschen.

»Das ist Féfés Verlobte. Sie ist in ihn verliebt, aber er will sie nicht heiraten. Und das nur, weil sie ein bisschen rund um die Hüften ist und hier in diesem *patì* gern ein wenig Ordnung machen würde. Nicht wahr, Féfé, stimmt doch, dass du Tine nicht heiraten willst. Auch wenn ich das gar nicht verstehe. Sie hat alles, was ein Seemann wie du sich nur wünschen kann! Ich glaube sogar, dass sie Geld für die Aussteuer auf der hohen Kante hat. Also, worauf wartest du?«

Juliette freut sich ungemein, dass wir uns so frotzeln. Féfé tut so, als sei er wütend, das ist ein Spiel zwischen uns, und faucht zurück, während er das zu starke Feuer herunterdreht, auf dem die Krabben köcheln.

»Mensch, heutzutage heiratet doch kein Schwein mehr irgendwen. Du brauchst nur dich anzuschauen. In deinem Alter war ich schon geschieden und hatte mindestens drei Kinder. Und du machst mir hier die Hölle heiß! Schnapp dir erst mal eine *girelle,* dann reden wir weiter. Gut, aber jetzt mal ganz im Ernst, zu Tisch! Es ist fertig ... Na los Constantin, statt Unsinn zu verzapfen, der größer ist als du selbst, mach mal eine Flasche Weißen auf, und du, Kleine, hol mal das Brot! ... Na macht schon! Diese *nistonne* ist ja ein echter *tron de l'air*!«

Das Essen ist wie immer bei Féfé, ich esse oft bei ihm: einfach, bunt und köstlich. So schnell das Gericht fertig war, so schnell ist es auch verschlungen. Wir langen alle drei kräftig zu und lauschen dabei Féfé, der uns von seiner Vergangenheit als Schiffer erzählt, von der Zeit, als Marseille noch das Tor zum Orient war, als diese Stadt reich war und es noch keine Arbeitslosen gab.

Die neugierige Juliette lutscht die Krabbenbeine aus und lauscht ihm mit dieser besonderen Aufmerksamkeit, bei der du glaubst, für ihre grauen Augen gäbe es nur dich und sie auf der Welt.

Und letztlich gibt es ja auch nur uns in diesem großen Zimmer. Ich dränge Féfé, uns doch eine Paghiella zu singen, ein korsisches Lied aus seinem Dorf.

Da der Alte an diesem Abend ein wenig getrunken hat und Juliettes Zauber ebenfalls erlegen ist, lässt er sich rumkriegen. Der lange, heisere, durchdringende Singsang erhebt sich und gibt uns eine Vorstellung von der althergebrachten korsischen Kultur. Es klingt sehr schön, sehr rein. Der Gesang weist in seiner Herkunftsgeschichte einige Parallelen zu den berberischen, koptischen und, wie es scheint, sogar zu den ligurischen Gesängen auf. Juliette applaudiert.

»Das musst du oben in den Bergen hören, beim Sonnenuntergang. Wenn man zu zwanzig beisammensitzt und jeder seinen improvisierten Gesang anstimmt«, erklärt Féfé

»Haben Sie jetzt gerade auch improvisiert?«

»Aber gewiss doch!«

»Und worum ging es in dem Lied?«

»Um dich, Kleines. Und all die jungen Frauen, die ich gekannt habe, die deine Augen hatten ... Aber wenn du die wörtliche Übersetzung willst, da hast du dich geschnitten ... Du brauchst ja nur Korsisch zu lernen!«

Dann spielt Féfé uns Schallplatten vor, die er als junger Mann gehört hat. Künstler, die in unserer Generation längst in Vergessenheit geraten sind. Georges Milton, Alibert, Albert Préjean, Jeannette MacDonald.

Ein Lied von Josephine Baker begeistert Juliette.

Quatre fois par jour par semaine
Des messieurs très amoureux
Me proposent une vie de rêve
Pour que je donne à eux
Il n'y en a qu'un qui a su me plaire
Il est méchant, il a pas l'sous
Il court après toutes les filles
Elles sont toutes à sa merci
Son regard les déshabille
Et même souvent lui aussi
Mais il est à moi quand même
Car il est dans mon cœur.

Juliette sagt, ihr gefalle die letzte Strophe am besten ... dass man die Liebe zu jemandem nicht teilen kann ... dass man nie weiß, ob man geliebt wird. Dafür spüre man im eigenen Herzen, wie sehr man liebt! Sie ist rührend mit ihrer Sentimentalität, und ich mache mich ein wenig über sie lustig.

»Juliette! Ich glaube, du bist eine unheilbare Romantikerin, das ist normal in deinem Alter.«

Sie wirft mir einen giftigen Blick zu. Féfé leert sein Glas.

Einen kleinen Taffia von unbestimmter Farbe, den er uns serviert hat. Dann gähnt er laut und streckt sich.

»Na denn, ich bin ein alter Mann, ich brauch jetzt eine Mütze Schlaf. Morgen müssen wir früh raus. Schläft die Jugend hier? Macht, was ihr wollt, ich leg mich jetzt aufs Ohr. Constantin, du weißt ja, wo alles ist, falls die Kleine hier schläft, ihr werdet schon klarkommen.«

Dann steht er ohne Umschweife auf, küsst mich auf beide Backen, macht sich auf den Weg in sein Zimmer, besinnt sich noch einmal, kehrt um, packt Juliette bei den Schultern und küsst auch sie. Dann macht er sich geschwind vom Acker. Zehn Minuten später hören wir ihn schnarchen.

Die junge Frau ist begeistert. Ihre natürliche Anmut berührt mich: Durch sie, durch das Glänzen in ihren Augen erkenne ich, dass ich ein angenehmes Leben führe und dass sie mich beneidet. Ich beschließe, etwas mit ihr zu teilen, ihr eine Freude zu machen.

»Juliette, würde es dir Spaß machen, morgen die Netze aus dem Wasser zu holen? Du kannst heute Nacht hier schlafen. Féfé hat zwei Betten da unter dem Treibnetz. Aber ich muss dich warnen, die Netze werden früh eingeholt. Um vier Uhr morgens läuft der Motor des *Engatseur* schon.«

Sie schaut mich ganz ernst von unten herauf an und schnieft, diesen Tick hat sie oft, wenn sie nachdenkt. Ich bilde mir ein, ihre Gedanken lesen zu können.

»Moment mal, jeder in seinem Bett, nicht, dass du auf falsche Gedanken kommst.«

Juliette versteht nicht, was ich ihr sage, sie denkt ganz offensichtlich an etwas anderes. Dann begreift sie, und ich stehe da wie ein Depp. Sie hat offenbar überhaupt nicht an so was gedacht. Sie lächelt mich an und tanzt anmutig um mich herum.

»Ich weiß, und ich komme nicht auf falsche Gedanken … Ich weiß, dass Monsieur sich vor jungen Frauen in Acht nimmt! Was machen wir mit dem ganzen Kram?«

Sie deutet spöttisch auf das Netz, das auf dem Bett liegt. Ich habe das Gefühl, dass sie mich nicht ganz ernst nimmt. Ich packe sie bei der Hand und ziehe sie zu mir. Sie leistet keinen Widerstand.

Ich habe den Eindruck, dass ihr Körper schrumpft und sie sich in meine Arme schmiegt. Sie starrt mich verängstigt an, mit dem gleichen Blick wie auf dem Boot.

»Entschuldige, ich habe mich nicht deutlich ausgedrückt, mir ist ein wenig kalt. Vielleicht eine kleine Grippe. Nein! Ich rede Unsinn, aber … ich habe Angst.«

Das ist keine Lüge. Ich spüre ihre Angst. Plötzlich habe ich Lust, sie zu beschützen, vor allem, seit ihr nackter Busen meine Brust streift. Ich bin ein starker Mann, ein ganzer Kerl! Und ob!

»Wovor?«

Ihre Miene bekommt etwas Schelmisches, sie hat sich wieder im Griff, die dunkle Wolke ist vorübergezogen. Sie entwischt mir wieder.

»Vor solchen Männern wie dir, die vor Superfrauen wie mir Angst haben.«

Ich stoße sie wütend von mir, sie prustet los.

Wir räumen die beiden Betten frei.

Ich finde zwei Bettlaken, die nach Meer, Orange und Fenchel riechen, sauber geordnet in dem mit Ölzeug vollgestopften Schrank. Ich reiche Juliette eines, dazu eine Decke, und lege mich schlafen. Sie zieht ohne Scham ihr Kleid und ihren Slip aus und kuschelt sich ins Laken. Ich habe sogar den Eindruck, dass es ein bisschen Absicht ist, wenn sie mir ihren Körper zeigt. Sie wirft mir vorsichtig einen kurzen Blick zu, um zu sehen, ob ich sie beobachte.

»Gute Nacht! Bist du sicher, dass du mich nicht wärmen willst? Mir ist ganz kalt.«

Sie prustet los. Ich drehe ihr den Rücken zu, verärgert über ihre Durchtriebenheit, meine Schüchternheit und meinen Mangel an Mut. Ich falle in einen unruhigen Schlaf, mit dem Bild dieses nackten Körpers vor Augen, das mich einen guten Teil der Nacht verfolgt.

Halb vier. Ich werde von Klagelauten geweckt, dazwischen unverständliche Worte wie aus einer fremden Sprache.

Die Geräusche, das Stöhnen, die seltsame Sprache jagen mir einen gewaltigen Schrecken ein. Es ist die schweißgebadete Juliette, die gerade einen Albtraum hat. Sie stöhnt leise, wie besiegt, und leiert eine merkwürdige Litanei herunter.

Ich stehe auf, lege meine Hand auf ihre Schulter und schüttle sie sanft, um sie zu wecken. Ihre Reaktion ist sehr heftig.

Sie stößt einen Schrei aus und schlägt mir mit solcher Wucht ins Sternum, dass es mich in die Netze katapultiert, wo ich, völlig außer Gefecht gesetzt, liegen bleibe. Dann erst wird ihr klar, was sie gerade getan hat.

Sie ist sofort an meiner Seite und hält mir den Kopf.

»Constantin, habe ich dir wehgetan? Constantin!«

Ich bin völlig groggy.

»Ja! Vorsicht, rüttel nicht so an mir! Mein Gott! Was war das?«

»Ich bin's, Juliette, ich habe gedacht ... Du hast mir Angst gemacht! Ich glaube, ich habe dir im Schlaf einen Schlag versetzt. Entschuldige.«

Ich erhole mich langsam wieder von dem Schwinger, den ich auf die Brust bekommen habe, und sehe wie durch einen Nebelschleier, dass eine nackte, zauberhafte junge Frau mich in den Armen hält. Ich lege meinen Kopf auf ihren weichen Bauch. Plötzlich wird ihr bewusst, dass wir alle beide nackt sind, sie stößt einen kleinen entsetzten Schrei aus und flüchtet sich wieder in ihr Bett.

Aber so wird die hübsche Maid mir nicht davonkommen! O nein! Ich kleiner Heuchler jammere ihr was vor: »Ich habe noch Schmerzen! Da hast du mir ja ganz schön eins reingehauen. Und ich habe gesehen, dass du rot geworden bist ... Du hast einen Leberfleck auf deiner rechten Brust.«

Ich strecke ihr die Hände hin.

»Aber, jetzt mal ganz im Ernst, hilf mir hoch, ich bin noch ganz benommen, du Wildfang.«

»Es tut mir wirklich leid. Ich hatte einen schrecklichen Albtraum, in dem ich von Männern misshandelt wurde. Ich hielt dich für einen der Angreifer.«

Sie wickelt sich das Laken um den Leib, steht auf und streckt mir die Hand hin. Ich greife zu und ziehe sie mit einem kurzen Ruck zu mir her. Juliette fällt mit einem überraschten Aufschrei auf meinen Oberkörper. Ich lasse sie zur Seite rollen und bin plötzlich über ihr, denn sie soll meine erhitzte Männlichkeit zu spüren bekommen. Da sie sich überhaupt nicht mehr rühren kann, versucht sie, sich zu befreien.

Aber sie ist viel zu fest ins Laken gewickelt, die Fessel ist noch besser als ein Paar Handschellen. Es macht sie ein bisschen wütend, mir so ausgeliefert zu sein.

»Was willst du, Constantin? Ich habe dir doch gesagt, dass ich es nicht absichtlich gemacht habe, lass mich los. Du hättest mich ja nicht mitten in der Nacht aufwecken müssen, und an so einem Fausthieb stirbt man ja auch nicht gleich! Wenn du mich nicht loslässt, schreie ich und wecke das ganze Estaque-Viertel und vielleicht sogar ganz Marseille auf.«

Ich nähere mich ihrem Gesicht, um in ihre klaren Augen zu blicken.

Ich sehe sehr wohl, dass mein Verhalten sie nicht wirklich ängstigt, und glaube aus ihrem Blick noch etwas anderes herauszulesen – vielleicht eine Art Begehren!

»Ach was, du Angeberin! Mit dieser leisen, dunklen Stimme willst du ganz Marseille aufwecken? Juliette, wovor hast du Angst? Gerade eben noch hast du gejammert, und es hat sich angehört, als würdest du jemanden in einer merkwürdigen Sprache anflehen. Ist es der schwarze Mann, vor dem du gestern geflohen bist? Sag es mir, vorher lass ich dich nicht los.«

Das Ganze ist übrigens wahnsinnig angenehm, ich hatte vergessen, dass ein Frauenkörper so aufwühlend sein kann …

Es ist schon so lange her, dass ich eine junge Frau angefasst habe. Die letzte war Sophie gewesen.

Alles so rund und weich … Juliette strampelt und versucht sich mir zu entwinden. Ihre Beckenbewegungen machen mich nur noch wilder. Sie fleht mich an: »Nein! Ich bitte dich … versuche nicht, den Grund zu erfahren. Das geht dich alles nichts an. Bist du hier nicht glücklich? Außerdem bin ich vor niemandem auf der Flucht, ich hatte einen Albtraum, das ist alles. Komm näher, ich verrate dir ein Geheimnis.«

Ich nähere mein Gesicht, und sie küsst mich heftig auf den Mund. Ich ziehe überrascht den Kopf zurück, aber zu spät. Sie lacht schallend los. Der Kuss hat mir gefallen; er hat mir sogar sehr gefallen.

»Drangekriegt! Der Herr Menschenfeind. Das war ein fader, seelenloser Kuss. Ich hoffe, du kannst es besser, sonst werde ich eine schlechte Meinung von dir haben.«

Juliette sieht mich mit schalkhaft blitzenden Augen herausfordernd an. Ihr ungeschminkter roter Mund mit den vollen, wohlgeformten Lippen fasziniert mich, zieht mich an.

Ich nehme ihren Kopf in beide Hände und küsse sie, während ich ihr in die grauen Augen sehe, in denen ich versinke.

Sie erwidert meinen Kuss, öffnet ein wenig den Mund, als wolle sie mir sagen, dass sie sich ganz hingeben will. Ihre kleine Zunge berührt meine Zähne. Ich spüre, dass sie sich allmählich entspannt. Sie schließt die Augen, um es besser genießen zu können. Ich streichle zärtlich ihre runden Brüste. Die Lust reißt mich mit, und auch ich schließe die Augen.

»Na, da komme ich ja gerade noch rechtzeitig! Heilige Maria, Mutter Gottes, das ist ja Sodom und Gomorrha hier! Constantin, schämst du dich nicht, es auf dem Boden zu treiben wie die Tiere, und Sie, Mademoiselle, lassen Sie das bloß nicht mit sich machen! Woher kennen Sie denn den Burschen?«

Es ist Tine! Verflucht! Wieso muss sie in diesem entscheidenden Augenblick hier auftauchen? … Sie hat rotes Haar, ist nicht sehr groß, dafür ziemlich kräftig gebaut, und sie hat eine gewitzte Stimme, wie geschaffen dafür, Kunden anzulocken.

Und sie ist auch tatsächlich Fischhändlerin in den Hallen von Saumati. Sie hat ein rundes, imposantes Hinterteil, das sie in engen Hosen zur Geltung bringt. Wie Féfé immer so nett sagt: »Sie hat einen *tafanàri,* der kaum durch die Porte d'Aix passt.«

Tine ist das schnuppe, sie ist überzeugt davon, dass ihre Reize ihm gut gefallen. Im Süden geht die Tendenz ja auch tatsächlich eher in Richtung mollige Frauen. Aber sie fährt mit ihrer Gardinenpredigt fort.

»Wissen Sie, dass das ein Grieche ist, und dass die Griechen hier einen ganz schlechten Ruf haben?« Sie deutet mit dem Finger auf mich: »Das sind alles Schmeichler, Schöntuer, Don Juans. Schauen einen kaum an, und hopp, schon ist man mit einer ganzen Bande Bastarde schwanger. Übrigens, die wenigsten wissen das, Casanova hatte ein Drittel griechisches Blut, nur dass Sie es wissen …«

»Tine, du gehst mir auf den Senkel, könntest du vielleicht ein bisschen später wiederkommen, ja?«

»Im Gegenteil, ich finde, ich komme gerade rechtzeitig, mein schöner *caraque fureur* … Also? Werden hier die jungen *girelles* begrabscht?«

Juliette dreht sich behände unter mir weg, um meiner Fessel zu entkommen, und ich lande, zutiefst gekränkt, mit meiner Erektion auf dem Boden. Tine prustet los, gefolgt von der jungen, quietschfidelen Frau, die mir die Hand hinstreckt, um mir aufzuhelfen. Dadurch rutscht das Laken vom Körper meiner Komplizin, die meine Hand loslässt, um es festzuhalten, und so lande ich wieder mit dem Po auf dem Boden.

Tine weist mich zurecht.

»Constantin, du machst einen so dämlichen Eindruck wie ein *gabian* auf der Abflugpiste!«

Die beiden Frauen prusten noch lauter los, und ihre verschworene Fröhlichkeit wirkt ansteckend. Tine packt die Kleine bei der Taille. Die beiden bekommen einen Lachanfall, den sie kaum bändigen können. Schließlich kehrt nach einer Weile der Ernst zurück. Tine hilft mir auf.

»Gerade noch rechtzeitig! … Was für ein Temperament! Sie verdrehen uns den Kopf mit ihren schönen Worten, und schon ist man geschwängert, noch bevor man nach Luft schnappen kann. Man muss ihnen Widerstand leisten, meine Kleine, vertrauen Sie einer erfahrenen Frau, die zwei Ehemänner gehabt hat …«

Ich ziehe eine Hose und ein Polohemd an. Juliette wirft mir über Tine hinweg einen verliebten Blick zu. Die Rothaarige streckt meiner Geliebten herzlich ihre Hand hin.

»Ich heiße eigentlich Rose, werde aber Langustine oder einfach nur Tine genannt, weil ich bei meiner für Rothaarige so typischen Haut im Sommer rot werde wie gekochtes Kaisergranat. Du musst zugeben, man hätte mich genauso gut auch weiterhin Rose nennen können … Aber so ist das nun mal! Wir sind hier in Marseille, also heißt es Tine.«

Juliette lächelt ihre Komplizin an.

»Ich heiße Juliette, ich bin hier, weil ich mit Monsieur Paoli und diesem griechischen Flegel hier, der gerade seine Körperkraft eingesetzt hat, um mich brutal zu vergewaltigen, die Netze hochholen werde. »Sind Sie meine *témouine,* Madame Tine?«

Tine bricht in Lachen aus und stößt die junge Frau mit dem Ellbogen in die Seite.

»Ha! Komische Vergewaltigung, mir kam es doch grad so vor, als ob dir das ganz recht gewesen wäre, und wenn ich nicht gekommen wäre, läge deine Jungfernschaft jetzt in Féfés Krabbenkörben begraben. Aber wo wir schon dabei sind: Hat der alte Gauner die Favouilles und die Bärenkrebse gefunden? Also gut, ich bin vorbeigekommen, um fürs Frühstück schnell noch eine Fischsuppe zu kochen. Los, Constantin, setz Wasser auf, ich geh schon mal meinen Mann wecken.«

Juliette blieb einen Moment völlig fassungslos stehen.

»Suppe um diese Uhrzeit?«

»Ja, das ist hier so Sitte, du wirst schon sehen, anfangs ist es ein bisschen komisch, aber dann gewöhnt man sich dran. Wir essen jeden Morgen Suppe mit Féfé, seit wir uns kennen.«

Tine bekommt einen durchtriebenen Gesichtsausdruck.

»Vor allem, wenn ich hier schlafe! Denn wenn ich hier schlafe, muss mein heißblütiger Herkules erst mal wieder zu Kräften kommen!«

Tine lässt wieder ihr fettes Lachen erschallen, typisch für eine so lebenslustige Person wie sie. Sie schnappt sich einen Teller und eine Kaffeetasse.

Ich stelle einen Kochtopf auf den Herd, während Juliette duscht. Tine geht mit ihrem Kaffee in Féfés Zimmer.

Ich wühle ein bisschen im Schrank und finde eine Hose, einen Strick, den ich als Gürtel benutzen kann, und ein weiß und blau gestreiftes Polohemd im Marinestil für die Meerjungfrau. Am Meer ist es nachts um diese Stunde kühl, und es ist nicht angenehm, wenn man gleich zu Beginn des Tages frieren muss.

Als sie aus dem Badezimmer kommt, gebe ich ihr, was ich zum Anziehen gefunden habe. Überrascht gibt sie mir einen Kuss, tropfnass wie sie ist. Ich bin drauf und dran, mich zu verlieben, da beißt die Maus keinen Faden ab! Die Vorstellung ist nicht unangenehm, nur leider schwebt dieser schwarze Schatten über ihrem hübschen Kopf.

Das Wasser kocht. Ich werfe Zwiebeln hinein, Kartoffeln, Tomaten, Zitrone, Fenchel, das Dutzend Drachenköpfe, das Tine gesäubert hat, und etwas Safran.

Während der Fisch und das Gemüse kochen, zeige ich Juliette, wo sie die Teller und die Löffel findet, mit denen sie den Tisch decken kann, und verschwinde unter der Dusche. Ich wechsele zwischen kochendem und eiskaltem Wasser ab, so werde ich richtig wach.

Als ich sauber und frisch aus dem Bad komme, sitzen alle schon am Tisch. Juliette, die bei den Drachenköpfen erst nicht so recht zulangen wollte, lässt es sich jetzt schmecken. Tine erzählt ihr unterdessen, wie sie Féfé an einem 14. Juli verführt hat. Der alte Mann, der diese Geschichte schon x-mal gehört hat, sieht auf seine Uhr, eine alte Oignon aus Silber, die er von seinem Großvater geerbt hat. Er schimpft vor sich hin, steht auf und zieht sich seine Caban-Jacke an, die vor Salz ganz steif ist.

»Na, dann mal los, ab in die Puschen, es ist schon vier. In zehn Minuten fahren wir. Deine Erinnerungen kannst du dem Mädchen später noch erzählen. Außerdem, Tine, du kommst zu spät, wenn du weiter schwatzt ... Diese Frau ist eine echte *blagaïre,* da stehen die Mühlräder nie still, und da fragst du noch, warum wir nicht verheiratet sind?«

Tine steht morgens auch sehr früh auf. Manchmal schläft sie bei Féfé, manchmal auch nicht. Sie wohnt gleich nebenan. Ich denke, diese Übereinkunft taugt den beiden ganz gut. Wir essen schnell auf.

Ein kleiner Kaffee mit einem Schuss Garlaban, damit uns warm wird, und schon sind wir unterwegs. Tine begleitet uns bis zum Boot, auch das ist so Brauch, dann geht sie arbeiten.

Das Meer ist glatt. Es sieht aus, als habe es eine Haut, ich muss an Salvador Dalí denken.

Man spürt die Nacht weichen, noch bevor man es sieht.

Juliette steht am Bug und ist ganz in Gedanken versunken. Féfé ist in der Mitte beim Motor und bereitet die Arbeitsfläche vor, auf der ich gleich die Netze hochziehen werde. Der Himmel klart auf, dort, wo die Sonne auftauchen wird, genau über Notre Dame de la Garde, die golden funkelt. Von l'Estaque zur Frioul-Insel ist es nicht weit, sie liegt gleich gegenüber.

Ich sehe das erste Netz und steuere mit dem Boot drauf

zu. Féfé schnappt sich die schwarze Fahne, und wir fangen mit der Arbeit an.

Ich hab gleich gesehen, dass der Fang gut war. Es waren zwar auch ein paar verirrte Lippfische und Petermännchen ins Netz gegangen, aber Rotbarben würden wir haben; Féfé hat recht behalten, wie immer …

Der kleine rote Fisch mit den zarten gelben Streifen, eine Marseiller Delikatesse, wird immer seltener, und es ist für uns ein Geschenk des Himmels, so viele davon zu fangen. Er wird teuer gehandelt. In Marokko gibt es auch Rotbarben, aber die beliebtesten sind die aus unserer Gegend. Und dann gibt es noch die Plattköpfe, eine Unterart der Rotbarben, die weniger geschätzt wird. Für uns heute ein absolutes Muss.

Ab und zu werfe ich Juliette einen Blick zu. Sie hilft uns, die Fische in die Kisten zu sortieren, ganz gewissenhaft, so wie Féfé es ihr gezeigt hat, einen Fisch neben den anderen. Sie ist schön, unsere kleine Meerjungfrau. Ihr dichtes schwarzes Haar fällt ihr über die Augen, während nach und nach die Sonne aufgeht. Ihr Pullover schmiegt sich an ihre kleinen Brüste, und ich habe Mühe, mich auf meine Arbeit zu konzentrieren. Die Wärme des aufgehenden Himmelssterns heizt uns ganz schön ein. Wir entledigen uns der überflüssigen Kleidungsstücke.

Ich ziehe die Netze hoch, Féfé holt die Fische aus den Maschen. Wir kommen schnell voran. Wir sind schon bei der achten Kiste. Féfé fällt das auch auf, und er sagt zu mir: »Gar nicht schlecht zu dritt, das Mädel wird eingestellt. Was meinst du dazu? Eine Frau auf einem Fischerboot, da kann man sich schön das Maul drüber zerreißen … Übrigens, was habt ihr denn heute Nacht gemacht? Tine hat mir erzählt, ihr seid gerade dabei gewesen, miteinander zu turteln, *furer,* als sie kam. Das sind ja schöne Geschichten!

Eine *girelle royale* wie du! Mit Constantin, einem *cacou,* den du kaum kennst und der keinen guten Ruf hat!«

Mir ist aufgefallen, dass Juliette von Féfé beeindruckt ist, vielleicht liegt es am Alter oder an der natürlichen Autorität des alten Mannes …

Er sieht die junge Frau mit gespielter Strenge an. Ich sehe ganz genau, wie er lacht unter seinen gerunzelten Brauen.

»Und du brauchst gar nicht rot zu werden, was machst du eigentlich so im Leben, wenn du nicht gerade Boote enterst oder dir deine Nächte mit jungen griechischen Epheben um die Ohren schlägst? Irgendwelche verrückten Studien, nehme ich mal an?«

Jetzt steht die Sonne hoch und wärmt. Sie weicht aus, die Anspielungen des alten Mannes sind ihr peinlich.

»Was heißt das, *furer*?«

»Möchtest du eine Zeichnung haben?«

Juliette wird rot.

»Ah! … Nein. Schon gut, ich glaube, ich hab's begriffen! Was das andere angeht, ich habe mein Studium an den Nagel gehängt und mache nichts. Ich lebe von meinem Erbe. Das heißt, von dem, was mir davon noch bleibt.« Sie lächelt uns an.

»Hier sind wir fast fertig, oder? Es ist warm, könnten wir anschließend nicht schwimmen gehen?«

Mir ist auch heiß. Das ist ein ausgezeichneter Vorschlag. Wir beschließen, zu einer kleinen Kieselsteinbucht zu fahren, die Féfé und ich kennen, sie ist sehr schwer zu erreichen, und man trifft dort nie auf eine Menschenseele. Oft kochen wir uns morgens nach der Arbeit vier Seescheiden oder ein paar Seeigel, wenn wir nicht sogar wilde Miesmuscheln finden.

Nachdem wir das letzte Netz gereinigt haben, stellen wir die Kisten hinten in den Laderaum, wo es kühl ist; die

Rotbarbe wird schnell schlecht, sie ist ein sehr empfindlicher Fisch. Féfé sagt, er wird uns in der Bucht absetzen. Ich glaube, er will uns ein wenig allein lassen.

Er ist zwar ein bisschen bärbeißig, aber doch ein feinfühliger Mensch.

Wir bleiben am Strand zurück, und der *Engatseur* verschwindet. Wir sind allein. Juliette sieht mich lächelnd an, schelmisch, als wolle sie sagen: Fang mich doch, wenn du kannst. Dann fängt sie an, sich ganz schnell auszuziehen, ein weiterer erotischer Schock für mich, und taucht anmutig ins klare Wasser ein.

Ein paar Meter weiter taucht sie prustend wieder auf, verspottet mich, macht sich über mich lustig. Ich bin an der Küste geboren, in meiner Jugend habe ich die meisten Sommer dort verbracht. Dich werd ich tunken, Kleine!

Ich ziehe mich aus und platsch! Ins weite blaue Meer, das nicht allzu kalt ist.

Vor uns liegt majestätisch Marseille und scheint mir sagen zu wollen, ich solle mich auf meine hellenischen Wurzeln besinnen und nach Piratenart zum Entern ansetzen.

Sie schwimmt los, und ich habe Mühe, sie einzuholen. Nach ein paar hundert Metern ist sie vor mir. Ich tauche und packe ein Bein, das ich kräftig nach unten ziehe.

Sie holt tief Atem, lässt sich einen Meter in die Tiefe ziehen und schaut mich unter Wasser an, ohne sich zu rühren. Und selbst dort sind ihre Augen, die mich anstarren, außergewöhnlich hell.

Ich drücke sie an mich, küsse sie sanft, und wir tauchen auf, ineinander verschlungen. Ihre Lippen sind weich, schmecken nach Salz und Sonne.

Ich bringe sie ohne Eile in eine kleine Grotte, die man von der Küste aus nicht sehen kann. Um hineinzugelangen, muss man wissen, wo das Loch ist, und vor dem Felsen ins

Meer hinuntertauchen. Juliette hat ein wenig Angst, aber sie folgt mir.

Unter dem Felsen angekommen, schwimmen wir eine Weile und gelangen an eine Stelle, die nur von dem grellen Licht erleuchtet ist, das von unten aus dem Meer kommt.

Es ist das Innere einer Art großen Felsenmuschel, die in zwei kleinen Stränden aus feinem Sand endet. Violette und rote Seeigel, schillernde Seeanemonen und sogar ein orangefarbener Seeigel leuchten in einem Meter Tiefe in aller Pracht. An der Decke der Grotte spiegeln sich alle Farben, bläulich, wogend wie eine riesige Kinoleinwand.

Juliette ist ganz in Bann geschlagen von dem außergewöhnlichen Zauber dieses verborgenen Orts. Sie hat Tränen in den Augen.

»Das ist herrlich …«

Vor lauter Ergriffenheit drückt sie mich fest an sich. Wir lieben uns, noch halb im Wasser, langsam, ohne uns zu hetzen, ohne zu sprechen, erkunden unsere Körper mit den Händen, dem Mund – jeden Winkel.

Später schlafen wir am Strand ein, ineinander verschlungen, erschöpft von unseren erotischen Spielen.

Die Zeit vergeht.

Es war geschafft.

Er war Gaà Man, das spirituelle Oberhaupt der Djukas der Noirs Marrons. Es war hart gewesen, er hatte sein ganzes diplomatisches Geschick einsetzen, alle möglichen Listen anwenden und ganze Weinfässer aufbieten müssen.

Aber jetzt war es endlich so weit ...

Er war es gewohnt, Schwierigkeiten zu meistern, das machte ihm keine Angst ... Wenn man den Mana mit dem Paddel hinauffahren will, darf man vor Stürmen und Orkanen keine Angst haben ... Er hatte sich dieser Herausforderung gestellt, dieser selbst gewählten, um seinen Körper auf die Probe zu stellen, aber auch »sein Glück« ... Er singt leise ein kreolisches Lied, um beim Schwimmen in einen Rhythmus zu kommen.

Mo prends oune charme
Pour mo charmé fille-là;
Mo réfléchi à rien de force pas bon;
Mo prends charme-là
Mo jeté-le dans la mer ...
Si p'tite fille content mo,
Li ké marché derrière mo.

Jetzt ist er der Chef. Er wird sich ganz nach Belieben wieder zurückholen können, was den Seinen gehört. Das Blut des Flusses, das gelbe Blut … Keiner darf sich ihm widersetzen.

Er hat gerade über einen kleinen Nebenfluss, den nur er allein kennt, die Stromschnelle *Fracas* überwunden. Er schickt den Göttern ein Gebet, von denen er weiß, dass sie dort sind, versteinert im weißen Ton. Er folgt dem vorgeschriebenen Ritual, hebt das Paddel über den Kopf, verneigt sich nach links, dann nach rechts. Er lässt die Gedanken von Massa-Gadou in sich ein … Aber er hört nichts. Er ist von ihm erfüllt. Da fährt er zum *Grand Continent* weiter, zum *Topitosant,* der gefährlichsten Stromschnelle von allen. Wenn ein Boot in dieser Stromschnelle untergeht, wird es in eine abgrundtiefe Leere hineingezogen und verschwindet kopfüber darin. Er hat mehr als einmal mit angesehen, wie ein Boot ins Nichts gesaugt wurde: Das Boot stand, mit dem Heck nach oben, kerzengerade im Wasser, dann wurde es langsam nach unten gezogen.

Er ist mitten in der Nacht aufgebrochen, um die Kühle zu nutzen. Die Regenzeit ist noch nicht vorüber. Im Fluss schwimmen riesige Baumstämme, mitgerissen von der Strömung. Hin und wieder stoßen Fische, verfolgt von einem Raubtier, Löcher in die Wasseroberfläche. Ein Kragenfaultier erreicht das Ufer, nachdem es den Fluss überquert hat. Es flüchtet sich sogleich ins Blattwerk des Unterholzes. In der Ferne singt ein Tukan.

Der Mann, der fast nur aus Muskeln besteht, rudert langsam in weit ausholenden, regelmäßigen Stößen. Sein Paddel, groß und kunstvoll geformt, ist vollständig bemalt und mit Schnitzereien versehen. Es ist das erste Paddel, das er gestaltet hatte, nachdem er zum Mann wurde, wie alle Jungen seiner Altersstufe.

Auf den Griff hat er ein zentrales Muster gemalt, das nur aus Bögen besteht, nach oben öffnet es sich zu einem *neki,* und unten läuft es schmal zur sogenannten Pofurche aus. Der *pali kitingi.* Das ist »der Weg, der zur geliebten Frau führt«. Er hatte es für seine erste Frau Anomisie gefertigt.

Lange bevor er von dem Fieber nach dem Blut des Flusses gepackt wurde: dem Gold …

Das war so gewesen: Er hatte es eines Tages in Begleitung eines Freundes ausprobiert, mithilfe eines *passé-tout,* wenn das Mineral direkt auf dem Boden liegt, vermischt mit Erde, Blättern, Baumstücken, Felsen. Man brauchte kein Loch zu graben. Man brachte alles auf sauberen Platten aus, und dann wühlte man die Erde mit einer *longuetonne* durch.

Das Ergebnis war enttäuschend gewesen, zumindest was das Gold betraf, aber es hatte ausgereicht, um dieses Fieber in ihm zu entzünden, das ihn quälte. Also hatte er gelernt, wie man sucht, und den Ort entdeckt, an dem sich das Mineral befindet. Anschließend bohrte er ein Loch in den Boden. Eines, das groß genug war, dass er bequem darin Platz hatte. Manchmal grub er ganze zehn Meter tief! Wenn man auf die gelbliche oder bläuliche Tonerde stieß, musste man Wasser suchen. Dann baute er einen Kanal, der vom Fluss zu seiner Baustelle führte. Anschließend legte er Holzplatten aus, die länger waren als breit, um die Erde drauf abzuladen und zu waschen. Die letzte Platte hatte am Ende eine Eisenvorrichtung mit kleinen Löchern, die den feinen Sand filtern konnte, der das kostbare Metall enthielt. Dahinter befand sich ein weiteres kleines Loch, in das er das Quecksilber hineintat. Dieses hält das Gold zurück und geht eine feste Verbindung mit ihm ein. Dann muss man das Ganze nur noch erhitzen, um das kostbare Metall herauszuholen, das nach der ganzen Prozedur wieder gelb wird.

Aber jetzt ist all das Vergangenheit.

Er ist Gaà Man – er erinnert sich an das erste Mal. Er hatte einen anderen Mann bestohlen, es war ein alter Brasilianer gewesen, Caboclos, der ihn sehr mochte … Eines Abends, im chinesischen Lebensmittelladen *Chez Sam*, ihrem Treffpunkt, hatte er den alten Mann ganz aufgeregt erlebt.

Er hatte ihm ein Bier bezahlt, dann noch eins und noch eins … Und als der Abend zu Ende war, sie standen vor dem Fluss, vertraute der Mestize ihm an, dass er eine Goldader gefunden hatte.

Das war nicht seine Schuld, die Menschen lieben ihn einfach, sie vertrauen ihm … Also ging er ihm am frühen Morgen nach.

Es war leicht, es hatte ihm Spaß gemacht, das Blut, das Töten. Und vor allem sich das zu nehmen, was der Mann im Schweiße seines Angesichts für ihn aus der Erde geholt hatte.

Damals hatte er begriffen, welche Rolle ihm zugedacht war, warum er auf die Welt gekommen war. Er hatte beschlossen, Gaà Man zu werden.

Manchmal fühlte er sich allein.

Denn er konnte sein Wissen mit niemandem teilen.

Das muss wohl so sein, wenn die Götter einen stärker gemacht haben als die anderen. Dafür gemacht, zu befehlen, zu erobern …

»Oh, ihr Turteltäubchen! Los, aufgestanden da drin! Constantin! Juliette! Die Tine bringt uns noch um.«

»Féfé? Bist du's? Wir kommen.«

Ich wecke Juliette mit einem zarten Kuss auf den Mundwinkel. Sie schlägt die Augen auf, und ich bin wie gebannt von ihrem Liebreiz. Ich würde gerne etwas sagen über die Gefühle, die mich überwältigen, irgendetwas Bedeutsames.

»Juliette, ich ...«

Sie lächelt mir verschwörerisch zu, legt mir zärtlich zwei Finger auf die Lippen und hindert mich am Weitersprechen.

»Nein, es ist noch zu früh ... Später vielleicht ...«

Féfé empfängt uns mit spöttischem Blick, verkneift sich aber jeden Kommentar. Er hat eine hübsche Kiste voll bunter Seeigel gesammelt. Wir schnappen uns unsere glühend heißen Kleider und klettern wieder an Bord des *Engatseur*. Die pralle Sonne steht jetzt im Zenit.

Das Meer ist etwas bewegt, das Boot wird von ein paar kurzen Wellen geschaukelt.

Der sanfte Wind und die Sonne trocknen unsere Haut schnell wieder und hinterlassen große weiße Ränder. Ich mag diese Spuren des Meeres auf meinem Körper, ich bin dann ein bisschen Teil von ihm, eine Art Meeressäuger.

L'Estaque ist bald in Sicht. Während Féfé das Boot vertäut, bringen Juliette und ich die Frucht unserer Arbeit in eine besondere Fischhandlung, eine Art Fischereigenossenschaft.

Wir hatten uns für diese Lösung entschieden, weil wir keine Lust hatten, uns mit einer Verkäuferin, einem Marktstand, den Kunden, den Versicherungen herumzuärgern. Die Frau, die für den Kauf unseres Fangs zuständig ist, kennt mich gut. Sie ist den Umgang mit Fischern gewohnt und lässt sich nicht so leicht auf die Füße treten. Beim Anblick von Juliette zieht sie eine Braue hoch. Sie ist nicht neugierig, aber doch erstaunt, dass wir ein Mädel bei uns haben, das sieht sie zum ersten Mal.

»Na, Constantin, wie geht's? Was habt ihr denn heute gefangen? Ach, wie schön! Rotbarben, das trifft sich gut, das Restaurant *La Réserve* hat gerade welche verlangt ...«

Während sie unseren Fang wiegt, zeige ich Juliette die Fische, die die anderen gefangen haben.

Den ganz roten Pfauen-Lippfisch, den köstlichen Fiélas, der in Paris Conger, Meeraal, genannt wird, den Petersfisch, den man am Fingerabdruck des heiligen Petrus erkennt, das Petermännchen mit seinem Stachel, das einem höllische Schmerzen bereiten kann, wenn man drauftritt, den Roten Knurrhahn, den Drachenkopf ... Als die Abrechnung gemacht ist, gehen wir wieder zu Féfé, der gerade mit der Reinigung des Boots fertig ist.

Ein Uhr. Ich habe etwas Hunger. Das muss am Anblick und am Geruch der Seeigel liegen. Vielleicht auch an unserer Liebesgymnastik unten in der Grotte. Heftige Gefühle reißen immer ein Loch in den Magen ...

Juliette sieht wunderbar aus. Ich liebe sie, wie sie so dasteht in ihren Männerklamotten, mit den Salzflecken auf ihrer Haut, dem schwarzen Haar, das unter einer alten Mütze von Féfé hervorquillt. Ich packe sie von hinten und küsse sie auf den langen Hals. Sie presst sich an mich, und ich spüre, wie ihr Po sich leicht an meiner Hose reibt. Die Fischer, die die gerissenen Netze reparieren, pfeifen mir zu und foppen mich ein wenig:

»Sieh mal einer an, der Grieche, na, hast du jetzt deine *girelle royale* gefunden? Hast wohl mit deinem Pointu die ganze Reede abgeklappert, was? Wie hast du die denn ins Schlepptau bekommen? Oder hast du sie mit dem Fischkorb gefangen?«

Juliette dreht sich zu ihnen um und wirft ihnen ein strahlendes, mit Grübchen gespicktes Lächeln zu. Erneuter Begeisterungssturm der Arbeiter des Meeres. Mein Magen beginnt zu rumoren.

Juliette lacht. Sie stößt mir den Finger in den Bauch und sagt: »Ich kann ihn hören.«

»Ich habe einen Bärenhunger. Féfé, lass uns schnell die Netze zum Trocknen auslegen, reparieren können wir sie dann später. Ich hoffe, Tine hat uns eines ihrer köstlichen Gerichte gekocht; so ein paar *petits farcis de provence* könnte ich jetzt gut vertragen.«

Féfé stimmt begeistert zu.

»O ja, das wäre super! Die Petits Farcis von Tine ... Übrigens, soll ich euch mal was erzählen? So habe ich Tine nämlich kennengelernt. Ich weiß schon, dass sie euch gesagt hat, es sei an einem 14. Juli gewesen. Völliger Unsinn ...«

Féfé fängt an, uns die Sache lang und breit zu erzählen, während wir die Netze am Quai auslegen. Als wir damit fertig sind, ist es schon zwei. Um diese Stunde ist die Sonne gnadenlos. Juliette sitzt im Schatten und sieht uns aufmerksam zu. Wir schütten uns Wasser in den Nacken und machen uns zu dritt in aller Ruhe auf den Heimweg, zurück zu Féfé.

Ich trage den Korb mit den Seeigeln. Das kleine Dorf liegt friedlich im Schlummer.

Ab und zu hört man einen Mann schnarchen, der in der drückenden Hitze sein Nickerchen macht. Kurz vor unserer Ankunft hören wir Musik, Vivaldi, es tönt bis auf die Straße hinaus.

»So was aber auch! Kommt das von dir, Féfé? Tine ist ja taub wie ein blinder Fisch. Ist sie verrückt geworden oder was?«

Wir klettern auf die Terrasse. Ich sehe sofort die Auflaufform auf dem Tisch mit dem ofenfertig zubereiteten Gemüse. Tine hat uns wirklich Petits Farcis gemacht. Aber irgendetwas ist hier merkwürdig. Die Tür zum großen Raum ist verschlossen. Die Musik kommt aus einem halboffenen Fenster. Wie gehen ins Zimmer, dort ist es duster. Ich muss meine Augen erst eine Weile an die Dunkelheit gewöhnen.

Féfé hält den Plattenspieler an, der bei der Eingangstür aufgestellt wurde. Es folgt ein merkwürdiges Schweigen.

Man hört ein stetiges Geräusch, wie das Gebrumm eines Motors. Ein beißender Geruch, der mir bekannt vorkommt, den ich aber nicht sofort zuordnen kann, schnürt mir die Kehle zu.

Tine sitzt auf bizarre Weise mitten im Raum. Ich bekomme ein ganz komisches Gefühl. Irgendetwas stimmt nicht. Nur was?

Féfé macht Licht. Es fällt mir schwer, zu begreifen, was ich sehe, aber als ich es begreife, stoße ich einen Schrei des Entsetzens aus. Tine sitzt im Sessel und dreht uns den Rücken zu.

Sie hat den Kopf auf groteske Weise verdreht. Ihr vom Tod verschleierter Blick scheint uns fragen zu wollen, was da mit ihr geschieht. Ab dem Hals sind ihre Kleider von einem blutigen Mantel befleckt, der bis zu den Füßen reicht. Rundum bildet das Blut eine schwarze Lache.

Daher auch das Brummen. Die herbeigelockten Fliegen schwirren in einem endlosen, trunkenen Ballett um sie herum. Außerdem ist überall im Raum Blut verspritzt, an den Wänden, auf den Netzen, überall. Das war der Geruch, den ich beim Hereinkommen wahrgenommen hatte. Er erinnert mich an die Toten all der Schlachtfelder, die ich auf der ganzen Welt gesehen habe, als ich noch als Leichenfotograf unterwegs gewesen bin.

Ich weiß nicht, warum, aber ich muss unwillkürlich an einen Satz aus Macbeth von Shakespeare denken:

Aber wer hätte gedacht, dass der alte Mann noch so viel Blut in sich hätte?

Jetzt nehme ich die entsetzlichen Einzelheiten wahr. Tines Arme sind mit Gürteln gefesselt.

Der völlig verstörte Féfé packt den Kopf seiner Lebensgefährtin und stößt einen Schrei aus. Er hält ihn in der Hand und lässt ihn sofort fallen.

Der Frauenkopf rollt mit einem ekelhaften Geräusch durch die Blutlache. Mir dreht es den Magen um, gleich muss ich mich übergeben. Jemand hat ihn abgeschnitten und verkehrt herum wieder auf den Rumpf gesetzt.

Das gab der Leiche etwas Groteskes, und es ist eine entsetzliche Vorstellung, die Täter, die dieses widerwärtige Verbrechen begangen haben, könnten zum Spaß damit gespielt haben.

In unserem Rücken knallt die Tür zu. Wir schrecken zusammen, Juliette stößt ein Gebrüll aus. Sie ist leichenblass.

Zwei Männer haben sich im Schatten hinter der Tür

verborgen. Der Ältere ist ein typischer Marseiller Opa mit Schirmmütze und dem traditionellen Blaumann der Hafenarbeiter. Er wirkt so unbescholten wie ein Boulespieler, bis man seine wässrigen, schwarzen, eiskalten Augen sieht. Er kratzt sich an der Backe, als könne er unsere Aufgeregtheit nicht recht begreifen.

Der andere Mann ist ein junger Araber, groß, mager, mit Sonnenbrille. Er hüpft nervös von einem Bein aufs andere. In der rechten Hand hält er eine Waffe von beeindruckendem Kaliber, mit der er uns von Zeit zu Zeit bedroht. Er ist vollkommen zugedröhnt und herrscht uns mit einer dunklen Stimme an, die ab und zu in schrille Töne umkippt, unterbrochen von nervösem Gelächter. Er kann nicht auf einer Stelle stehen bleiben. An seinem Gesicht zerren ständig irgendwelche Ticks. Man könnte meinen, er sei eine Marionette, die ihre abgehackten Bewegungen nicht zu koordinieren vermag.

»Überraschung! ... Hihi! Die Oma hat ihren Kopf verloren. Keine Dummheiten, meine Täubchen, oder ich knall euch ab! Sie hatte übrigens recht gehabt, die Alte, als sie sagte, ihr würdet heimkommen, es wäre gar nicht nötig gewesen, sie so zu piesacken ...«

Dann bemerkt er Juliette.

»Guten Tag, du Schlampe! Hast du etwa geglaubt, du könntest uns entkommen?«

Juliette scheint gleich in Ohnmacht fallen zu wollen.

Da fällt mir auf, dass Tines Oberteil zerrissen ist. Ihre Haut ist von grauenvollen schwarzen Striemen gezeichnet. Wegen des vielen Bluts war mir das zuerst entgangen. Sie müssen versucht haben, sie zum Sprechen zu bringen, und dabei haben sie sie sinnlos und ohne jeden Grund gefoltert. Und das alles nur, weil wir wegen mir zu spät dran sind.

Ich spüre, wie jemand vorsichtig den Deckel meines

Korbs hebt. Féfés Hand gleitet in den Korb mit den Seeigeln. Er hat sich wieder gefangen, will offenbar irgendwas ausprobieren. Ich überlege, wie ich ihm helfen kann.

Der finstere Alte mit der Schirmmütze spricht mit Marseiller Akzent.

»Tut mir leid um die Rote, aber ihr hättet euch eben nicht verspäten dürfen. Wir sind gekommen, um die da zu holen. Ihr beiden dreht euch jetzt bitte mal mit dem Gesicht zur Wand, aber dalli!«

Juliette ist aschfahl, verzweifelt, kurz davor, sich zu übergeben. Das spornt mich an. Ich warne sie mit einem eindringlichen Blick, dass wir etwas vorhaben, und werfe den beiden Männern unvermittelt die Seeigel vor die Füße. Der Jüngere springt in die Luft, um den runden, stachligen Tieren auszuweichen.

Anschließend geht alles sehr schnell.

Der Alte brüllt und fasst sich ans Gesicht. Féfé hat ihm gerade hasserfüllt den Seeigel, den er in der Hand hielt, ins Gesicht getrieben. Man hört, wie die Stacheln ins Auge dringen und dann abbrechen.

Unterdessen trete ich dem Jungen so fest gegen das Schienbein, dass er zusammenklappt. Ein Schuss geht los. Es ist nicht allzu schwer, ihm die Waffe aus der Hand zu schlagen. Die Knarre rutscht durch das Blut. Dann noch ein Schlag auf die Nase und er bricht in den Seeigeln zusammen. Wir hören ein Geräusch, aus Féfés Zimmer kommen Rufe. Sie sind nicht allein gekommen …

Ich packe Juliette bei der Hand und zerre sie auf die Terrasse, gefolgt von dem alten Korsen. Wir stürmen die Treppe hinunter, und Féfé knallt die Eingangstür hinter sich zu. Das wird unsere Verfolger ein wenig aufhalten. Wir biegen in ein Gässchen ein, in dem meine Kiste auf uns wartet; ich stecke schnell den Schlüssel ein und lasse den Motor an. Féfé und Juliette reißen die Türen auf, die ich nie abschließe, springen in den Wagen, und ich steige aufs Gaspedal.

Durch die ersten Straßen geht's mit Volldampf, dann beruhige ich mich wieder. Féfé schreckt zusammen, dreht sich um und sieht durch die Heckscheibe. Ich versuche herauszufinden, was ihn so beunruhigt, kann aber nichts Besonderes erkennen.

Wir werden von keinem Auto verfolgt.

»Constantin, was ist das für ein Schlamassel? ... Ich verstehe gar nichts mehr. Ich habe gerade gesehen ...«

Ich schneide ihm das Wort ab: »Was machen wir jetzt? Gehen wir zur Polizei? Wir sind verpflichtet ...«

Juliette brüllt auf und bricht hysterisch in Tränen aus. »Nein, nicht die Bullen, ihr begreift das nicht. Lasst mich hier. Ich komme da sonst nie wieder heil raus!«

Tränen kullern aus ihren verängstigt blickenden Augen, Juliette steht kurz vorm Nervenzusammenbruch. Sie versucht, aus dem fahrenden Auto zu springen. Féfé packt sie in aller Ruhe am Ärmel und versetzt ihr zwei schallende Ohrfeigen.

Wir fahren eine Weile, die Stille wird nur vom Schniefen der jungen Frau unterbrochen.

Ich weiß nicht, was ich tun soll. Die Vorstellung, zur Polizei zu gehen, gefällt mir auch nicht sonderlich, aber ich wüsste nicht, was wir sonst tun könnten.

»Entschuldige, Kleine, aber wir müssen Ruhe bewahren und nachdenken. Constantin, wir gehen nicht zu den Bullen; hast du mir nicht gesagt, dass du einen Arzt zum Freund hast, der dir noch was schuldet? Denn zu dem müssten wir vielleicht gehen. Die haben mir eine Kugel in die Haxe gejagt.«

Ich werfe einen kurzen Blick auf Féfé, er ist kalkweiß

und hält sich das Bein, aus dem ich etwas Blut rinnen sehe. Verflixt!

Ich habe nicht gesehen, wo der junge Araber hingezielt hat, als ich ihm eins übergebraten habe. Genau diese Kugel muss Féfé am Bein erwischt haben. Juliette stößt einen Schrei aus, fängt sich aber schnell wieder. Sie reißt einen Ärmel ihres Polohemds in Fetzen und fabriziert so eine Art Arterienbinde. Féfé wehrt sich nicht dagegen.

Ich weiß überhaupt nichts über Féfés Leben, aber aus ein paar winzigen Einzelheiten und Minigeständnissen schließe ich, dass er ein rechter Haudegen ist und in seiner Jugend Dinge getan hat, die nicht immer gesetzeskonform waren. Er ist ein zäher Knochen …

Ich fahre Richtung Marseille.

»Warum zu meinem Arztfreund? Warum nicht in ein Krankenhaus? Das wäre doch einfacher, ich habe Robert seit Jahren nicht mehr gesehen und …«

Féfé unterbricht mich: »Nein, nicht ins Krankenhaus, zu deinem Arztfreund.«

Ich habe tatsächlich einen Freund, der Arzt ist und in »Le Corbusier« wohnt. Der berühmte Architekt hat auf dem Prado eine lange Prachtstraße gebaut, die bei Castellane losgeht und bis zum Fuß des Gineste reicht, einem riesigen grauen Gebäude. Anfangs machten sich die Marseiller über die untypische Bauweise lustig.

Sie nannten es *la cité du fada*, die Siedlung des Verrückten. Niemand wollte dort wohnen. Man überließ die Wohnungen den Kriegswitwen. Dann kam es in Mode, und jetzt wohnten dort nur noch bürgerliche Intellektuelle. Und somit auch mein Arztfreund, dem es dort wahnsinnig gut gefällt.

Ich habe Robert kennengelernt, als die beiden, er und

seine Frau, noch in der Liga waren. In dieser Zeit habe ich ihm einen wichtigen Dienst erwiesen, der mit seiner beruflichen Zukunft zusammenhing. Heute kann ich ihn um alles bitten. Ich habe ihn seit Jahren nicht mehr gesehen, aber ich bin mir sicher, dass er mir helfen wird. Dass ich ihn nicht mehr sehe, liegt einfach daran, dass er sich zu sehr verändert hat – wir verstehen uns nicht mehr recht. Vor allem nicht in politischen Dingen.

Er steht voll hinter der Politik Israels und rennt jetzt ständig in die Synagoge. Das alles hat uns – mich, den Ungläubigen, und ihn, den Religiösen – ein wenig voneinander entfernt.

Wir betreten die große Eingangshalle, und weil wir aufpassen müssen, dass das Wachpersonal uns nicht sieht, nehmen wir den Lastenaufzug. Ich stütze Féfé, und als wir im sechsten Stock angekommen sind, klingle ich an der grellgelben Tür. Kindergeschrei, es duftet nach Suppe. Die Tür öffnet sich, und vor uns steht Robert, ein großer und kräftiger Kerl mit Bart. Er trägt immer noch seine Bifokalbrille, die seinen hellblauen Augen etwas Verträumtes gibt.

»Constantin! Das ist aber eine Überraschung!«

»Robert! Ich brauche dich …«

Zwei Kinderkörper tauchen zwischen den Beinen ihres Vaters auf.

Roberts sieht Juliette wohlwollend an, dann Féfé, der ihm sein Bein zeigt. Robert blinzelt mir zu.

»Ah, ich verstehe … Hören Sie Monsieur, gehen Sie in dieses Zimmer; und du, alter Gauner, und Sie, Mademoiselle, geht bitte in den Salon. Ihr könnt ja Sylvie überraschen! Und ihr, Kinder, lasst mal meine Beine los.«

Er bringt Féfé in sein Sprechzimmer, das an seine Wohnung grenzt, und lässt Juliette und mich mit den beiden Kindern allein.

Ein Junge und ein kleines Mädchen von etwa sieben, acht Jahren, rotblond wie ihr Vater.

»Wo ist Mama? Wir werden sie überraschen.«

Die Kinder zerren uns in die Küche der weitläufigen Wohnung. Sylvie dreht uns den Rücken zu und ist gerade damit beschäftigt, eines dieser köstlichen Gerichte der jüdischen Küche zuzubereiten. Auf dem Kopf trägt sie das traditionelle Kopftuch.

Ich trete hinter sie, lege ihr die Hände über die Augen und frage sie im Flüsterton, wer ich bin. Sie denkt einen Moment nach.

»Es gibt nur einen Mann in meinem Leben außer meinem Ehemann, der mich so berühren darf; das ist der Grieche ... Dieser Schuft, der uns verlassen hat, seit ... das dürften jetzt gut und gerne zehn Jahre her sein, dass wir dich das letzte Mal gesehen haben. Also ... Ich freue mich, dich zu sehen, aber das dürfte ich dir eigentlich gar nicht sagen. Was treibt unser verrückter Fotograf denn so? Hast du wieder eine deiner fantastischen Ausstellungen?«

Ich freue mich auch, sie wiederzusehen. Es stimmt, als wir uns das letzte Mal gesehen haben, hatte ich gerade meine letzte Fotoausstellung. Der Abend endete beim Champagner, wir tanzten bis in die frühen Morgenstunden und erfanden die Welt neu.

Damals habe ich als freiberuflicher Fotograf für verschiedene Presseagenturen gearbeitet, in diesem Beruf mehrmals die Welt umrundet und Tausende von Fotos geschossen.

Und eines Tages im Libanon, wo mich ein Heckenschütze zur Zielscheibe nahm, ob er nun christlich oder muslimisch war, ist nicht so wichtig, da hörte ich plötzlich auf, im Kreise herumzuirren. Ich hätte dort fast meine Haut gelassen, aber vor allem wurde mir schlagartig klar, wie sinnlos meine Existenz war. Ich hatte keine Lust mehr, das Leben in hübschen bunten Bildern festzuhalten. Dann würde ich eben nicht reich werden. Auch nicht berühmt, sondern ein Kunsthandwerker des Meeres.

Ich wurde Fischer. Sylvie, die kleine scharfzüngige Brünette, hat Juliette natürlich schon gesehen. Aber da sie klug ist, stellt sie mir keine Fragen zu Sophie, nur ihre lebhaften Augen sprechen Bände.

Als wir uns das letzte Mal gesehen hatten, lebte ich mit einer reichen Blonden zusammen, die mir damit in den Ohren lag, ich solle sie heiraten und ihr ein Kind machen. Das Leben hat alles ganz anders entschieden.

Sylvie fragt mich, ob ich verheiratet bin, ob ich Kinder habe, ob ich immer noch Fotos mache. Ich nehme sie ein bisschen auf den Arm.

»Nein, wenn ich dir sage, was aus mir geworden ist, wirst du mir nicht glauben. Aber erzähl erst mal du!«

Ich ziehe sie am Kopftuch.

»Lass dich doch mal anschauen! Was hast du denn da auf dem Kopf? Was soll dieses Kopftuch? Seid ihr jetzt ganz ins Lager der Fundamentalisten übergewechselt? Wirst du dir demnächst eine Perücke aufsetzen? Was für eine Familie! ... Und diese zwei schönen Kinder, wie heißen sie? Sag mal, die sehen ihrem Vater aber sehr ähnlich, und dir überhaupt nicht. Bist du dir auch ganz sicher, dass das deine sind?«

Wir erzählen uns unsere Geschichte.

Sylvie bietet uns einen kristallklaren Anisschnaps und die *kémia* an. Die Kinder sind laut, es ärgert sie ein bisschen, dass wir uns gar nicht mehr für sie interessieren. Wir haben uns so viel zu sagen, dass wir gar nicht merken, wie die Zeit vergeht. Juliette schweigt und hört mit abwesender Miene zu.

Robert kehrt ins Zimmer zurück, gefolgt von einem hinkenden Féfé.

»Ein kleines Loch im Schenkel, ein Durchschuss, der keinen allzu großen Schaden angerichtet hat. Die Hand habe ich auch gesäubert. Ich habe gut ein Dutzend Seeigelstacheln herausgezogen. Zum Teufel, das hält jung! ... Dein Freund braucht jetzt ein paar Tage Ruhe, und man muss ihm öfter mal den Verband wechseln.«

Robert sieht mich liebevoll an, mit einem Haufen Fragezeichen in den Augen. Und mit Sorge. Ich weiß, dass Robert mich wirklich wie ein Bruder liebt, wie ein großer Bruder.

Ich würde ihn gerne beruhigen, aber was soll ich ihm sagen? Ich drücke ihm liebevoll den Arm.

»Ich danke dir, Robert, ich kann dir nichts sagen, zum einen, weil ich gar nicht viel weiß, und dann auch, weil ich euch nicht in irgendeinen Ärger hineinziehen will, denn der ist meines Erachtens keineswegs von Pappe.«

»Ich stelle dir keine Fragen, Constantin.«

»Ich danke dir. Also, dann müssen wir uns jetzt auf die Socken machen und einen Schlachtplan ausarbeiten.«

Wir umarmen uns mit dem Versprechen, uns öfter zu sehen; dann machen wir uns aus dem Staub.

Wir sitzen alle wieder beisammen in dem Auto, das ich vor dem riesigen grauen Gebäude geparkt habe. Ein paar spärlich bekleidete Prostituierte gehen auf und ab, scherzen miteinander und mokieren sich über die potenziellen Kunden, die vorübergehen.

Ich spüre, dass Féfé sich ärgert und traurig ist.

»Hör mal, Constantin, ich muss dir sagen, warum ich mit dem Mädel einer Meinung war, dass wir nicht zu den Bullen gehen sollten ... Als wir aus meinem Haus kamen, habe ich am Meeresufer Juliettes Albtraum gesehen. Du weißt schon, den großen Schwarzen, der uns vor der Frioul-Insel nachgesehen hat. Na ja, und der unterhielt sich mit Morandi. Erinnerst du dich an dieses alte Oberarschloch?«

Sicher erinnerte ich mich.

»Nein! ... Das ist unmöglich! ... Morandi!«

»Ich schwör's dir. Und es sah so aus, als würden sie sich gut verstehen. Wir müssen zwar mit der Polizei reden, das schon, aber nicht mit den Beamten aus der Gegend hier. Ich wette mit dir, dass wir schon als Mörder gesucht werden ...«

Juliette versteht offenbar nicht, wovon wir sprechen. Aber sie begreift, dass es eine schlechte Nachricht ist. Und damit hat sie ganz recht.

»Wer ist Morandi?«

Sie sieht Féfé an, doch da dieser einfach nur nachdenklich vor sich hinstarrt, antworte ich ihr.

»Ein Bulle ... und zwar ein ganz schuftiger, den man im Évêché gefeuert hatte ... viel zu korrupt. Er wurde nach l'Estaque versetzt.«

Ich rufe mir den Mann in Erinnerung. Ein perverser, sehr unangenehmer Mensch, hinterhältig wie eine Klapperschlange. Von der körperlichen Statur her groß und fett, geradezu adipös.

»Und nach den jüngsten politischen Wechseln hat er wieder eine beunruhigende Macht bekommen. Féfé hat bereits große Probleme mit ihm gehabt.«

Morandi, dieser fiese Bulle, schickt die Mädchen auf den Strich.

Einmal versuchte er es mit einer Korsin, einer Nichte oder Cousine von Féfé, ich erinnere mich nicht mehr ganz genau. Er hat sie dann da rausgeholt, wie, weiß ich nicht mehr, aber noch am selben Tag befand sich die Kleine an

Bord der *Napoléon* und fuhr wieder nach Hause, nach Korsika.

Morandi bekam eins auf die Finger. Und seither hassen sich die beiden Männer von ganzem Herzen. Eine Frage brennt mir auf der Zunge:

»Aber was hat dein schwarzer Mann denn mit ihm zu schaffen?«

»Er ist auch eine Art Bulle!«, sagte Juliette.

Es ist uns nicht gelungen, mehr darüber in Erfahrung zu bringen. Weder über den schwarzen Bullen noch über seine Geschichte. Sie schnappte zu wie eine Auster, und Féfé machte mir ein Zeichen, ich solle sie mal einen Moment damit in Ruhe lassen. Und es gibt ja auch Wichtigeres zu tun.

Wir müssen dringend einen Ort finden, an dem wir schlafen, nachdenken und Féfés Wunde versorgen können.

In meine Hütte zu gehen stand ganz außer Frage, alle Welt weiß, dass wir zusammenarbeiten, Féfé und ich, und wenn man bedenkt, wie schnell sie die Wohnung des alten Mannes ausfindig gemacht hatten …

Es wird ihnen nicht schwerfallen, meine Adresse herauszufinden. Und Juliette kann aus denselben Gründen nicht in ihr Hotel zurück.

Plötzlich fällt mir ein, dass Tine ja eine Hütte in einer kleinen Bucht bei Callelongue hatte, hinter Les Goudes; sie hatte sie mir mal für ein paar Monate geliehen. Trotz der schmerzlichen Erinnerung, die dieser Ort bei Féfé wachrufen wird, findet er die Idee brauchbar und hält das Versteck für sicher.

Bevor sie herausfinden, dass Tine noch einen zweiten Wohnsitz hatte, haben wir schon einen anderen Unterschlupf gefunden. Wir fahren Richtung Osten der Stadt. Von l'Estaque bis zu Les Goudes müssen wir um die ganze

Stadt herumkutschieren, an der Küste entlang. Wir fahren an zahlreichen kleinen Buchten vorbei, zu denen die Bürger der Stadt ab Mai baden gehen.

Obwohl Marseille eine riesige Stadt ist, die zweitgrößte Frankreichs, gibt es noch kleine Viertel wie Les Goudes, die wie ein Dorf funktionieren, mit einem kleinen Lebensmittelladen, einer Kirche, einem Bäcker …

Nach dem Örtchen wird die Straße ziemlich schmal und kurvenreich. Sie schraubt sich einen Hügel hinauf, der sich über der kleinen, gut geschützten Bucht von Callelongue erhebt. Dank einem Loch, einer Höhlung im Felsen, ist es an diesem besonderen Ort ganz ruhig, wenn der Mistral bläst. Ein paar wenige Boote liegen vor Anker.

Die anderen wurden den Felsen hinaufgezogen, um sie vor eventuellen Windböen zu schützen. Etwa ein Dutzend Häuser wurden an den Hang gebaut, vor der kleinen Bucht und westlich davon.

Tines Hütte, ein auf Fels gebautes Holzhaus, das als einziges zum Meer hin liegt, ist eine recht schlichte Behausung. An manchen Stellen blättert die grüne Farbe ab, Ergebnis einer gemeinsamen Aktion von Meer und Sonne. Féfé legt sich erleichtert auf einem der Eisenbetten nieder. Nach der Verletzung und Roberts Behandlung ist er nun erschöpft und schläft sofort ein.

Die junge Frau deckt ihn mit einer zerlöcherten Decke zu, die sie in einer Holztruhe gefunden hat, und sie macht das mit einer Zärtlichkeit, als wäre sie seine Tochter. Das haut mich um. Ich nehme sie in den Arm und drücke sie an mich. Dann verlagere ich ein wenig mein Gewicht und wiege sie dabei sanft hin und her. Die junge Frau entspannt sich.

Aber ich muss eine Weile weg. Ich bitte Juliette, im Haus zu bleiben und über den unruhigen Schlaf des Verletzten zu wachen, während ich ein bisschen was zu essen einkaufen gehe.

Ich fahre die einzige Straße zurück, denn Callelongue und Les Goudes liegen in einer Sackgasse. Als ich im Viertel La Pointe Rouge angekommen bin, stoße ich auf einen Lebensmittelladen, in dem ich alles einkaufe, was es so für einen Tomatensalat und ein Kartoffelomelett braucht, Knoblauch und einen großen Bund Basilikum. Ich koche leidenschaftlich gern, es entspannt mich.

Das ist bei mir immer schon so gewesen. Sobald ich ein Problem habe, sobald ich nachdenken muss, fange ich an zu kochen. Dann denke ich nur noch an das Gericht, das ich gerade zaubere, und wenn ich mich zu Tisch begebe, um mein Werk zu kosten, dann hat sich mein Problem – pffft! – in Luft aufgelöst, und ich habe die Lösung.

Meine italienische Großmutter, eine echte Sphinx, war Köchin von Beruf und hat mir den Spaß und die Leidenschaft fürs Kochen vermacht.

Klein und rund, wie sie war, thronte sie Respekt gebietend vor ihren Kochtöpfen.

Sie lehrte mich die verschiedenen Soßen schätzen, die sie für die Arbeiter kreierte, die in ihr Restaurant kamen. Sie hat mich im Rascati-Viertel großgezogen, neben der Gare St. Charles. Frühmorgens zog sie los, um auf dem Marché des Capucins ihre Einkäufe zu machen, dann nahm sie vollbepackt die Straßenbahn nach St. Pierre, wo sie kochte … Sie hat bis an ihr Lebensende gearbeitet. Sie ist bei ihrem Hund gestorben, den sie abgöttisch liebte. Ich denke, sie hat sich ein bisschen sterben lassen.

Die Sonne geht unter, ab heute Abend wird der Mistral wehen. Das Meer ist bereits von heftigen Grundwellen aufgewühlt. Es verändert seine Farbe, wird blauschwarz mit einer weißen Schaumkrone. Beeindruckend.

Es tut mir gut, ein wenig allein zu sein. Ich mache das Fenster auf, lasse mich vom aufkommenden Wind umschmeicheln und denke nach.

Als ich in der Nacht zurückkomme, ist Féfé wach.

»Kleiner, ich freu mich, dich zu sehen. Ich hatte eine ganz üble Vorahnung …«

Ich stelle meine Plastiktüten auf den behelfsmäßigen Tisch und schaue Juliette, die mir zulächelt, fragend an.

»Er dachte, du wärest zu mir nach Hause gegangen.«

»Ich bin doch nicht verrückt! … Da dürfte mich ja wohl ein höchst unangenehmes Empfangskomitee erwarten, und ich habe keine Lust, mich in Stücke hauen zu lassen. Ich frage mich, wer Tine das angetan hat. Ich glaube nicht, dass es das Werk der zwei Hohlköpfe war, die uns empfangen haben.«

Darauf antwortet Juliette kurzerhand: »Das war der Grand Man. Der schwarze Polizist, den ihr auf der Insel und später zusammen mit Morandi gesehen habt, dieser fiesen Type. Das ist seine Art zu töten, sein Markenzeichen.«

Ich werfe Féfé einen verzweifelten Blick zu. Er betrachtet aufmerksam die junge Frau, in der Hoffnung, sie werde mehr sagen. Aber sie verstummt, und wir sind so klug wie zuvor. Féfé wirft mir ebenfalls einen Blick zu, und mein entnervter Gesichtsausdruck bringt ihn zum Lächeln. Er hat eine unglaubliche Geduld.

»Hör mal, Mädchen, du kannst uns alles erzählen, wenn du das möchtest, du brauchst keine Angst zu haben.«

Zum Dank für seine Worte lacht Juliette kurz auf.

Darauf sagt Féfé zu mir: »Na dann, Constantin, dränge sie nicht, sie braucht Ruhe, und was mich angeht, so muss ich mir ein sicheres Versteck suchen. Hier können wir meiner Ansicht nach nicht lange bleiben, höchstens einen oder zwei Tage.«

Féfé wirkt recht selbstsicher.

»Es gibt hier keinen Ausgang; wenn sie uns finden, versperren sie uns die Straße, und wir kommen nicht mehr weg, dann sind wir ganz schön gelackmeiert. Als du einkaufen warst, habe ich nachgedacht!«

Ich muss schon sagen, wenn es ganz schlimm kommt, hilft bei mir immer das Kochen, bei ihm ist es der Schlaf. Er erholt sich schnell wieder, für einen Mann seines Alters.

Nachdem er jetzt wieder einsatzfähig ist, erklärt er uns: »Ich denke, wir könnten ja vielleicht nach Bastia gehen, nach Korsika, zu meinem Cousin. Dort kann mir niemand etwas anhaben. Dort kenne ich alle Welt, und wenn ein Ausländer aufkreuzt, sieht man das sofort. So lange, bis die Wunde sich wieder geschlossen hat ... Außerdem ist der Dorfrichter ein Freund aus meiner Kindheit. Das Problem ist, es gibt zwei Möglichkeiten, wie wir dort hinkommen können. Entweder ein Freund leiht uns ein Boot, oder wir versuchen, mit der normalen Fährverbindung hinzufahren. Aber ich fürchte, die Fähren werden überwacht. Das Einfachste wäre es, sich ein Segelboot auszuleihen ... Das wäre sozusagen die dritte Lösung, vielleicht ein bisschen riskant bei dem Wind, aber die Zeit drängt ...«

»Warum klauen wir uns nicht einfach ein Boot? Das ist die beste Lösung. Wir gehen in den Hafen von Marseille und suchen uns dort ein Boot aus, das einem Typen gehört, der nicht hier lebt. Ich weiß, das ist aus moralischer Sicht nicht ganz einwandfrei, aber ... bis der Besitzer das gemerkt hat, haben wir es schon wieder zurückgebracht. Er wird nicht einmal merken, dass sein Boot sich von der Stelle bewegt hat. Und wir können durch das Netz schlüpfen, das Morandi mit Sicherheit ausgelegt hat.«

Féfé seufzt und schaut sich um.

»Jawohl, so machen wir's. Morgen früh versuchen wir,

einem Kumpel ein Boot abzuschwatzen, aber wenn das nicht funktioniert, leihen wir uns vom Erstbesten eins aus …«

Féfé lauscht dem Wind.

Ich sage zu ihm: »Das Problem ist, dass der Westwind sich immer weiter nach Nordosten verschiebt. Ich denke, morgen wird der Mistral wehen.«

Féfé lächelt, diesen Faktor hat er schon mitbedacht.

»Ich weiß. Ich hab's gespürt. Aber das ist nur umso besser, sie werden niemals annehmen, dass wir bei schlechtem Wetter übers Meer gefahren sind. Du musst mir dann allerdings auch bei den Manövern helfen.«

Juliette schaltet sich schüchtern in unser Gespräch ein und unterbricht Féfé.

»Ich habe Erfahrung mit Booten. Mein Vater und ich haben ein dreizehn Meter langes Holzboot in Cayenne besessen. Ein ganz weißes Boot. Ich bin damit sogar einige Regatten gesegelt und habe mich bei einem Rennen in der Karibik erfolgreich platziert.«

Féfé wirft mir einen Blick zu. Diese junge Frau wird noch für so manche Überraschung sorgen, da bin ich mir sicher. Féfé betrachtet die provenzalischen Teller, auf die Tine so stolz war. Ich sehe sie noch vor mir, wie sie uns diese hübsche Keramik vorführte:

»Keramik aus Moustier, als Letztes waren sie im Besitz meiner Urgroßmutter!«

Féfé ist gar nicht wohl.

»Das wäre also geregelt … Ihr müsst wissen, mir wird es ganz schwer ums Herz, wenn ich um mich herum all die Dinge sehe, die Tine gehört haben, bei dem schrecklichen Tod, den sie gehabt hat, ich denke, ich bin nicht sehr nett mit ihr umgegangen. Ich hätte doch wenigstens richtig mit ihr zusammenleben und sie heiraten können …«

Juliette geht zu Féfé, der uns den Rücken zuwendet. Sie legt ihm sanft die Hand auf die Schulter. Er fährt zusammen. Ich denke, es ist an der Zeit, meinen alten Freund ein wenig abzulenken von seinen düsteren Gedanken.

»Ich weiß nicht recht, ich weiß nur, dass ich einen Bärenhunger habe, ihr nicht? Das Menü des heutigen Abends lautet: Provenzalischer Tomatensalat und Kartoffeln à la Constantin. Habt ihr darauf Appetit?«

Juliette begreift sofort meine Absicht und fängt an, sich mit Féfé übers Meer zu unterhalten. Sie hat einmal ein Boot besessen und kennt sich ein wenig mit Navigation aus.

Féfé ist nicht auf den Kopf gefallen, aber er reißt sich zusammen und bietet mir sogar an, die Kartoffeln zu schälen. Männer seines Schlags sind aus einem anderen Holz geschnitzt als wir.

Er hat gerade seine Frau verloren – und ich weiß, was das für ihn bedeutet –, aber er stellt sich der Sache. Er macht sogar Scherze.

Ich bitte Juliette, den Tisch zu decken, während die Kartoffeln, der Knoblauch, die Petersilie und die Anchovis kochen. Dann, zu Tisch!

Wir schlingen die Mahlzeit mit großem Appetit herunter, selbst Féfé. Er klagt ein bisschen über sein Bein. An diesem Abend sprechen wir nicht miteinander. Jeder ist mit seinen Gedanken, da bin ich mir sicher, beim gestrigen Abend, bei Tine oder bei der Zukunft, die uns düster erscheint. Ehrlich gestanden versuche ich vor allem, hinter das Geheimnis des Verwirrspiels unserer schwarzhaarigen Schönheit zu kommen.

Wir machen uns für die Nacht fertig. In der Hütte gibt es nur ein einziges großes Zimmer.

Féfé schläft in dem kleinen Bett, das einen Winkel des

Raumes ausfüllt. Wir finden eine Decke und rollen uns ein … auf einem wuchtigen Sofa, das ein bisschen alt ist und nach Mottenkugeln riecht. Ich kann nicht einschlafen, obwohl ich sehr müde bin.

Féfé schnarcht unglaublich laut, er hat ein Schlafmittel genommen. Meine dunkle Schönheit schnarcht auch ein wenig, und ich muss ein bisschen darüber lächeln. Sie hat sich aufgedeckt und zeigt mir schamlos ihren Hintern.

Draußen ist ein heftiger Wind aufgekommen. Der Mistral weht und rüttelt an dem kleinen Holzhäuschen, als wolle er es vom Boden heben und auf eine Spazierfahrt ins Meer holen. Ich höre auch die Wellen, die heftig gegen die Felsen klatschen.

Schließlich dämmere ich langsam weg, gleite in einen verrückten und turbulenten Albtraum, wahrscheinlich eine Folge der Ereignisse des vergangenen Tages.

Der alte Totschläger mit dem Seeigel im Kopf bedroht mich mit einem Regenschirm ohne Stoffbespannung, von dem nur das stachelige Chromgestänge übrig geblieben ist. An den Spitzen sehe ich blutige Trophäen stecken. Ich glaube sogar Augen zu erkennen, und zwar die von Juliette. Sie sind lebendig und sehen mich an.

Der Alte reißt Fratzen, lacht hämisch und sagt nur immer wieder: »Aber sicher, aber sicher, das sind ihre Augen …«

Ich will dem schrecklichen Alten an die Gurgel springen, werde aber von den zwei Lederriemen zurückgehalten, mit denen man Tine gefesselt hatte. Sie werden von dem jungen Araber festgehalten, dem ich den Schlag versetzt hatte. Der Alte kommt mit seinem widerlichen Regenschirm auf mich zu. Alle Augen folgen mir, wenn ich den Kopf drehe. Der betagte Alte lässt das grauenvolle Gestänge, so schnell es nur geht, um seine Achse drehen. Wie in einem amerikanischen Musical fängt er zu singen an.

»I'm singin' in the rain, just singin' in the rain.«

Die Zentrifugalkraft reißt die Augen vom Gestänge, sie fallen mit einem widerlich schmatzenden Geräusch zu Boden. Ich muss an Juliettes Augen denken.

Ich brülle los, doch das einzige Geräusch, das aus meinem Mund kommt, ist das Brummen einer Fliege.

»Bzzz ... Bzzz ...«

»Hallo, hallo. Wer ist dran? ... Scheiße!!!«

Als ich begreife, welche Katastrophe da gerade passiert ist, bin ich schlagartig wach. Noch benebelt von den Schlafmitteln, ist Féfé ans Telefon gegangen.

Wenn sie das waren, dann können wir uns auf was gefasst machen ... Morandis Bande wird schon bald hier aufkreuzen. Juliette hat Mühe, wieder wach zu werden. Sie reibt sich die Augen.

»Was ist los? Warum schreien Sie so? Brennt es?«

Féfé hatte eine Stinkwut auf sich, aber um sie nicht allzu sehr zu überfahren, antwortet er: »Es war niemand am anderen Ende, man konnte nur einen Kerl atmen hören. Ich glaube, ich habe mich reinlegen lassen! So ein Hund! Wir müssen schnell von hier abhauen. Ich bin sicher, dass sie hier aufkreuzen werden. Falls sie in der Nähe sind, sind wir geliefert.«

Ich springe in meine Kleider und helfe Féfé beim Anziehen. Juliette ist noch schneller als wir. Die Angst verleiht ihr Flügel. Wir brausen mit quietschenden Reifen davon. Ich habe mir noch schnell ein bisschen Wasser ins Gesicht geklatscht und bin halbwegs wach.

Der Mistral fegt übers Land und schüttelt die dürre Landschaft mit irrsinniger Wut. Juliette, die diesen Wind nicht kennt, betrachtet verblüfft und ein wenig verängstigt die wenigen Kiefern, die sich unter dem Sturmwind ducken.

Ich fahre schnell. Zu schnell, komme auf der rutschigen Straße ins Trudeln. Aufgrund der sehr starken Böen spritzt das Meerwasser über die Mauer. Es gelingt mir jedoch, das Fahrzeug wieder in den Griff zu bekommen.

Es ist noch immer stockdunkel.

Im Licht der Straßenlaternen sieht man eine Reihe bunter Hütten, einen ausgezehrten Hund, der sich zitternd an eine Mülltonne kauert. Hin und wieder erhellen gelbliche Lampen die Straßen, vom Wind heftig geschüttelt. Der Lärm, den der Wind veranstaltet, ist beeindruckend.

Hin und wieder fliegen Plastikstücke herum und knallen gegen die Windschutzscheibe.

Niemand im Auto spricht. Alle sind beeindruckt von dem herrlichen Schauspiel, das der Sturm uns bietet.

Die kleine Straße scheint niemals enden zu wollen. Wenn sie uns hier den Weg abschneiden, gibt's kein Entrinnen mehr!

Wir kommen zur Pointe Rouge, ohne dass uns ein anderes Auto begegnet wäre.

Ich parke in der ersten Straße, in die wir kommen, um abzuwarten, was passiert. Ich drehe mir eine Zigarette. Wir sitzen still und verängstigt da. Falls Féfé sich nicht geirrt hat, werden wir schon in ganz naher Zukunft Besuch erhalten.

Wir brauchen nicht lange auf der Lauer zu liegen.

Zwei dunkle Autos, Großzylinder, tauchen in rasendem Tempo aus der stürmischen Nacht auf. Im zweiten Auto erkenne ich den alten Dreckskerl mit einem Verband überm Auge.

»Uff! Das war knapp! Was machen wir jetzt? Habt ihr gesehen, wer in dem Auto saß? Der Alte und sein Komplize. Die zwei verplempern nicht gerade ihre Zeit. Der Alte ist schon beim Onkel Doktor gewesen. Ich hoffe, sein Auge ist im Arsch, das hätte er verdient, der Dreckskerl.«

Féfé kratzt sich nachdenklich am Kinn.

»Ein Boot! Wir müssen verflucht noch mal ein Boot finden – und dann ab nach Korsika. Wenn wir erst einmal dort sind, sehen wir weiter oder auch nicht, zum Teufel. Fahr los, wir versuchen, einen meiner Freunde zu bequatschen, uns seinen kleinen Segler zu leihen. Drück auf die Tube!«

Ich lasse den Motor an und fahre los. Ich will gerade wenden, als ein schwarzer Jaguar mit ausgeschalteten Scheinwerfern mir die Straße versperrt. Ich trete abrupt auf die Bremse und kann ihm gerade noch ausweichen.

Im Vorbeifahren sehen wir mit schreckstarren Augen den Schwarzen am Steuer sitzen.

Juliette schreit vor Angst. Im letzten Augenblick dreht der Mann gemächlich den Kopf nach uns um. Er bremst sofort. Ich bin wie gelähmt.

»Gib Gas!!«

Féfés Schrei befreit mich aus meiner Starre. Ich starte durch, sodass ich einen Gummistreifen auf dem Asphalt hinterlasse, und gebe Vollgas. Im Rückspiegel sehe ich, wie beim Jaguar der Rückwärtsgang eingelegt wird. Der Fahrer wendet geschickt und nimmt die Verfolgung auf.

Der schläft nicht, der Schweinehund, Mist aber auch! Die Scheinwerfer kommen gefährlich näher. Juliette verliert die Nerven.

»Schneller!«

Féfé schaltet sich ein.

»Nur mit der Ruhe. Dein Schatz ist ein Ass am Steuer. Reg dich nicht auf, wir kommen schon durch … Constantin, hast du einen Plan?«

»Warte, lass mich nachdenken.«

Ihn abzuhängen ist unmöglich, ein Jaguar ist schneller als ein R5. Soweit ich das beurteilen kann, ist der Kerl zu kräftig für uns, außerdem dürfte er bewaffnet sein …

In die Gänge der Metro können wir uns nicht flüchten, die ist noch nicht geöffnet. Und außerdem, Féfé, mit seiner verletzten Stelze …

Moment mal, was war das noch mal, was mein Chi-

Gong-Lehrer immer gesagt hat? Der kleine, tapfere Chinese hat mich früher im Kampfsport unterrichtet. Und mit dem wenigen Französisch, das er beherrschte, sagte er: »Nutzt die Kraft des Gegners!«

Gut! Wir sind auf der rechten Seite des Strands, unser Verfolger versucht mich links zu überholen. Ich versperre ihm den Weg. Das Krachen eingedrückten Blechs. Mein Auto hält dem Aufprall stand, aber das seine muckt nicht einmal auf. Ich bin sicher, an seiner Karosserie ist kein Kratzer zu sehen. Zum Verzweifeln! Meine beiden Passagiere schleudert es hin und her, sie helfen mir, soweit sie können, spornen mich an.

»Gut gemacht!«

In meinem Hirn formt sich allmählich ein Gedanke …

»Ich hab eine Idee. Wenn ich bis zum Beginn der Corniche Kennedy komme, können wir uns vielleicht aus der Affäre ziehen. Das heißt, falls meine Kiste bis zu der Gasse durchhält.«

In den Vierteln über dem Meer sind die Straßen eng.

Manchmal so eng, dass ein etwas längeres Auto nicht auf Anhieb durchkommt. Man muss ein bisschen manövrieren, wenn man um die Kurve kommen will. Die Kraft des Gegners nutzen … Die Leistungskraft seines Autos wird kein Vorteil sein, wenn wir auf meinem Terrain spielen.

Aber erst einmal müssen wir hinkommen; es ist nicht weit, das nicht, aber der Mann hinter uns hat es furchtbar eilig, er bedrängt uns …

Hinten kracht es, soeben hat er mir den Kofferraum eingedrückt, und nun schiebt er meine Karre mit seiner großen Kiste vor sich her. Juliette schreit, und Féfé grunzt bei dem Aufprall vor Schmerz.

Zum Glück kommt die kleine Straße, die ich nehmen wollte, gleich nach der roten Ampel, die ich frech überfahre. Der Mann im Jaguar klebt mir weiter am Hinterteil, schiebt mich an.

Ich schleudere unsanft herum, gestoßen von dem anderen Auto. Durch den Schwung knallt eine Seite meiner Kiste gegen das Eckhaus. Der Aufprall ist heftig, aber obwohl es furchtbar scheppert und kracht, schafft es meine Kiste, durchzukommen. Ich höre, wie der andere Fahrer bremst und zurückfährt. Ich biege in die enge Gasse ein, und die Verfolgungsjagd beginnt.

Ich kenne das kleine Gässchen gut. Es führt hoch bis zur Jungfrau de la Garde. Hin und wieder sieht man bei dem Wettrennen die goldene Statue auftauchen. Das sieht zauberhaft aus. Die goldgelbe Jungfrau, die über Marseille thront, erscheint plötzlich im Halbschatten der Gässchen. Die Luft in dieser Stadt, die wie immer von allen Unreinheiten befreit ist, wenn der Mistral bläst, lässt sie uns ganz nah, ganz gegenwärtig erscheinen.

Ich nehme die Steigung und fühle mich dabei wie ein Rallyefahrer. Der Motor heult auf, die Bremsmanöver dürften das ganze Viertel aufwecken, trotz des Lärms, den der Sturm verursacht.

»Ich mach jetzt eine Vollbremsung, Juliette. Sobald das Auto steht, rennst du links die Gasse runter. Und du kletterst über die Rückbank, ich werde dir dabei helfen, dann steigst du aus dem Auto und kletterst mir auf den Rücken!«

Ich biege mit dem R5 rechts in eine Straße ein. Noch zwei oder drei Kurven, dann sind wir da. Die Straße wird immer enger, meine Karre passt gerade noch so durch. Sobald ich vorn festhänge, schlage ich das Steuer bis zum Anschlag ein. Das Auto blockiert unter gewaltigem Scheppern den Durchgang.

Die beiden Hintertüren stecken zwischen den Mauern

des Gässchens fest. Falls unser Verfolger kommt, muss er erst über meine Blechkiste springen.

Das anschließende Manöver läuft glatt. Féfé rutscht trotz seines verletzten Beins über die Sitzbank und klettert mir auf den Rücken.

Juliette dagegen ist auf der Treppe verschwunden. Ich beginne die Treppe runterzulaufen.

Ob meine Idee so gut ist, weiß ich nicht, aber so ist uns wenigstens eine Verschnaufpause gegönnt. Das verwinkelte Gässchen, durch das wir laufen, führt zur Corniche. Ich spekuliere darauf, dass unser Verfolger zu viel Zeit damit vertun wird, ein neues Auto aufzutun. Mittlerweile schnaufe ich wie ein Walross.

Féfé wiegt nicht schwer, weil er dürr ist wie ein Hering.

Aber die Treppengasse führt über dreihundert Höhenmeter steil nach unten. Von oben betrachtet ein herrlicher Anblick.

Ich sehe das entfesselte Meer im Licht des Vollmonds, bleibe aber nicht stehen, um den Anblick zu genießen …

Vor mir läuft Juliette, wie eine Gazelle hüpft sie die Stufen hinunter und hat schon einen ziemlichen Vorsprung. Ich renne und habe nur vor einem Angst: dass es mich hinschmeißt, mit Féfé auf dem Rücken.

Es geht so steil die Treppe hinunter, dass wir Gefahr laufen, uns den Hals zu brechen, sobald ich auch nur einmal danebentrete. Daher habe ich Juliette weit vorausgeschickt; damit wir wenigstens nicht auf sie drauffallen.

Schließlich kommen wir unten an. Ich überquere die Straße, um mir einen Überblick über die ganze Treppe zu verschaffen, die im Zickzack hinaufführt. Wir befinden uns auf der Corniche Kennedy, die am Meer entlangführt.

Ich bin von Kopf bis Fuß in Schweiß gebadet. Mein Herz

pocht wie verrückt, meine Lungen brennen wie Feuer, mir zittern die Knie. In dem Tempo hätte ich unmöglich weitermachen können. Ich setze Féfé ab, er ist aschfahl im Gesicht und klopft mir auf den Rücken.

»Gut gemacht, Kleiner!«

Ein Schrei.

»Oh, nein!«

Juliette deutet nach oben zur Treppe. Es ist der Schwarze. Er zieht etwas unter seinem langen Gewand hervor, das im Licht des Vollmonds glänzt. Es sieht aus wie ein kurzer Säbel. Mich schaudert's. Ich muss an Tine denken. Der große Schwarze sieht uns einen Moment lang aufmerksam an.

Dann stürmt er auf uns zu. Er rennt, vier Stufen auf einmal nehmend, mit einer unglaublichen Geschwindigkeit die Treppe hinunter. Wir müssen schnell eine Lösung finden.

Zwei Scheinwerfer leuchten einen Moment unser merkwürdiges Trio an. Das Auto ist groß und dunkel. Juliette rennt darauf zu, stellt sich mitten auf die Straße und versucht es am Weiterfahren zu hindern.

Das Auto macht einen plötzlichen Schlenker, nachdem es sie fast erwischt hätte, und fährt krachend gegen die rote Ampel, die ihren Geist aufgibt.

Wir hetzen alle drei zu dem Unfallwagen. Ich hoffe, keiner der Insassen ist verletzt. Das hätte uns gerade noch gefehlt. Ich bin erstaunt über das mangelnde Reaktionsvermögen des Fahrers. Er ist nicht schnell gefahren und hätte Juliette leicht ausweichen können. Die Erklärung bekomme ich, als ich die Fahrertür öffne. Ein Mann rutscht mir entgegen, er ist stockbesoffen.

Auf dem Rücksitz erkennt man eine blonde Mähne, darunter ein Paar blaue Augen, die recht benebelt schauen.

»Die sind vollkommen betrunken, Constantin, mach was, Belphégor kommt!«

Ich schiebe den jungen Mann zur Seite, der das bereitwillig mit sich machen lässt, und setze mich an seinen Platz. Juliette steigt hinten ein, mit Féfé an ihrer Seite. Die junge blonde Frau lässt sich wie ein weicher Sack auf sie fallen. Der Motor läuft immer noch, ich lege den Rückwärtsgang ein, setze zurück und schlage den Lenker ein, dann schalte ich in den Vorwärtsgang.

Das Fenster auf der Fahrerseite zerbirst in tausend Stücke.

Unser Verfolger ist da, ein Riesenkerl. Er dürfte zwei Meter groß sein, in der Hand hält er den kleinen Säbel. Er hat gerade mit seiner Waffe auf mein Fenster eingeschlagen und es dabei zerschmettert. Der silberne Blitz hat mein Gesicht nur knapp verfehlt. Juliette schreit. Der Mann dürfte so um die hundert Kilo wiegen und hat kein Gramm Fett am Leib. Er ist kahl wie ein Ei und trägt eine lilafarbene Narbe im Gesicht. Sehr beeindruckend!

Er rollt seine tintenschwarzen Augen, lächelt mich fast schon freundlich an und zeigt mir dabei sein kräftiges Raubtiergebiss. Wieder hebt er seinen Arm, um mir sein Rapier in den Kopf zu rammen. Sein Blick fasziniert mich, aber plötzlich muss ich an Tine denken. Ich reagiere.

Ich trete voll aufs Gaspedal und schlage das Steuer in seine Richtung ein. Das Auto macht einen Hüpfer und erwischt ihn hart, schleudert ihn zur Seite. Ein dumpfer Aufprall. Mit dem widerwärtigen Geräusch knackender Knochen im Ohr düse ich los, hinein in die Nacht.

Im Rückspiegel kann ich schließlich sehen, dass er behände aufsteht, als sei nichts geschehen.

Guter Gott, aus was ist der nur gemacht? Ich an seiner Stelle wäre an der Fensterscheibe kleben geblieben. Féfé und Juliette beobachten ihn, wie er uns ohnmächtig hinterherstarrt.

Das Auto der Unbekannten ist schön und teuer. Obwohl es gerade eine rote Ampel geküsst hat, scheint es ganz normal zu laufen.

»Taxi, nach Hause! … Herr Chauffeur, wenn Sie mich in mein Bettchen bringen, dann biete ich Ihnen was zu trinken an!«

Mit weinseliger Stimme macht unser Trinkspecht auf sich aufmerksam.

Er ist nicht mehr ganz so jung, wie ich zuerst angenommen hatte. Es täuscht etwas, dass er so dünn ist. Er trägt teure Klamotten, von diskreter Eleganz, englischer Stil. Niemand hört auf ihn. Ich denke nach. Vielleicht kann er uns noch nützlich sein, dieser junge, sturzbesoffene Möchtegerndandy. Ich frage Féfé, der sein verwundetes Bein untersucht.

»Féfé, nur so eine Idee! Nimm doch mal die Papiere aus dem Geldbeutel dieses Gentleman, wir werden ihn nach Hause bringen.«

Féfé hat verstanden. Er durchsucht den vornehmen Herrn, schnappt sich sein Portemonnaie.«

»Glaubst du etwa …«

»Hör zu, die sind sturzbesoffen und werden frühestens in zwölf Stunden wieder zu sich kommen. Wir müssen irgendwo untertauchen, um nachzudenken und uns auszuruhen. Also tun wir ihnen den Liebesdienst, bringen sie in ihr Bettchen, und sie heißen uns für ein paar Stunden bei ihnen zu Hause willkommen.«

Sie wohnen in einem Appartement in der Rue Paradis, dem Marseiller Schicki-Micki-Viertel. Ich fahre durch etliche kleine Quersträßchen, um zu der Adresse des Trunkenbolds zu gelangen, der schläft und schnarcht. Es geht ein entsetzlicher Alkoholgestank von ihm aus.

Ich finde einen Parkplatz vor dem Eichenportal. Dann werfe ich mir den jungen Mann über die Schulter; die kleine Blondine in ihrem wirklich äußerst knappen Miniröckchen stützt sich auf Juliette.

An dem Schlüsselbund aus dem Auto finde ich auch den Hausschlüssel. Die beiden Flügel öffnen sich auf eine riesige Eingangshalle. Sie ist zu beiden Seiten der monumentalen Treppe mit Bronzestatuen geschmückt. Diese tragen Flammen aus weißem Glas. Kein Aufzug – das ist heute ganz entschieden nicht unser Tag. Ich wäre besser Feuerwehrmann geworden oder bei Tine Lastenträger in der Fischmarkthalle von Saumaty.

Féfé, dem ich die Schlüssel gegeben habe, schließt die Tür auf; er lässt einen langen Pfiff ertönen. Wenn das mal keine schöne Wohnung ist!

Ich lege mein Paket auf dem erstbesten Bett ab, das ich finden kann. Der Betrunkene wehrt sich ein wenig. Juliette folgt mir. Ich ziehe dem Burschen die Weste aus. Er sabbert und brummelt ein paar unverständliche Sätze.

Ich versuche seinen Puls zu ertasten, er schlägt schnell, aber regelmäßig. Juliette stopft dem betrunkenen Pärchen jeweils ein Kissen unter den Kopf. Sie schlafen alle beide tief und fest.

»So, das wird gehen! Wo ist unser Korse?«

Juliette sieht sich bewundernd um.

»Er schaut sich die Wohnung an. Sie ist schön, nicht wahr? Ich hätte auch gerne mal so eine.«

Ja, der Ort riecht nach Kohle, nach gutem Geschmack.

Die Decken sind sehr hoch und mit ungewöhnlichen Zierleisten geschmückt, die Wände mit ausgesuchten Wandmalereien bedeckt, es gibt große Kristalllüster.

Nach meiner Zählung gibt es vier große Zimmer, einen riesigen Salon mit einem Kamin aus grünem Marmor, in dem man einen Ochsen braten könnte, eine Bibliothek mit einer Mischung aus seltenen Ausgaben, Belletristik und Krimis. An den Wänden hängen zahlreiche moderne Gemälde, ich sehe sogar einen Francis Bacon. Dann stehen noch so gut wie überall Skulpturen im Art-déco-Stil herum.

Im Salon befindet sich ein weißer Flügel …

Wirklich eine schöne Wohnung.

»Wo ist Féfé? Ich wette, er ist in der Küche, weil er etwas Hunger bekommen hat.«

Da wir morgens immer so früh aufstehen müssen, haben wir es uns angewöhnt, um vier Uhr zu frühstücken. Die große Küche im alten Stil ist bis zur Decke mit weißen Marmorplatten ausgekleidet. Ein riesiges Gemälde bedeckt einen Teil der Wand, darauf ein paar Satyre, die in ländlichem Idyll Fangen spielen.

Die Küchenherde und der Kühlschrank sind aus gebürstetem Edelstahl. Das steinerne Spülbecken ist, wie in vielen Häusern in Marseille, aus Pierre de Cassis, aber das hier hat imposante Ausmaße.

Féfé betrachtet die schöne offene Anrichte voller Konservenbüchsen. Er imitiert die Stimme eines Fernsehmoderators: »Und jetzt haben Sie die Wahl: Entenleber oder Gänseleber, Confit, Gänsehals nach Hausmacherart, Grieben, dieser Typ kommt aus dem Südosten, was wetten wir?«

Juliette, ganz kleinlaut:

»Ich habe noch nie Gänseleber gegessen, ist das gut?«

Féfé und ich schauen uns an. Sie hat noch nie Gänseleber gegessen! Wo kommt diese Hinterwäldlerin nur her? Ich habe allmählich genug von dieser Geheimniskrämerei. Féfé legt mir eine Hand auf den Arm, um mir damit zu bedeuten, dass ich kein Thema daraus machen und mich beruhigen soll.

Als Juliette meine Ungehaltenheit bemerkt, setzt sie zu einer halben Erklärung an.

»Nun ja, ich kenne nur Amerika, ich bin erst seit einem Monat in Europa. Bei mir in Guayana gibt es keine Gänseleber, ich denke, da ist es einfach zu heiß für so was. Außerdem gibt es da keine Gänse, und daher ist Gänseleber … außerdem meine ich …«

Sie wechselt das Thema.

»Ich denke, es gibt Wichtigeres zu tun. Féfé, hat sich deine Wunde wieder geöffnet? Soll ich schauen gehen, wo es hier eine Apotheke gibt?«

Féfé nickt, und die junge Frau verlässt die Küche.

Aus mir bricht es heraus: »Ich habe die Nase voll von all den Geheimnissen. Dieses Weibsbild hier hat uns in die ganze Scheiße reingeritten, wir brauchen sie ja nur zu fragen, warum!« Ich bin richtig wütend. »Wegen ihr ist Tine gestorben, wegen ihr hast du dir eine Kugel eingefangen … ein mit einem Schwert bewaffneter schwarzer Albtraum verfolgt uns, ich habe mein Auto zu Schrott gefahren und …«

Féfé versucht zu beschwichtigen: »Du hast ja recht! Und dann auch wieder nicht. Sieh mal, Juliette ist wirklich in einer üblen Lage. Vertrau mir, es ist besser, sie nicht zu drängen. Wir werden alle drei nach Korsika schippern, und dann kann sie uns alles erzählen. In aller Ruhe. Es ist immer dasselbe mit den jungen Leuten: Ihr wollt alles, und zwar sofort. Du musst Geduld haben!«

Das ist zwar ironisch gemeint, aber Féfé hat schon recht. Auf einem Segelschiff, mitten im Meer, würde sie unseren Fragen, die sie so in Bedrängnis bringen, nicht lange ausweichen können. Wir müssen an das Schiff denken.

Ich beschließe trotzdem, die Gänseleber aufzumachen, um sie davon kosten zu lassen. Ich finde etwas Brot und mache es wieder weich, während ich in einem anderen Schrank einen guten, bereits angebrochenen Burgunder entdecke, einen Rest Salat, Käse …

»Zu Tisch! Es ist angerichtet!«

Juliette ist am Ende begeistert von der Gänseleber. Sie verschlingt das köstliche Gericht, als handle es sich um irgendeine Landleberpastete. Sie ist ganz schön verfressen, die Gute! Wir essen auch den Salat und den Calandos auf, der schon am Zerfließen war. Dann kümmert sich Juliette um Féfés Bein. Sie reißt den blutgetränkten Verband runter, reinigt die Wunde mit Kölnischwasser und macht wieder ein sauberes Pflaster drauf. Plötzlich hören wir, wie jemand die Eingangstür aufschließt, und schrecken hoch. Die Tür öffnet sich leise, dann hört man das Klackern von Frauenabsätzen, und Sophie betritt die Küche, in der wir uns versammelt haben.

Sophie!

Sie hat sich nicht verändert. Sie ist klein, wohlproportioniert und strahlt immer noch eine unglaubliche Energie aus. Ihre Gesten sind harmonisch, aber schnell und entschlossen. Sie ist ebenso überrascht wie wir … Aber sie zeigt es nicht … Sophie, die Königin der Selbstbeherrschung, kein Gefühl darf an sie herankommen. Sie spricht mich an, als befänden wir uns in einem Friseursalon und als sei ich gerade dabei, ihr die Haare zu schneiden.

»Constantin! Na, das ist aber eine Überraschung! Mein Constantin!« Dann schlägt sie einen anderen Ton an: »Und das um diese Uhrzeit! Was machst du hier? Und Sie, wer sind Sie?«

Sie betrachtet Féfé und Juliette, die mich mit fragenden Augen ansehen. Ich stelle sie einander vor.

»Sophie Legendre, Frédéric Paoli, Juliette … Tja, Juliette wie nur? Stimmt! Wie heißt du eigentlich?«

Sie bockt wie ein unartiges Kind.

»Juliette.«

»Ah ja! … Juliette also.«

Sophie sieht sich meine Freunde, insbesondere Juliette, ganz genau an. Ich bin ziemlich baff, hier auf diese Frau zu stoßen, mit der ich einmal zusammengelebt habe. Sie trägt ein dunkles Kostüm, geschmückt mit einer von einem großen Modeschöpfer entworfenen Goldbrosche, die ein Vermögen wert sein dürfte. Ihre kunstvoll im Nacken zusammengesteckten Haare lassen sie größer wirken, ebenso die hohen Absätze.

Ihre Stimme klingt ungeduldig: »Also, Constantin, was machst du hier?«

Ich bin völlig durcheinander.

Sie wirkt sehr selbstsicher, hat die Schlüssel zu der Wohnung … Was soll das alles bedeuten? Es sei denn …

»Und du? Was machst du hier? Sag mir bloß nicht, dass du hier wohnst!«

Ihr Lächeln ist ziemlich arrogant.

»Dieses herrschaftliche Stadthaus gehörte einst der Comtesse de Noailles und wurde zur Wohnung umgebaut. Aber ja doch, ich wohne hier! Gefällt es dir?«

»Aber wer sind dann der Dandy und sein Mäuschen? Äh … Wir haben zwei vollkommen betrunkene Personen hergebracht, denen wir zufällig auf der Corniche begegnet sind. Einen dunkelhaarigen Herrn und eine blonde *girelle.* Sie haben uns gebeten, sie nach Hause zu bringen, und deshalb sind wir hier.«

Sie ist überrascht.

»Welches Mädchen? Ist Michel nicht allein nach Hause gekommen? Er ist mit einem Mädchen gekommen? Das ist nicht wahr!«

O je! Sieht so aus, als wären wir voll ins Fettnäpfchen getreten.

Sophie scheint das lustig zu finden, dann runzelt sie ihre wohlgeformte Stirn und kämmt die Zimmer durch. Wir hören, wie sie Türen aufreißt und wieder zuknallt. Als sie den Raum betritt, in dem wir die beiden Betrunkenen abgelegt haben, wird es still ... Ich kenne Sophie, schließlich habe ich mit ihr zusammengelebt ... Gleich gibt's dicke Luft! Juliette und Féfé sehen mich fragend an. Ich beschließe, sie aufzuklären.

»Sophie und ich wollten mal heiraten.«

Juliette reagiert als Erste, sie sieht aus, als sei mit ihr nicht gut Kirschen essen.

»Ha! Sie ist das also!«

Als Sophie zurückkommt, lächelt sie spöttisch. Das überrascht mich bei ihr. Vielleicht hat sie sich ja verändert. Was? Kein Streit? Nein! Da ist etwas faul im Königreich der *Martiale* ...

»Morgen früh wird er ganz schön dumm aus der Wäsche schauen!«, sagt Sophie. »Ich kenne die Kleine nicht ... Er muss sie in einer Disco aufgegabelt haben. Und ihr habt sie also nach Hause gebracht, dafür danke ich euch herzlich. In dem Zustand bringt Michel immer alle möglichen Leute nach Hause. Einmal hat er ein ganzes amerikanisches Jazzorchester mitgebracht.« Sie seufzt. »Sie sind eine Woche geblieben. Wir mussten alles neu streichen und den Teppich auswechseln lassen. Da ist ein junges, betrunkenes Mädchen bei Weitem das kleinere Übel.«

Sophie sieht mich eindringlich an, lächelt, und plötzlich ist ihr ganzer alter Charme wieder da.

»Na gut, junger Mann. Was für ein unglaubliches Zusammentreffen von Zufällen. Du wirst es mir nicht glauben, aber ich habe vor gar nicht langer Zeit an dich gedacht und sogar von dir gesprochen ...«

Sie berührt zärtlich meine Haare.

»Du hast dich aber auch keinen Deut verändert. Ein paar weiße Haare mehr, nicht viele, das vergrößert nur deine männliche Ausstrahlung. Du musst den jungen Frauen gut gefallen ...«

Sie sagt das in einem belustigten Ton. Dann betrachtet sie aufmerksam Juliette, die gar nicht weiß, wo sie mit sich hin soll angesichts dieser eindringlichen, inquisitorischen Begutachtung. Dafür schnieft sie umso heftiger. Aus Wut darüber, dass sie dem Blick von Sophie nicht standhalten kann, dreht sie ihr jäh den Rücken zu und vertieft sich in die Betrachtung einer Gravur, ein Akt eines anonymen italienischen Malers.

Sophie lächelt. Mir dagegen ist die Situation unglaublich peinlich. Wegen allem ... Wegen der Verwechslung, der Büchse Gänseleber, der leeren Flasche, die noch auf dem Tisch steht, wegen Juliette, die sauer ist ... Und dann wegen etwas, das ich nicht recht benennen kann und das mit der Besitzerin der Wohnung zu tun hat.

»Also dann, wir haben zu Abend gegessen, ich schick dir einen Scheck für die Gänseleber und den Wein.«

Sophie bedeutet mir mit einer wegwerfenden Handbewegung, wie unwichtig ihr das sei.

Ich fahre fort: »Hat mich gefreut, dich wiederzusehen, aber jetzt lassen wir dich besser in Ruhe. Sag mal, nur so aus Neugier, Michel, ist das der Gynäkologe? Ist das dein ...«

»Mein Mann, ja ... Kurz nach unserer Trennung habe ich Michel bei Freunden getroffen. Wir hatten eine schöne Hochzeit. Ganz Marseille war da. Außer dir natürlich, du hättest mir ruhig eine kurze Entschuldigung schicken können.«

Sophie kam meinen Einwänden mit einer etwas theatralischen Geste zuvor. Es käme mir sehr gelegen, wenn sie nicht mit dem Thema fortfahren würde, vor allem nicht vor Juliette. Diese ist mit der Betrachtung der Gravur jetzt fertig und hört sich an, was Sophie zu erzählen hat. Féfé dagegen langweilt sich und bringt das auch deutlich zum Ausdruck.

»Oh ja, ich weiß, was du mir sagen wirst. Dass ich es doch gewesen bin, die mit dir Schluss gemacht hat. Ich will mich heute Abend, das heißt heute Morgen, nicht mit dir streiten, schon gar nicht vor deinen Freunden. Jedenfalls danke ich euch dreien herzlich dafür, dass ihr mir meinen Mann nach Hause gebracht habt, und ein kleines blondes Paket von fünfzig Kilo und ein paar Zerquetschten. Kann ich euch einen Kaffee anbieten oder vielleicht irgendetwas anderes?«

Sie lächelt mich an und deutet auf eine Tür in einem Schrank.

»Constantin, die Bar befindet sich links neben der Tür. Bleibt hier, ich nehme eine Dusche und bin gleich wieder zurück.«

Juliette, die sich nicht wohl fühlt, schnieft, dann bemerkt sie mit einem etwas fiesen Unterton: »Ihr seid ja wirklich ein modernes Paar! Die junge blonde Frau im Minirock gehört nicht zu uns! Sie war mit Ihrem Mann zusammen. Sind Sie denn nicht eifersüchtig? Ich an Ihrer Stelle …«

Sophie lächelt zynisch angesichts ihrer moralinsauren Reaktion.

»Eifersüchtig auf Michel? Ich? Nein, überhaupt nicht. Ich und mein Mann sind eine Vernunftehe eingegangen, auf Freundschaftsbasis. Übrigens weiß ich gar nicht, was mein Mann mit einem Mädchen will, er mag doch nur junge Männer. Nun gut, ich komme gleich wieder …«

Sophie stolziert aus dem Zimmer.

Leise schließt sich die Tür. Niemand sagt ein Wort, dann pfeift Féfé leise.

»Hihi, ein schöner Käfer. Ich verstehe, dass es dir schwerfiel, sie zu vergessen. Verheiratet mit einer Schwuchtel! Also die jungen Leute – ich verstehe euch wirklich nicht!«

Juliette schnieft noch heftiger. Ich finde sie sehr anziehend, wenn sie wütend ist. Sollte sie etwa eifersüchtig sein?

»Das hat mit den jungen Leuten nichts zu tun. Es ist eine Frage des Milieus. Diese Leute wollen ihre Macht und ihr Geld nicht verlieren. Und diese Frau wolltest du heiraten? Nein, Monsieur Féfé, der Mann, den ich einmal lieben werde, der soll ganz mir gehören. Ich mag diese Frau überhaupt nicht. Ich finde sie vulgär und gewöhnlich.«

Juliettes Aufgebrachtheit macht mich sehr betroffen. Sie ist wütend und ballt die Fäuste. Féfé sieht mich an und zwinkert mir zu.

»Du hast sie am Haken, unsere schöne Meerjungfrau. Wenn du mich fragst, sie ist eifersüchtig auf deine alten Liebschaften. Pass auf, Constantin, du wirst noch in den Hafen der Ehe einlaufen!« Er lacht und fügt dann hinzu: »Ich freue mich schon auf all die kleinen Hosenscheißer, die ihr in die Welt setzen werdet, und auf die ich dann mittwochs aufpassen und denen ich Geschichten erzählen kann …«

Juliette prustet los und tritt Féfé gegen das Bein. Féfé jault auf, und sie entschuldigt sich. Es tut ihr leid, dass sie seine Verletzung vergessen hatte. In dem Moment kehrt Sophie ins Zimmer zurück. Sie hat sich für die Gelegenheit in eine durchsichtige afrikanische Gandura geworfen. Darunter ist sie nackt, und man kann, wenn sie vor einer der Küchenlampen vorbeigeht, ihren wohlgeformten Körper als Schattenriss erkennen. Der Anblick ihres nackten Körpers ist verwirrend – eine schöne, giftige Blume.

Féfé ist von ihr so in den Bann geschlagen, dass er seinen Schmerz völlig vergisst. Ihm fallen schier die Augen aus dem Kopf. Ich kenne ihn gut, ich weiß, dass er nur Theater spielt, und zwar für mich, indem er eine übertriebene Bewunderung für den makellosen Körper von Sophie an den Tag legt. Diese hat Féfés Stöhnen bemerkt.

»Monsieur Paoli, tut Ihnen das Bein weh? Was haben Sie denn gemacht? Kann ich etwas für Sie tun?«

Juliette, die mieser Laune ist, sieht sehr wohl, dass ich Sophies halbnackten Körper anstarre. Ich fange an zu schielen und mime den Clown. Sie streckt mir die Zunge heraus. So ist es schon besser. Féfé hat Mühe, der jungen Frau ins Gesicht zu sehen. Denn er ist offenbar, obwohl er in seinem Leben genauso schöne und attraktive Frauen wie Sophie gekannt hat, recht beeindruckt. Es muss am Geld liegen, das sie repräsentiert. Man spürt, dass sie sich überall wie zu Hause fühlt. Féfé antwortet ihr und versucht mit Pariser Akzent zu sprechen.

»Nein, es ist nichts. Ich bin auf dem Boot ausgerutscht, als ich gerade dabei war, die Rotbarben einzuholen …«

»Aber ja doch, sind Sie nicht Féfé? Der Fischer, mit dem Constantin zusammen arbeitet? Der ihm alles beigebracht hat? Sagen Sie, ist er als Fischer ebenso gut wie als Fotograf?«

Sie gibt sich ganz mitfühlend, wie sie so über mich spricht, und das stört mich. Ich möchte jetzt wirklich gerne gehen.

»Wissen Sie, dass er, um Ihnen zu folgen, seinen Beruf aufgegeben hat, in dem er einer der ganz Großen war?«

Sie sieht Féfé an, als sei er daran schuld.

»Die Agenturen haben ihm goldene Brücken gebaut! Und ich habe vor lauter Verdruss einen Mann geheiratet, den ich nicht liebe ... Der bei einer kleinen Schlampe schlafen kann, ohne dass mir das auch nur irgendetwas ausmacht.«

Bei diesen Worten maß sie Juliette mit einem schneidenden Blick. Sie ist stark! In ein paar Minuten werden wir uns alle unwohl fühlen. Féfé ist nicht wohl in seiner Haut, mir auch nicht, nur Juliette kämpft noch weiter.

»Aber Constantin liebt seinen Beruf, und außerdem ist das herrlich, so ein Leben in der Natur, und die Leute, mit denen er zu tun hat, sind wundervolle Menschen.«

Sophie lächelt verächtlich.

»Mademoiselle, Sie sind noch ein bisschen zu jung, um etwas von den Leidenschaften der Männer zu verstehen.«

Sie dreht sich zu mir um.

»Rührend, sie muss in dich verliebt sein, Constantin, Aber was wissen Sie denn von ihm, Mademoiselle? Sie sind erst einen Monat hier, Sie wissen nicht, was es heißt, ein bekannter Fotograf zu sein ... und Guayana ist ein Loch ... das ist nicht Frankreich.«

Sophie verstummt augenblicklich, als sie begreift, dass sie da gerade eine Dummheit gemacht hat, dass sie sich verplappert hat und es jetzt nicht mehr ungeschehen machen kann. Wir sehen sie fassungslos an.

»Woher weißt du das?«

Sie antwortet mir nicht. Ich packe sie beim Ärmel und schüttle sie. Es gelingt ihr nicht, sich loszureißen.

»Woher weißt du das? Antworte mir, zum Teufel! Schnell! Woher weißt du, dass Juliette aus Guayana kommt?«

Da sie immer fuchsiger wird, bin ich mir sicher, dass wir uns mit Glanz und Gloria haben reinlegen lassen. Sie hat eine Dusche genommen ... aber klar doch! Ich gebe ihr eine deftige Ohrfeige. Féfé, der nicht verstanden hat, macht eine Geste, um mir Einhalt zu gebieten. Ich erkläre es ihm.

»Versteh doch ... Sie haben alle Leute ausfindig gemacht, die uns kennen. Und Madame wurde als Allererste unterrichtet, nicht wahr? Und gerade eben, beim Umziehen, hat sie die Gelegenheit genutzt, um zu telefonieren, sie hat uns verpfiffen, nicht wahr? Und das ist die Frau, die ich beinahe geheiratet hätte! Was hat man dir dafür geboten? Geld? Warum hast du das gemacht? Sie suchen uns, weil sie uns umbringen wollen, du dumme Gans! ... Antworte! ...«

Sophie sieht mich jetzt herausfordernd an. Sie hält sich die sich rötende Wange. Es dürfte nur wenige Leute in ihrem Leben geben, die bisher so mit ihr geredet und sie gar geohrfeigt haben.

»Ja, ich habe telefoniert. Aber nicht, weil ich aufs Geld scharf bin. Constantin, er will nur die Kleine haben! Gib sie ihm! Du und der alte Fischer, ihr seid ihm vollkommen egal. Er kommt her, du überlässt ihm die Kleine, und dann kannst du machen, was du willst, *pite-mouffe,* wenn es dir Spaß macht, aber macht keine Dummheiten, du kannst nicht gegen ihn gewinnen! Constantin! Hör auf mich!«

Aber ich höre schon nicht mehr hin. Sie sind auf dem Weg hierher, wir müssen uns beeilen! Ich sehe noch den monströsen Schwarzen vor mir, und ich habe keine Lust auf eine Kostprobe seiner glänzenden Waffe. Ich stoße Sophie von mir, die gegen ein Möbelstück prallt.

»Schnell, die Autoschlüssel vom Frauenarzt! Juliette, Féfé, wir hauen ab.«

Ich wuchte mir Féfé wieder auf die Schultern, und wir

rennen die verfluchten Treppen hinunter. Juliette läuft voran und will uns gerade die Eingangstür öffnen, als wir auf der Straße ein Auto mit quietschenden Reifen bremsen hören. Sie macht sofort wieder die Tür zu, sieht sich verzweifelt um und gibt uns ein Zeichen, wir sollen uns im Schacht unter der Treppe verstecken. Wir sind kaum in unserem Schlupfloch verschwunden, da wird auch schon mit lautem Krach die Tür aufgerissen, dann stürmt eine Horde von Männern die Treppe hinauf.

Sobald es wieder ruhiger ist, kommen wir vorsichtig heraus und rennen zur Tür.

Oben dürfte Sophie die anderen gewarnt haben, denn wir hören Flüche und erneutes Getrampel im Treppenhaus.

Es fällt ein Schuss, der uns knapp verfehlt, und ich beeile mich, mit Féfé aus dem Haus zu kommen.

Juliette sitzt schon vor dem Haus in dem Auto, das sie geholt hat. Ziemlich fix, die Kleine. Sie hat die hintere Tür geöffnet. Ich helfe Féfé auf den Sitz und quetsche mich daneben. Sie wartet nicht, bis wir die Tür zugemacht haben, und düst los. Ich sehe, wie der junge Araber aus dem Haus stürmt und sich niederkniet, um uns ins Visier zu nehmen.

»Achtung! Duckt euch! Der will uns abknallen!«

Juliette macht einen Schlenker mit dem Auto. Von der Straße aus zielen sie jetzt zu mehreren auf uns. Es regnet, aber es fallen keine richtigen Tropfen. Die Einschläge in der Karosserie machen Plopp! und Skizzz!, und die hintere Windschutzscheibe zerbirst. Juliette reißt das Steuer herum und biegt in eine Gasse ein.

»Constantin, schnell, ich kann nichts mehr sehen!«

Die vordere Windschutzscheibe ist im selben Zustand wie die hintere. Die Kugel muss das Auto komplett durchschlagen haben. Juliette streckt im Fahren den Kopf aus dem Fenster. Ich klettere nach vorn und hole mit ein paar Fußtritten das herunter, was vom Fenster noch geblieben ist. Das Glas zerschellt mit einem fürchterlichen Geräusch auf dem Boden. Die frische Morgenluft des Mistral weht uns ins Gesicht.

Meine Meerjungfrau fährt gut, ganz flüssig, ohne sich aus der Ruhe bringen zu lassen. Ich leite sie durch die verwinkelten Gässchen, es wird nicht lange dauern, bis die Bullen uns in dem Zustand abfangen. Ich denke, Sophies Gatte wird an seiner Kiste ein paar Reparaturen vornehmen lassen müssen.

Und wenn schon! Mit denen hab ich kein Mitleid!

Féfé liegt auf dem Rücksitz und stöhnt. Ich rutsche nach hinten und sehe zu meinem Entsetzen, dass er mitten in die Brust getroffen wurde. Das Blut sprudelt stoßweise aus seiner Wunde. Er ist weiß wie die Wand, und seine Stimme klingt schwach. Ich kann ihn kaum verstehen.

»Constantin, ich will nicht sterben. Schnell, mein Junge, bring mich ins Krankenhaus, ich bitte dich, beeile dich, ich mach's nicht mehr lange, das spür ich, und ich habe noch so viele Dinge zu tun ...«

Ich drücke auf die Wunde, um den Blutfluss zum Stillstand zu bringen. Féfé ist leichenblass und hat schon einen ganz glasigen Blick. Ich denke schnell nach.

»Ich weiß nicht, was ich tun soll ... Also gut, was soll's, fahren wir hin. Juliette, wir fahren zur Conception, mach dir keine Sorgen, Féfé, die Notfallstation ist keine zwei Straßen von hier. Féfé, wir sind fast schon da!«

Es ist nicht ganz ungefährlich, im Stadtkrankenhaus aufzukreuzen, aber wenn wir es nicht machen, dann ist er mit Sicherheit hinüber.

»Juliette, falls wir da reinkommen, ohne Krach schlagen

zu müssen, bleibst du mit laufendem Motor am Steuer sitzen und hältst dich bereit, gleich weiterzudüsen.«

»Einverstanden.«

Sie hat Tränen in den Augen. Sollte Féfé sterben, dann, das schwöre ich, werde ich an diesen Idioten Rache nehmen. Der arme alte Mann hat aber auch wirklich kein Glück. Sich in zwei Tagen zwei Kugeln einzufangen, so was aber auch! Ein echter Pechvogel.

Wir kommen am Krankenhaus an, die Sperre ist offen, wahrscheinlich eine Nachlässigkeit des Wärters. Juliette parkt den Wagen im Schatten.

Ich nehme Féfé auf den Rücken, der sofort von seinem Blut getränkt wird. Wir gehen zur Notfallstation. Krankenpfleger in weißen Kitteln trinken nach ihrer Nachtschicht einen Kaffee. Ich lege den stöhnenden Féfé auf einer Trage ab.

Ich schreie fast.

»Bitte kommen Sie, er stirbt sonst noch ... So kommen sie doch bitte! Doktor!«

Eine schon etwas ältere Krankenschwester eilt herbei, beugt sich über Féfé und fragt mich aus ...

»Nur mit der Ruhe, junger Mann. Was ist ihm denn passiert? Mathilde, ruf Dr. Habib ... Anna, kümmere dich um den Herrn. Es geht ihm gar nicht gut.«

Die junge Frau nimmt meine Stelle ein. Krankenpfleger laufen hinzu und schnappen sich die Trage, auf der ich Féfé abgelegt habe. Ich bin etwas beruhigt.

»Gut, Monsieur, jetzt bräuchte ich die Papiere des Verletzten, Ihre Papiere und die Versicherungskarte.«

Auf die Bitte der Dame in Weiß hin stammle ich irgendetwas, woraufhin sie mich argwöhnisch beäugt.

»Ich habe sie im Auto liegen lassen, ich gehe sie holen!«

Ich renne hinaus, Juliette wartet draußen schon im Auto auf mich, tritt aufs Gaspedal und düst los. Ich knalle die Autotür zu. Die Sperre steht zum Glück immer noch offen, und wir düsen pfeilschnell raus aus dem Krankenhausgelände.

Ich leite Juliette durch Marseille, lasse sie durch all die kleinen Sträßchen im Quartier de la Plaine fahren. Ich rieche nach dem Blut meines Freundes.

Schüchtern taucht die Sonne auf. Der Mistral hat nicht nachgelassen, im Gegenteil, ich habe das Gefühl, dass er seit heute Nacht stärker geworden ist. Wie unsere Feinde. Der Wind hat die verschmutzte Luft aus der Stadt getrieben. Jetzt ist die Luft klar, man kann sehr weit sehen.

Juliette parkt an einem versteckten Plätzchen in einer wenig befahrenen Straße. Dieses Viertel kenne ich gut. Ich habe eine Telefonzelle und einen Brunnen entdeckt.

Ich bin voller Blut und muss mich waschen, außerdem habe ich drei Anrufe zu erledigen. Juliette hilft mir, mir im eiskalten Wasser des Brunnens das Blut abzuwaschen. Der Mistral ist nicht gerade eine große Hilfe. Ich bin zwar schnell wieder trocken, dafür aber beinahe zu Eis erstarrt. Schließlich telefoniere ich.

Als Erstes rufe ich Kommissar Mateis an, einen langjährigen Freund. Er hatte sich damals in dem Streit mit Morandi gegen ihn stark gemacht. Er war es sogar gewesen, der ihn in Marseille zu Fall gebracht hat. Er ist zwar auch Korse, aber das ganze Gegenteil eines korrupten Polizisten.

Zum Glück ist er im Dienst. Ich erkläre ihm, dass Féfé im Krankenhaus ist und wir etwas *engambi* mit Morandi haben. Ich berichte von dem Mord an Tine und der Hetzjagd durch Marseille. Ich erzähle ihm alles.

Er hat mir zugesichert, dass er sofort ein paar Männer seines Vertrauens ins Krankenhaus abstellen wird, aber das mit Tine versteht er nicht. Der Mord ist offenbar noch nicht entdeckt worden. Ich sage ihm, dass ich nicht ins Évêché zur Polizeistation fahren will, weil ich glaube, dass Morandi dort wieder Einfluss gewonnen hat.

»Pass auf ... Ich werde mich unauffällig nach dem großen Schwarzen und seiner Gaunerbande erkundigen.«

»Ich danke dir, aber ich werde mir jetzt ein Versteck suchen.«

Ich werde ihn später wieder anrufen, wenn sich die Dinge etwas beruhigt haben, auch um Neuigkeiten von Féfé zu erfahren. Dann rufe ich einen alten Freund von mir an, er ist Journalist, und ich habe früher mit ihm zusammengearbeitet. Das Telefon muss lange läuten, bis Christian endlich abhebt.

»Hallo, ich bin nicht zu Hause!«

»Christian! Leg nicht auf, ich bin's, Constantin.«

»Constantin? Der Grieche? Was ist mit dir? Hör zu, ich bin heute sehr spät nach Hause gekommen, ruf mich in drei Stunden noch mal an.«

»Ich kann dich nicht noch einmal anrufen. Wach auf!«

»Na gut, warte eine Sekunde ... Lass mich nur die Augen aufmachen, ja?« Eine Weile später, nach diversen nicht einzuordnenden Geräuschen: »Also, schieß los, ich höre!«

»Du erinnerst dich doch an Féfé und Tine, mit denen wir im letzten Sommer eine Bouillabaisse gegessen haben, oder? Also, Tine ist von einem schwarzen Riesen kaltgemacht worden, und Féfé liegt im Krankenhaus, mit zwei Kugeln im Leib.«

Er will etwas sagen.

»Unterbrich mich nicht. Das Ganze hat mit Morandi zu tun. Das ist auch der Grund, warum ich mich verstecke.

Könntest du ein bisschen rumschnüffeln, was da abgeht? Es ist nicht auszuschließen, dass der Schwarze aus Guayana stammt. Mehr kann ich dir nicht dazu sagen.«

»Na gut, offensichtlich ist es ausgeschlossen, dass ich nachts mal mehr als zwei Stunden Schlaf bekomme. Aber wenn es um Morandi geht, bin ich doch gleich mit von der Partie. Wo kann ich dich finden?«

»Besser, ich rufe dich wieder an.«

»Ah, okay … verstehe … Ach übrigens, das war mir ganz entfallen, weißt du, wo ich heute Nacht gewesen bin? Bei Sophie, deiner ehemaligen Verlobten … Ein Wahnsinnsaufruhr bei ihr zu Hause, mit Schießerei und allem …«

Ich erkläre ihm, dass ich es war, auf den da geschossen wurde, und dass die süße Sophie uns an Morandi und seine Helfershelfer verraten hat. Christian lässt ein leises Pfeifen ertönen.

»Ich weiß, dass sie es dir übel nimmt, aber dass sie so weit gehen würde, hätte ich nicht gedacht! Diese Frau hat ja richtig Krallen.«

»Mit denen sie mich hätte umbringen können, das ist doch immerhin unglaublich. Was habe ich ihr denn getan? Ich verstehe das noch nicht so ganz.«

Ich glaube, sie hat es nie akzeptiert, dass ich mich anders entschieden habe als sie … Aber dummerweise habe ich geglaubt, dass sie noch ein klein bisschen Sympathie für mich übrighat … Vielleicht ist das ja auch der Grund …

»Das heißt, ich weiß gar nicht so recht, worum es bei der ganzen Geschichte eigentlich geht, denke aber, es muss etwas sehr Wichtiges sein. Nur was? Ich habe keine Ahnung … Christian, da ist noch etwas, ich brauche dringend ein Auto.«

Christian ist ein Freund, den ich um vieles bitten kann.

Wir sind mehrere Male zusammen an der Front gewesen und haben allerhand Sachen gemacht. Jetzt hat er aus Altersgründen beschlossen, für die Lokalpresse zu arbeiten und noch einmal von vorn anzufangen.

»Kein Problem! Wenn du bereit bist, den 4L zu nehmen ... Du weißt, wo er steht. Der Schlüssel steckt. Er ist aber eine Weile nicht gefahren worden, du wirst ihn wahrscheinlich anschieben müssen.«

Es wird ganz still, dann fügt er hinzu: »Halt mich auf dem Laufenden, ich werde unterdessen schnell im Krankenhaus vorbeischauen, um zu sehen, ob es Féfé gut geht.«

»Ich ruf dich wieder an, wenn du was Neues über den Alten weißt, ich hoffe, er kommt durch. Das Auto steht doch in der Garage, Rue de la Bibliothèque? Gut, hast du immer noch die Campingsachen drin? Ich bräuchte eine Bettdecke, eine Taschenlampe, Gas zum Kochen und so.«

»Willst du untertauchen?«

»Ja, ich muss mal in Ruhe nachdenken.«

Zufrieden lege ich auf. Sollten Morandi und der Schwarze versuchen, Féfé Schwierigkeiten zu machen, werden sie der Presse und den Marseiller Bullen in die Arme laufen. Wie dem auch sei, an ihm sind sie auch gar nicht interessiert, so wenig wie an mir; auf Juliette sind sie scharf. Aber man weiß ja nie. Um auf Nummer sicher zu gehen, rufe ich Robert an und bitte ihn ebenfalls, bei Féfé im Krankenhaus vorbeizuschauen.

Jetzt haben wir ein neues Auto, einen 4L, den ich gut kenne, denn ich war es, der ihn Christian mal geschenkt hat. Wir haben also alles, was es braucht, um uns eine Weile zu verstecken ... Meine süße Juliette hat sich an eine Bank gelehnt und wartet geduldig, dass ich auflege.

»Also, was machen wir? Fahren wir immer noch nach Korsika, auch ohne Féfé?«

»Ich weiß nicht, ich muss einen Ort finden, an dem uns niemand vermutet. Zum Beispiel auf einem Schiff ... Oder vielleicht auch in einem der deutschen Bunker, warum nicht?«

Im letzten Krieg haben die Deutschen, weil sie eine Landung in der Region befürchteten, den ganzen Küstenstreifen in eine Art Maginot-Linie verwandelt, von Martigues bis Cassis. Die meisten dieser Bauwerke wurden zubetoniert, damit kein Unglück passiert.

Als Kinder haben wir mit den vergessenen Granaten und Helmen gespielt. Es hat nie einen ernsten Unfall gegeben, aber da können wir von Glück sprechen.

Denn eines Tages ging nämlich einer der Felsen in die Luft, weil wir Granaten in ein Felsloch geworfen haben, und das gab eine Wolke aus Erde und Steinen. Da hatten wir ganz schön die Hosen voll.

Wir haben uns den ganzen Kram geschnappt und dann – hopp! – sämtliche Helme, verrosteten Sprengkörper und Granaten in einem Felsloch auf dem Grunde des Meeres versenkt.

Einige dieser Bauten sind von den Betonarbeitern vergessen worden, weil man zu schwer an sie rankam. Der Bunker, an den ich denke, ist fast unbekannt. Um hinzukommen, muss man den Berg raufkraxeln.

»Juliette, liebst du die Natur? Na dann, umso besser, wir fahren nämlich zum Zelten ans Meer.«

Sie ist begeistert. Wir steigen wieder in unsere von Kugeln durchlöcherte Karre ohne Windschutzscheibe, ich düse schnurstracks die Rue St. Pierre hinunter, als wir – Pech aber auch! – einem Mannschaftswagen voller Helmträger begegnen.

»Scheiße! Die Bullen! Diesmal sind wir dran.«

Sie nehmen sofort unsere Verfolgung auf. Ich kurve verzweifelt in den kleinen Straßen des Quartier de la Plaine herum, verfolgt von der Polizeisirene der Bullen in dem Mannschaftswagen. Ich könnte mich in den Hintern beißen. Wieso bin ich wieder in diese kaputte Kiste gestiegen?! Unten biege ich auf den Boulevard Chauve ein und bin plötzlich in dem Tunnel, durch den die letzte Straßenbahn von Marseille fährt.

Die Polizisten haben mich nicht in den Tunnel hineinfahren sehen. Uns bleibt noch eine Chance.

Das heißt, wenn keine Straßenbahn kommt, sonst enden wir noch auf dem Friedhof St. Pierre. Es ist stockdunkel, ich mache die Scheinwerfer an und scheuche zwei Ratten auf, die gerade in ein kleines Schwätzchen vertieft sind. Der Fahrbahnbelag, der für Autos nicht vorgesehen ist, rüttelt uns ganz schön durch.

Die Kiste wird so sehr hin und her geworfen, dass ich die Kontrolle verliere. Rechts, links, rechts, links ... Plötzlich leuchten die Scheinwerfer eine eirunde Decke an. Dann quetscht es uns in einer Kurve gegen die Wand. Das dauert ... der Aufprall, die davonrollende Radkappe, das Ächzen von Blech ... Dann folgt Stille, nur unterbrochen von einem ziemlich beängstigenden Tropfgeräusch.

Mein Kopf ist gegen das Lenkrad geprallt, und ich habe eine Beule, die immer mehr anschwillt. Ich mache ein paar vorsichtige Bewegungen, um zu schauen, ob ich mir auch nichts gebrochen habe. Es geht ... Juliette neben mir macht es genauso.

»Juliette? Bist du in Ordnung?«

»Du Irrer! Wo sind wir?«

»In einem Tunnel, durch den die Straßenbahn fährt, eine Art Bus auf Schienen. Wir müssen schnell raus hier, bevor eine kommt.«

Wir arbeiten uns aus diesem Haufen Blech heraus und

rennen zum Ausgang. Ich passe auf, dass da nicht gerade ein Polizist herumspaziert, und schon sind wir wieder in der Sonne.

Der Mistral kreischt immer noch unermüdlich sein düsteres Lied.

Schließlich kommen wir zu der Garage. Es ist ein seltsames Gefühl für mich, so auf der Flucht zu sein. Ich erinnere mich an eine Serie, die mal im Fernsehen lief, als ich klein war, und in der ein Mann ständig auf der Flucht vor einem hartnäckigen, aber ehrlichen Polizisten war. Heute bin ich der Held. Ich ziehe das verrostete Garagentor auf, das sich sehr widerspenstig gibt und dabei quietscht wie die Saite einer Geige, auf der ein Anfänger herumfiedelt ... Er dürfte sich nicht allzu oft hierher verirren, mein Journalistenfreund.

Gerührt sehe ich mir die alte verrostete Kiste an. Juliette ist ganz und gar nicht betrübt. Sie streicht spöttisch um die ehrwürdige Maschine herum.

»Oh là là, der ist aber alt! Glaubst du, der kann noch fahren?«

Der Renault mit seiner undefinierbaren roten Farbe erinnert mich an meine Jugend. Ich mache die Kühlerhaube auf, der Motor ist gut geölt, die Batterie sieht nicht so aus, als ob sie tot wäre. Christian leiht dieses Auto hin und wieder seiner Exfrau, damit sie ihr Feuerholz für den Kamin holen kann. Ich finde Bettzeug und Wolldecken. Sie riechen ein bisschen nach Moder, aber egal, wir werden sie heute Nachmittag im Mistral auslüften. Dasselbe gilt für die beiden Rucksäcke, für den Gaskocher und ein wundervolles Tauchermesser.

Ich versuche den Motor in Gang zu bringen.

Fehlanzeige!

Wir müssen ihn anschieben. Ich setze mich ans Steuer.

Ich kenne dieses Auto und weiß genau, wann es losfahren wird.

Juliette schiebt. Drei, zwei und hopp, es fährt los. Ich halte ihr die Autotür auf. Sie ist ganz außer Atem.

»Ich bin mir sicher, dieses Auto ist vor mir auf die Welt gekommen!«

»Ganz gewiss! Es hat mehr Kilometer drauf als du. Etwas Respekt, wenn ich bitten darf, für diesen Überlebenden der Sechzigerjahre.«

Ich fahre Richtung Gare St. Charles, meide aber die Autobahn; ich traue der Sache nicht, vielleicht werden ja die Auffahrten kontrolliert. Dann zum Hafen von l'Estaque. Die Sonne steht jetzt hoch am Himmel.

Auf dem Weg halte ich bei einem großen Supermarkt. Wir kaufen alles, was wir brauchen, um ein paar Tage lang autark zu leben. Gas für die Lampe und den Kocher, Kleider zum Wechseln, Wanderschuhe …

Wir haben schon zwei Tage lang nicht mehr unsere Kleider gewechselt und müffeln ein bisschen. Ich kaufe auch Seife, die im Meerwasser schäumt, Zahnpasta, Zahnbürsten und Wasser. Sowie ein paar Konservendosen.

Als wir bei l'Estaque ankommen, meiden wir sorgfältig die Hauptstraße. Beim Tunnel von Rôve biegen wir nach rechts ab, in eine kleine versteckte Straße, die am Meer entlangführt. Fünfhundert Meter noch, dann schalte ich neben einem kleinen, stillgelegten Bahnhof den Motor ab. Die Landschaft ist beeindruckend.

Ich gebe Juliette eine Tüte, und sie packt unsere Einkäufe hinein. Wir ziehen uns die Wanderschuhe an. Was das Klettern angeht, mache ich mir um meine Freundin keine Sorgen; sie ist sportlich. Sie hat mich nicht gefragt, wo wir hingehen, da vertraut sie mir. Ich bin darüber so glücklich, dass ich lächle.

»Was findest du so lustig? Glaubst du etwa, wir kommen mit heiler Haut da wieder raus?«

Sie legt mir zärtlich eine Hand aufs Knie.

»Ich mag es, wenn du lächelst, das macht dich jünger! Sag mal, wie alt bist du eigentlich?«

»So alt wie der 4L. Nein, ich lächle, weil du mir vertraust. Das gefällt mir!«

Sie kichert.

»Na, da sei dir mal nicht so sicher! Seit ich deine Verflossene kenne, bin ich viel misstrauischer … Wirst du mir noch andere Frauen vorstellen, die du mal gehabt hast?«

»Nein! Da wüsste ich nicht, wo ich anfangen sollte! Es sind so viele! Erinnere dich an das, was Tine sagte … Man könnte zum Beispiel beim Buchstaben A anfangen. Also, da gab es Anna, Alexandra, ah, Alexandra! … Dann Aline mit dem dicken Hintern, Alberta, die mich immer von der Schule abgeholt hat, da war ich noch ganz jung, ach ja, da ist noch die blonde Alicia, sie hatte die Angewohnheit, dass sie …«

Während wir so rumalbern, kommen wir an den Eisenbahnschienen vorbei, passieren eine kleine Bucht, dann noch eine, schließlich gelangen wir vor einen Eisenbahntunnel, und ab da geht es dann den Berg hinauf. Es riecht nach Thymian, nach Fenchel, nach Feldthymian und Rosmarin, die wir unter unseren Füßen zertreten, während wir durch die Macchia laufen.

Der Blick auf Marseille ist herrlich. Die kleinen Buchten auf dieser Seite der Stadt sind menschenleer und liegen vollkommen geschützt vor dem Mistral. Selbst mitten im August kommen hier keine Menschen hin, aus dem einfachen Grund, dass kaum jemand diese Wege kennt … Man kann nur zu Fuß hingelangen.

Dort, wo die Felsen das Meer nicht mehr vor dem Wind schützen, nimmt es eine tiefblaue Farbe an. Kurze Wellen mit putzigen weißen Hütchen bilden eine Art Patchwork.

Das ist der Wind, der den Kamm der Wellen peitscht.

Ich gehe an den schwierigen Stellen voran, nicht etwa, weil ich ein besserer Kletterer wäre als Juliette, sondern einfach nur, weil ich weiß, wo man die Hände und die Füße hinsetzen muss. Die Erinnerungen kehren schnell zurück. Ich erkenne die Felsen wieder, ihre Löcher und Buckel, und steige leichtfüßig hinauf. Hinter mir klettert Juliette, und da sie jünger und sportlicher ist als ich, hat sie keine Probleme, mir zu folgen.

Schließlich gelangen wir zum Pic d'Aigle, der über den kleinen Buchten emporragt. Dort befindet sich eine Falltür unter einer feinen Schicht Kiefernnadeln. Ich öffne sie.

Darunter führt eine Treppe nach unten in einen rechtwinkligen Raum aus Beton, erhellt von einer Schießscharte, die an allen drei Seiten entlangläuft und von der aus man die gesamte Reede überblicken kann. Sollten unsere Angreifer uns finden, was ich bezweifle, würden wir sie ganz gewiss hinaufklettern sehen. Der Militärbau ist vor dem Ostwind und dem Mistral geschützt. Er fürchtet nur den Südwest-Wind, den *labé*.

An den Wänden gibt es Graffiti, die zum Teil von mir selbst stammen. Ich erkenne meine Schrift wieder, kann aber nicht mehr lesen, was ich geschrieben habe.

Drinnen gibt es einen großen Tisch, Hackstöcke, die als Stühle dienen, das Mobiliar ist spärlich, an allem hat das Salz des Meeres seine Spuren hinterlassen.

Aus ein paar Brettern zimmere ich mir eine Küche, während Juliette Kiefernnadeln zusammenklaubt, die wir als Matratzenfüllung hernehmen. Sie breitet das große Baumwolllaken darüber, das wir gerade gekauft haben.

Ich fühle mich wohl.

Nachdem wir uns eingerichtet haben, gehen wir hinunter, um uns in dem türkisblauen Wasser zu waschen. Ich bringe sie in eine ganz kleine Bucht, deren Besonderheit darin besteht, dass es in ihrer Mitte einen großen, vom Meer ausgehöhlten Stein gibt, wie eine Badewanne.

Juliette ist entzückt und reibt sich sorgfältig ab, und ich nehme ein Bad. Ich habe das Gefühl, dass die ganze Spannung der letzten Tage allmählich von uns abfällt.

Hier fühle ich mich in Sicherheit. Da bin ich übrigens nicht der Einzige, Juliette trällert ein kreolisches Lied.

»Juliette, worum geht es in deinem Lied? Und was ist das für eine Sprache? Ich kann sie nicht verstehen.«

Sie sieht mich mit diesem besonderen Blick an und scheint sich zu fragen, wie viel sie mir verraten soll, dann vertraut sie mir an: »Das ist Djukas oder besser gesagt Taki-Taki. Eine Sprache, die von den Noirs Marrons und den Galibis-Indios gesprochen wird, die entlang des Flusses leben.« Sie hält einen Moment inne, dann sagt sie: »Die Djukas gehören zu einem Stamm von Buschnegern am Oberlauf des Maroni-Flusses, am Grenzfluss zwischen Französisch-Guayana und Surinam. Ich habe mit meinem Vater und meiner Mutter dort gelebt.«

»Du hast mir noch nichts von deiner Mutter erzählt. Siehst du deinem Vater oder deiner Mutter ähnlich?«

»Meine Mutter war eine Indio-Prinzessin vom Stamm der Wayana. Von ihr habe ich die hohen Wangenknochen, die Form und die Farbe meiner Augen. Sie war eine Künstlerin, stellte sehr schöne Töpferwaren her, die in ganz Guayana begehrt waren. Das war sehr kompliziert, die Tonmischungen, die Zeichnungen und Skulpturen … Sie starb, als ich noch ganz klein war. Sie war sehr schön.«

Eine schwarze Wolke überschattet ihre Augen. Ich nehme sie in den Arm und streichle ihren groß gewachsenen jugendlichen Körper.

»Entschuldige, das wusste ich nicht.«

»Das konntest du nicht wissen. Sie kam unter sehr mysteriösen Umständen ums Leben, sie ist ermordet worden.«

Juliette schließt sich einen Augenblick in ihre Erinnerungen ein. Sie lächelt sanft, dann erzählt sie mir weiter von ihrer Indio-Mutter.

»Es ist schon komisch, ich sollte mich daran gewöhnt haben, dass es sie nicht mehr gibt, aber immer, wenn ich darüber rede, habe ich das Gefühl, dass sie da ist.«

Juliette klopft auf die Kieselsteine.

»Sie ist an meiner Seite, passt auf mich auf, ist fröhlich, wie eine Schwester, eine Freundin. Sie war so alt wie ich jetzt bin, als sie starb ...«

Ihr läuft ein Schauer über den Rücken; ich umarme sie. Sie stößt mich von sich und taucht ins klare Wasser der Lagune ein. Ich stütze mich auf die Kiesel und sehe ihr nachdenklich zu. Sie prustet wie ein junger Hund. Sie ist sehr schön. Ich lege den Kopf auf meine Arme und döse in der Sonne ein.

Ich werde von einer zarten Berührung geweckt, die meine Männlichkeit anfacht. Sie macht es mir mit dem Mund, und ich bin mir dessen bewusst, dass sie mir da ein großes Geschenk bereitet. Sie stellt sich zwar recht ungeschickt an, trotzdem berührt mich diese Zärtlichkeit und erregt mich sehr. Ich öffne die Augen, um zu sehen, wie sie es macht.

Als ich mich nicht mehr zurückhalten kann, lasse ich mich einfach gehen, stoße einen rauen Schrei aus, der von den Felsenschluchten widerhallt. Juliette steigt auf mich drauf und setzt sich auf mich.

Sie sieht mich an, lächelnd und verschmitzt. Die Sonne hinter ihr bringt mich zum Blinzeln.

»Du hast laut geschrien!«

»Du hast mich fast umgebracht. Es war, als wäre ich zum ersten Mal in meinem Leben gekommen. Ich habe gedacht, gleich falle ich in Ohnmacht.«

»Jetzt bin ich dran. Konzentriere dich ganz auf meinen Körper!«

Juliette küsst mich, dann beginnt sie sanft ihre Hüfte zu bewegen. Ich spüre, wie mein Penis wieder hart wird.

So geht es den ganzen Tag. Wenn wir uns nicht gerade lieben, machen wir in einem sonnigen Eckchen eine Siesta. Beim Sonnenuntergang klettern wir hundemüde wieder hinauf in unseren Bunker.

Müde und hungrig.

Ich hacke ein bisschen Holz, um die beiden Königsbrassen zu braten, die ich gefangen habe.

Ich gebe noch ein paar Kartoffeln dazu, um das Mahl abzurunden, dann entkorke ich eine Flasche Bandol, die ich gekühlt habe, indem ich sie in ein feuchtes Tuch gewickelt und dann mitten in den Mistral gelegt habe. Das Wasser im Stoff hat beim Verdunsten für perfekte Kühlung gesorgt.

Und zum Schluss: Brousse du Rôve und eine schöne, rote und süße Wassermelone.

Den Brousse haben wir in dem kleinen Dorf Rôve gekauft, das auf weiße Felsen gebaut wurde. Es gibt nur noch eine alte Dame, die diese kleinen Käse herstellt, die man vor den Augen des Kunden aus ihrem konischen Metallbettchen befreit. Man kann sie entweder gezuckert essen, dazu einen *garlaban,* oder gesalzen, mit frischen Zwiebeln und einem guten Olivenöl.

Wir schlingen das Essen hinunter. Jetzt ist es tiefschwarze Nacht. Die Flammen des verlöschenden Feuers werfen ein rotes, flackerndes Licht auf die zarten Gesichtszüge meiner Liebsten.

»Juliette, was war dein Vater für ein Mensch?«

Sie sieht mich aufmerksam an. Sie weiß, worauf ich hinauswill. Sie schließt ihre Augen, um darüber nachzudenken, was sie mir antworten soll.

»Was soll ich dir über ihn sagen? Ein sehr großer, sehr dunkelhäutiger Mann. Ich erinnere mich, dass er mich vergöttert hat, ich konnte mit ihm machen, was ich wollte. Er ging auf jede meiner Launen ein. Er sagte mir, ich erinnerte ihn an meine Mutter.

Wenn er nicht da war, überließ er mich der Obhut von Nachbarn und Freunden. Jeden Abend, wenn er nach Hause kam, brachte er mir ein Geschenk mit. Ich hatte Tausende von Geschenken, und es war immer ein richtiges Ritual. Er kam und rief nach mir.

In meinen Augen war er riesengroß, hatte schwarze Augen und eine schwarze Haut, und seine Hände hielten das Geschenk hinterm Rücken versteckt. Ich bekam nichts, bevor ich ihm nicht gesagt hatte, dass ich ihn abgöttisch liebe und dass er der beste Papa auf der ganzen Welt sei.

Er hatte eine Dose, in der er die Medaillen aufbewahrte, die er zum Andenken an die Kriegseinsätze, an denen er teilgenommen hatte, erhalten hatte; er mochte es nicht, wenn ich darin herumschnüffelte.

Nicht, dass er stolz darauf gewesen wäre, im Gegenteil, er schämte sich ein bisschen für seinen Beruf, und sobald er konnte, zog er Zivilkleidung an. Dabei stand die Uniform ihm gut. Aber auf dem Fluss waren wir oft allein, und er wollte es bequem haben.«

»Entschuldige, aber ... ist er tot?«

»Ja, er ist 1985 in Afrika auf eine Mine getreten. Ich habe für ihn das Kreuz der Ehrenlegion erhalten. Und was nützt ihm das jetzt? … Ich habe die Medaille zu den anderen dazugelegt, in die Dose, und dann habe ich sie im Wald vergraben … Wo er doch schon seit Jahren die Legion verlassen wollte!«

»Du bist eine Waise! Genau wie ich! Da haben wir etwas miteinander gemein.«

»Du, du hast Féfé!«

»Ja, ich habe Féfé. Ich muss dauernd an ihn denken. Er könnte zwar vom Alter her mein Vater sein, und manchmal gibt er sich mir gegenüber auch etwas altväterlich. Ich hoffe, er kommt durch.«

Ich sehe Juliette an. Ihre Augen füllen sich mit Tränen.

»Das ist alles meine Schuld. Warum gibt es da, wo ich gerade bin, immer nur Tränen und Gewalt? Seit Monaten lebe ich unter einer ständigen Anspannung und … für Féfé …«

Ich nehme sie in meine Arme, um ihr wieder Mut zu machen in ihrer Verzweiflung. Wenn sie will, gelingt es ihr, wieder wie ein kleines Mädchen zu sein. Das rührt mich. Aber ich will Erklärungen. Heute Abend wird sie mir sagen, warum.

»Ja, warum?«

»Es ist wegen des Goldes.«

»Gold? Hast du eine Ader gefunden?«

»Ich nicht! Das ist eine lange Geschichte.«

Schließlich erzählt Juliette …

In den Siebzigerjahren heiratete ihr Vater in Guayana eine Indio-Prinzessin mit Namen Tako, vom Stamm der Wayana. Der Vater dieser Frau war ein brasilianischer Goldsucher.

Die beiden Männer schließen Freundschaft, und als Jean, der zukünftige Vater von Juliette, gerade nicht im Dienst war, machten sie sich gemeinsam auf den Weg, um am Fluss nach Gold zu suchen.

Für sie war es eine Erholung. Sie gingen auf die Jagd, fischten und spazierten durch die Gegend.

Jean war als Legionär für die Überwachung des Flusses zuständig. Er hatte nicht viel zu tun.

Eines Tages, als sie einem kleinen Bachlauf folgten, fanden sie dort, wo der Bach um einen großen Baum herumfließt, eine Goldader. Und zwar eine sehr, sehr große. Der Ort war gut versteckt, mitten im Urwald.

In dieser Region leben die Indios und die Noirs Marrons ganz dicht beieinander. Letztere sind ehemalige Sklaven. Sie sind den Ketten entflohen, und ihre Nachkommen bevölkern heute die Region Haut Maroni. Sie hatten schon immer engen Kontakt zu den Indios.

Daher treffen sich die beiden Stammesgemeinschaften einmal im Monat, um Grenzstreitigkeiten oder Verwaltungsprobleme miteinander zu besprechen, und werden durch die Person des Grand Man Djukas vertreten, des traditionellen Oberhaupts der Wayana, der unter der Ägide der französischen Verwaltung und in diesem Fall der Legion steht.

So erfuhr der Grand Man der damaligen Zeit, ein ehrwürdiger Alter, von der Existenz der Goldader, die unsere beiden Freunde gefunden hatten. Denn am Tag nach der Entdeckung der Ader kamen die drei Männer zu ihrem monatlichen Treffen zusammen.

Als sie unter dem Holzverschlag des Djukas eintrafen, waren sie schon einigermaßen betrunken, denn sie hatten ihre Entdeckung mit etlichen Flaschen Rum begossen.

Das hatte keine unmittelbaren Folgen, denn der Grand

Man der damaligen Zeit war an dem Gold nicht sonderlich interessiert; dagegen sprach er gern dem Rum zu.

Er trank also mit den beiden Freunden und bewahrte die Information in irgendeinem Winkel seines Kopfes auf, denn er war klug genug, sich zu sagen, dass es recht unvorsichtig wäre, mit Hinz und Kunz darüber zu reden.

Unsere beiden Freunde dagegen waren an dem Gold sehr interessiert, aber Jean wollte die Ader nicht sofort ausbeuten. Er wollte erst seine Zeit in der Legion hinter sich bringen.

Der Indio dagegen begann die Goldader auszubeuten, holte Gold aus dem Fluss und verkaufte große Mengen davon.

Das war ein Fehler, denn so zog er den Neid der anderen auf sich. Er wurde gefangen, gefoltert und umgebracht, nachdem er die Stelle verraten hatte oder einfach nur um des Goldes wegen, sofern man den brasilianischen Abenteurern Glauben schenken kann.

Jean versteckte die Karte an einem Ort, den er für hundertprozentig sicher hielt. Bis heute hat niemand herausgefunden, wo sie sich befindet.

Die Zeit vergeht … Der Grand Man wurde schwer krank und gab sein Amt an Ponpeia weiter, den großen Schwarzen. Mit Sicherheit ist er es, der Tine umgebracht hat und der uns verfolgt.

Während der Machtübergabe hatte der alte Mann, wie es so Brauch ist, alle Geheimnisse der Region, deren Mitwisser er war, dem neuen Grand Man erzählt. Und damit auch das Geheimnis von der Goldader. Dieser beschloss, sich zu nehmen, was ihm seiner Ansicht nach zustand.

»Und der Mord an deiner Mutter?«

»Der geschah nach dem Mord an ihrem eigenen Vater, dem Indio. Ihr wurde in einer Nacht, in der mein

Vater Jean in St. Laurent war, die Kehle durchgeschnitten. Man behauptete damals, das seien wieder die brasilianischen Schmuggler gewesen. Wenn es da unten irgendwelchen Ärger gibt, dann sind immer die Brasilianer schuld … Aber die Gendarmen hatten Zweifel an der Version, weil man sie weder vergewaltigt noch bestohlen hatte. Die Motive für das Verbrechen sind ein Geheimnis geblieben.«

»Und du, wie alt warst du?«

»Ich war drei Jahre alt. Man hat mich in meiner Hängematte gefunden, tief schlafend. Sie hatten mir Drogen gegeben. Warum, weiß ich nicht, und ich glaube, ich werde es auch nie erfahren.«

»Aber das heißt, dass der Noir Marron, dieser Ponpeia, glaubt, dass du die Karte hast, auf der die Goldader eingezeichnet ist. Hast du sie denn?«

Juliette macht eine Geste, an der ich erkenne, dass sie zornig wird.

»Glaubst du nicht, dann hätte ich sie ihm auch gegeben?«

So langsam lerne ich sie kennen. Wenn sie wütend wird, dann steigt die Wut langsam an, wie wenn man einen Motor warmlaufen lässt.

»Mir ist das scheißegal, wo sich diese bescheuerte Ader befindet. Aber ich habe den Eindruck, du glaubst mir nicht. Glaubst du etwa, ich hätte es zugelassen, dass man Tine umbringt, Féfé verletzt und dass ich dir dann noch erzähle, was ich in Cayenne alles durchgemacht habe? Und das alles nur des Geldes wegen …«

Ich lächle ihr zu: »Du hast recht, entschuldige. Weißt du, wenn ich ehrlich sein soll: Du bist einfach schön, wenn du wütend bist.«

Ich nehme sie in den Arm. Sie wehrt sich verärgert, aber

meine Zärtlichkeit bricht am Ende ihren Widerstand. Sie sieht sehr wohl, dass ich aufrichtig bin.

»Als dein Vater fort war, wie hast du da gelebt, und wer hat dich aufgenommen?«

»Ich wurde von der Familie meiner Mutter großgezogen, bei den Indios.« Juliette sieht mich zärtlich an. »Ich bin dort sehr glücklich gewesen. Wenn das alles nicht passiert wäre, die Bitte um meine Hand und das alles, dann würde ich noch dort unten leben. Aber dann hätte ich dich natürlich nicht kennengelernt ...«

Ich merke, wie stark mich berührt, was sie da sagt. Also wenn das mal keine Liebeserklärung ist! Mittlerweile ist das Feuer ausgegangen. Ich kann Juliettes Gesicht nicht mehr sehen, nur noch vage die Umrisse ihres Körpers im Gegenlicht erkennen.

»Du wirst wieder zu dir nach Hause in den Urwald zurückkehren, zu den Indios, das schwöre ich dir. Wie kommt es überhaupt, dass du hier bist?«

Sie seufzt. Es ist ihr offensichtlich unangenehm, wieder in diesen schmerzhaften Erinnerungen zu wühlen.

»Kurz nach dem Tod des Grand Man wollte Ponpeia mich heiraten. Ich kannte ihn nur vom Hörensagen. Sein Antrag brachte mich sehr in Bedrängnis. Ich bin frei erzogen worden. Die jungen Mädchen in meinem Land werden schneller zur Frau. Ich hatte jedenfalls nicht die Absicht zu heiraten, aber ich wollte diesen Mann auch nicht vor den Kopf stoßen.

Der Grand Man genießt ein sehr hohes Ansehen bei den Noirs Marrons. Ich versuchte daher, so diplomatisch wie möglich zu sein, ohne mich breitschlagen zu lassen. Aber er hat das in den falschen Hals bekommen.

Eines Abends hat Ponpeia versucht, mich zu entführen. Sie haben sich geirrt und eine Freundin mit dem Boot verschleppt, die Tochter eines Obersts, die den Abend bei mir verbracht hatte. Sie haben sie belästigt, bevor sie merkten, dass sie sich geirrt hatten. Dann haben sie sie wieder freigelassen.

Das hat einen riesigen Skandal gegeben, der von der Armee niedergeschlagen wurde, denn die guten Beziehungen zu den Noirs Marrons sind wichtig für das Departement. Es wurden wie immer ein paar brasilianische Herumtreiber beschuldigt, und damit war die Sache erledigt.

Die Gendarmen haben mir geraten, in die Hauptstadt zu gehen, bis die Wut des Chefs verflogen ist. Er wird dich vergessen, haben sie mir gesagt. Pustekuchen!«

Ich spüre, dass Juliette nicht mehr bei mir ist ... Sie ist irgendwo da unten im Urwald. Dann erzählt sie weiter.

»Ich habe alles verkauft, was mein Vater mir hinterlassen hatte, und bin nach Paris gegangen.«

Sie stockt kurz, dann redet sie weiter.

»Am Flughafen wurde ich von zwei Männern erwartet. Das waren die beiden, die bei Féfé aufgekreuzt sind. Zunächst waren sie freundlich, der Alte führte das Gespräch. Er erzählte mir, Ponpeia wolle nicht meinen Körper, er wolle nicht mit mir schlafen, das sei alles nicht der Grund, er wolle nur, dass ich ihm etwas zurückgebe, das ihm gehört.«

Als ich ihn nicht verstand, wurde er immer aggressiver und bedrohte mich am Ende. Da begriff ich erst, wovon er redete. Er sagte es ganz explizit: »Wir wollen die Karte.«

Der Wind draußen ließ nicht nach. Mich überlief unwillkürlich ein Schauder. Wo würde uns das alles hinführen?

»Als ich noch ein ganz kleines Kind war«, fuhr Juliette fort, »erzählte mir mein Vater das ganze Abenteuer mit der Goldmine, aber ich hatte das in irgendeinem Winkel meines Gedächtnisses abgelegt, und letztlich interessierte es mich nicht sonderlich. Ich dachte, das sei nur eine von den vielen Geschichten, die mein Vater mir erzählte. Er sagte mir: ›Du wirst sehen, Juliette, wir werden glücklich sein, ich habe etwas gefunden, das mich reich machen wird, ich nehme dich mit nach Paris, da kannst du dann bei den großen Modeschöpfern Kleider kaufen! Wir gehen in die größten Paläste, Paris wird dir zu Füßen liegen, und die Männer werden verrückt nach dir sein.‹ – ›Aber was machen wir dann den ganzen Tag?« – »Wir gehen ins Theater, ins Kino, in die Museen, wir kaufen lauter schöne Sachen, einfach nur zum Spaß. Und dann bleiben wir auch nicht nur in Paris, wir gehen nach London, nach Istanbul, nach Marseille, wo das Wasser so schön blau ist …‹«

»Erzähl weiter vom Flughafen. Das muss dich doch ziemlich erschüttert haben, du bist doch nie aus Guayana herausgekommen … Wie hast du ihnen entkommen können?«

»Nein, ich hatte noch nie eine große Stadt gesehen, und dann gleich so was wie Paris … Die beiden Männer waren einen Moment lang unaufmerksam, als sie sich ohne viel Federlesens daranmachten, mein Gepäck zu durchsuchen. Das habe ich ausgenutzt und bin in ein Taxi gesprungen. Ich hätte in der Hauptstadt bleiben sollen, da hätten sie größere Mühe gehabt, mich wiederzufinden.«

Sie hält einen Moment inne.

»Aber da mein Vater immer davon geträumt hatte, das blaue Mittelmeer zu sehen, hatte ich Lust, Marseille kennenzulernen. In Paris habe ich Männer und Frauen getroffen, die ganz gewöhnliche Probleme hatten.«

Sie lächelt.

»Ich begriff, dass ich ein normales Leben führen wollte, mich über die Metro, den Klempner, das Auto ärgern wollte … Hast du keine Lust, schwimmen zu gehen?«

Juliette will nicht mehr reden.

»Wann? Jetzt? Warum nicht …«

Wir gehen runter zu dem kleinen windgeschützten Strand und tauchen ins schwarze Wasser ein. Unsere Körper sind bei jeder Bewegung von einem leuchtenden Schein umgeben, der von tausenden von Mikroorganismen hervorgerufen wird, kleinen Krabben, Fischen.

Das Plankton reagiert, indem es bei jeder Bewegung leuchtende Spuren hinterlässt. Dann lieben wir uns zärtlich auf den weißen Kieselsteinen. Wir gehen wieder in den Bunker und legen uns schlafen. Juliette kuschelt sich an mich und seufzt tief. Gleich wird sie eingeschlafen sein. Ich habe auch keine allzu große Lust mehr weiterzureden. Ich lausche dem Wind in den hundertjährigen Kiefern. Wir schlafen ein, eng umschlungen.

Ich träume von Indios, vom Urwald, vom Fluss, von einer Juliette, die nicht wirklich Juliette ist, sondern eine nackte Indio, die ihr ähnlich sieht und die mich ruft ...

Ich schrecke aus dem Schlaf auf, mit einem ganz merkwürdigen Gefühl. Ich versuche, mich nicht zu rühren, ich wittere Gefahr. Der Wind ist abgeflaut. Juliette hat sich bewegt und im Schlaf abgedeckt. Ich will sie gerade wieder zudecken, als eine kaum wahrnehmbare Bewegung in der Dunkelheit meine Aufmerksamkeit auf sich lenkt. Ganz langsam bewege ich meine Hand zur Taschenlampe. Die Bewegung erstarrt. Ich spüre ganz deutlich, dass da jemand ist. Spüre einen aufmerksamen, auf mich gerichteten Blick.

Ich knipse die Taschenlampe an und stehe schnell auf. Das Überraschungsmoment ist auf meiner Seite. Es ist ein dicker, hellbrauner Hund, der mich verängstigt anschaut. Er fiepst. Irgendeine Promenadenmischung. Als er sieht, dass ich ihm nichts tun will, wedelt er schüchtern mit dem Schwanz.

»Was ist los?«

Juliette ist aufgrund meiner hektischen Gesten aufgewacht und macht sich Sorgen. Ich beruhige sie wieder.

»Es ist ein Hund ... dürr wie ein Stecken. Er ist bestimmt hungrig.«

Ich stehe auf und untersuche ihn, während ich ihn streichle. Er schließt die Augen und stöhnt vor Vergnügen.

»Hey, wo kommst du her, mein Dicker? Also, wenn das mal kein Liebesbedürftiger ist!«

Juliette macht sich etwas über mich lustig.

»Unser Doctor Love wird dir schon geben, was du brauchst. Unterdessen kannst du ihm schon mal was zu essen geben. Meiner Meinung nach braucht er das dringend, ich kann ja von hier aus seine Rippen sehen.«

»Glaubst du, er mag Fisch?«

»Hungrige Hunde mögen alles. Na ja, es gibt schon Dinge, die sie lieber essen als andere … Es gibt ein arabisches Sprichwort, das geht so: ›Würden die Gebete der Hunde erhört werden, es fielen Knochen vom Himmel!‹«

Ich gebe ihm die Fischköpfe, zusammen mit Brot, das ich vorher in die Soße getunkt hatte. Er schnüffelt lange daran, als wolle er sagen: »Seht nur, ich bin gut erzogen!« Dann leckt er mir die Hand und macht sich über sein Fressen her.

Juliette lacht.

»Schau dir das an! Der hat mindestens seit Weihnachten nichts mehr zu fressen gekriegt! Und du faselst was von Liebesmangel!«

Ich lege mich wieder zu Juliette. Sie küsst mich auf die Schulter. Ich schalte die Taschenlampe aus, und wir liegen im Dunkeln.

»Es gefällt mir, dass du tierlieb bist! Sag mal, nicht nur der Hund hat Liebesmangel. Es gibt da noch so eine Indio-Prinzessin, die schier vergeht vor Liebe zu einem griechischen Mann, der sie schändlich vernachlässigt.«

Und das versucht sie mir in den restlichen Stunden dieser kurzen Nacht zu beweisen.

Am nächsten Morgen beim Aufwachen muss ich mich fürchterlich kratzen. Ich platze fast, als ich sehe, dass der Hund auf unserem improvisierten Bett liegt.

Er tut so, als merke er gar nicht, dass er da auf meinen Füßen liegt, und ist beleidigt, als ich ihn fluchend aus dem Bett werfe. Dieser Schweinehund hat uns seine Flöhe vermacht.

Juliette grinst.

»Und da lachst du noch! Ich habe eine ganze Kolonie von Flöhen auf mir, die mich die ganze Nacht gepiesackt haben. Im Schlaf habe ich geglaubt, es seien Mücken, aber wenn ich mir das jetzt so bei Tageslicht betrachte … Und du willst behaupten, Hundeflöhe gingen nicht an Menschen, so ein Unsinn!«

Juliette amüsiert sich köstlich und krault dabei dem Hund den Kopf.

»Ich bin das gewohnt, in Guayana hat bei mir immer ein Lemure geschlafen, das ist eine Art kleiner Affe, den ich sehr lieb hatte, und der hatte oft Flöhe. Aber du siehst, wenn Flöhe in einem Bett sind, wird immer nur einer gestochen. Das ist ungerecht, aber so ist es!«

Sie sieht mich schelmisch an.

»In dem Fall ist es am besten, man schläft bei einem Mann, der die Flöhe hat … Was glaubst du wohl, warum ich mir dich ausgesucht habe, um meine Matte zu teilen, kleiner Weißer …«

Juliette macht sich offen über mich lustig.

»Los, schnell, lass uns runtergehen und uns waschen. Auch den Hund und die Decken. In der Sonne wird alles schnell wieder trocken sein. Ich bin sicher, das Wasser ist wunderbar heute Morgen.«

Wir nehmen den Hund mit an den kleinen Strand, und Juliette wäscht ihn. Er verschwindet unter einem Berg aus Schaum, nur sein Kopf ist noch zu sehen. Der Köter lässt es mit sich geschehen, schaut aber ein bisschen unglücklich und betreten drein. Er bringt uns zum Lachen. Als alles wieder abgewaschen ist, geht es ihm sichtlich besser. Er springt bellend um uns herum und schüttelt sich das Fell aus. Ich frage mich, ob das nicht auch ein bisschen seine Rache ist.

»Das anhänglichste Tier der Schöpfung ist der nasse Hund!«

Juliette lässt die Expertin raushängen: »Das ist noch ein junger Hund. Seine Pfoten sind dick.«

Bei Tageslicht besehen ist seine Magerkeit beeindruckend. Es fehlt ihm ein Stück vom Ohr, wahrscheinlich hat er es bei einem Kampf verloren.

»Wie wollen wir diesen Nichtsnutz nennen? Einohr? Hund?«

Juliette schnieft, das ist bei ihr ein Zeichen dafür, dass sie nachdenkt.

»Warum nicht Émilien?«

Ich bekreuzige mich ironisch. Anfangs gefällt mir ihr Vorschlag nicht. Ich komme aus einer Familie, in der man die Religion immer ganz gern durch den Kakao gezogen hat, und die Vorstellung, einem Hund den Namen eines Heiligen zu geben, kommt mir seltsam vor.

»Wie St. Émilien, der Pfarrer von Berceo?«

»Nein, wie Émilien, der Name meines Lemuren, der an

einem Spinnenbiss gestorben ist. Brr! Eklige Tiere! ... Aber wer war dieser Pfarrer? Wo war das noch mal?«

»Aus Berceo. Ich bin einverstanden, und zwar aus mehreren Gründen ... Zunächst einmal, weil ich dir nichts abschlagen kann ...«

Sie schenkt mir ein bezauberndes Lächeln.

»Außerdem ist dieser Pfarrer für seine Großherzigkeit bekannt. Er hat die Kirchengüter unter den Armen verteilt ... Und dann, weil das ein Vorname griechischen Ursprungs ist. Er bedeutet der Trickreiche, ›Aimulos‹. Na gut ... Émilien ... Was für ein hübsches Gespann. Eine Jungfrau, die ein Geheimnis bewahrt, das Reichtum verspricht, verfolgt von einem schwarzen Stammesoberhaupt, und jetzt auch noch von St. Émilien, der mager ist wie ein Stockfisch.«

»Ach ja? Ist dir nicht aufgefallen, dass ich gar keine Jungfrau mehr war? Da müssen wir sofort etwas dagegen unternehmen ...«

Juliette läuft mir hinterher, gefolgt von dem Hund, dem das zu gefallen scheint und der gerne bei unserem Spiel mitmachen würde. Ich tauche ab ins Meer, um meinen Verfolgern zu entkommen.

Der Tag vergeht mit Liebesspielen, Siesta, Fischen, Lachen, und schließlich wieder gegrillter Dorade.

Ich bin der König der Königsdorade.

Ich weiß sehr wohl, dass es nicht mehr lange so weitergehen kann. Juliette weiß das auch, aber diesen einen Tag, den brauchten wir, den war man uns schuldig! ... Ich versuche, nichts zu denken. Vor allem nicht an Féfé, der im besten Fall im Krankenhaus liegt. Der Sonnenuntergang ist herrlich heute Abend. Wir sitzen zu dritt in einer Reihe, wie im Theater. Émilien schaut ihn sich auch an, er fiept ein bisschen, und Juliette krault ihm den Kopf.

»Constantin, gehen wir morgen hier wieder weg?«

Ich seufze …

»Ich muss mal anrufen und mich nach Féfé erkundigen. Und es wäre gut, wenn wir eine Lösung finden würden, wie wir aus der Scheiße wieder herauskommen. Ich habe nicht die geringste Lust, den Rest meines Lebens damit zuzubringen, davonzulaufen, weil man mir an den Kragen will!«

Sie küsst mich auf den Hals.

»Nein, ich frage dich das nur, weil die letzten beiden Tage super waren. Ich würde gern mein ganzes Leben so verbringen.« Juliette nimmt meinen Schwanz und drückt ihn. »Der Rest ist mir egal. Einen Constantin und ein Bett, dann natürlich noch Sonne, das Mittelmeer, zwei Doraden pro Tag, und das wär's …«

Sie küsst mich, ihre kleine Zunge fährt zärtlich über meine Lippen. Da sie Émilien jetzt nicht mehr den Kopf krault, ruft er sie zur Ordnung, indem er ihr die Schnauze unter die Hand schiebt.

»Ah ja! Und einen Émilien natürlich! … Den hätte ich fast vergessen.«

Hach! Ich werd wohl langsam alt … Ihre Worte bringen mich ganz durcheinander. Zum Glück gibt es die Gegenwart, die mich daran hindert, zu sehr an die Zukunft zu denken. Aber es ist wahr, dass ich gerne den Rest meines Lebens mit dieser Frau verbringen würde.

»Weißt du Juliette, ich habe nicht die geringste Ahnung, wie wir da wieder rauskommen … Für mich sind diese zwei Tage auch zu schnell vergangen.« Ich nehme ihre Hand. »Ich dachte, mir würde schon noch etwas einfallen, ich würde auf eine Idee kommen, aber …«

»Mach dir nichts draus, morgen fällt uns was ein. Es geht uns beiden so gut, was sollen wir uns heute grämen.«

Ich küsse sie. Sie hat recht. Morgen ist auch noch ein

Tag, und ich habe oft im Schlaf einen Einfall. Diese Art von Erleuchtung hatte ich schon einmal, als ich noch Fotograf war und ein Problem hatte. Am nächsten Morgen bin ich mit der Lösung aufgewacht. Also morgen, sobald es Tag wird …

Ich falle in einen bleiernen Schlaf. Obwohl ich eigentlich ein Frühaufsteher bin, werde ich von Kaffeeduft geweckt. Juliette hat es geschafft, aus dem Bett zu kommen und alles vorzubereiten, alle Achtung!

»Das Frühstück ist fertig!«

Durch Morpheus' letzte Nebelschwaden hindurch erreicht mich ihre tiefe Stimme. Sie ist nicht die Einzige, die bemerkt hat, dass ich nicht mehr schlafe. Ich bekomme zwei kratzige Pfoten auf den Bauch gelegt, die Pedalo spielen, und eine raue und flinke Zunge leckt mir das Gesicht.

»Waff! Waff!«

Émilien ist wach, und das zeigt er mir deutlich. Ich schiebe das allzu aufdringliche Tier von mir weg. Es gibt Besseres zum Frühstück als die Zunge eines Fleischfressers, der gerade Fisch gegessen hat! Selbstverständlich bedrängt er mich jetzt umso mehr, während ich es vorziehe, vor seiner einnehmenden Freundschaft unter die Decke zu flüchten. Da mischt sich meine Meerjungfrau ein, die an der Decke zieht und den jungen Freund, der es zufrieden ist, eine Komplizin gefunden zu haben, noch weiter anstachelt.

»Los, Émilien, leck ihm das Gesicht ab, er darf nicht wieder einschlafen, wir brauchen ihn!«

Ich fange sie, bringe sie zu Fall. Ich rolle mich auf sie und versuche, sie in den Klammergriff zu nehmen, damit sie sich nicht mehr rühren kann, während mir der Köter zum Spaß an den Knöcheln herumknabbert.

»Puuuh! Was hat dieses Tier denn nur gefressen?«

»Wieder die Fischköpfe, die ich von gestern Abend für ihn aufgehoben habe. Warum, stinkt er etwa aus dem Maul?«

Es gelingt mir, sowohl den Kläffer als auch Juliette in den Klammergriff zu bekommen.

»Ich ergebe mich. Aber nur unter der Bedingung, dass eine halbnackte Nymphe auf einem brüllenden Löwen mir meinen Kaffee ans Bett bringt.«

Sie macht einen anmutigen Knicks.

»Sofort, der Herr. Wenn Sie die Güte hätten, mich loszulassen ... Komm, Émilien, du spielst den Löwen.«

Ich lasse sie los und stehe auf. Mit einem Mal fühle ich mich von all den Problemen überwältigt und habe keine Lust mehr zum Spielen. Ich trinke schnell meinen Kaffee aus. Dann treibe ich meine Truppe zusammen, und wir gehen alle drei hinunter zu dem Auto, das ich bei dem kleinen, verlassenen Bahnhof geparkt habe. Émilien folgt uns ganz selbstverständlich, und als Juliette die hintere Tür aufmacht, springt er hinein und legt sich auf den Rücksitz. Sie lächelt mir zu.

»Als wäre er hier zu Hause! Der geniert sich nicht, der Bruder. Was wirst du machen, Constantin? Behältst du ihn?«

»Was denn sonst? Versuch doch mal, ihn rauszuschmeißen! Ja, ich behalte ihn. Das heißt natürlich wir. Bist du einverstanden?«

»Waff.«

Als würde der Hund etwas verstehen, wedelt er mit dem Schwanz und leckt mir vor Freude die Hände. Er ist sehr anhänglich und lustig, und er leckt einen gern ab. Juliette dagegen ist traurig, und es gelingt mir nicht, sie aufzuheitern. Ich führe das auf das Ende unseres Robinson-Crusoe-Daseins zurück. Ich stöhne über Émilien, der mich wieder einmal mit seiner rosa Zunge mit Fischduft parfümiert hat. DORADE N°5. Hmm!

»Wenn er doch nur lernen könnte, mir nicht wegen jeder Kleinigkeit übers Gesicht zu lecken! Nun gut, auf geht's!«

Ich fahre über die Autobahn nach Marseille zurück. Sollten die Ausfahrten überwacht werden, so nehme ich doch nicht an, dass das auch für die Autobahn zurück nach Marseille gilt. In St. Henri machte ich bei der erstbesten Telefonzelle halt.

Ich rufe Mateis an, den Polizisten.

»Hier spricht Constantin.«

»Hallo, Constantin, hör mal, du kannst aus deinem Versteck herauskommen. Wir haben nichts gefunden bei deiner Freundin Tine. Sie ist verschwunden, ohne eine Adresse hinterlassen zu haben. Bist du sicher, dass du nicht geträumt hast? Ich habe mal für alle Fälle eine Suchmeldung rausgegeben. Ansonsten habe ich Morandi befragt, der alles abstreitet, sogar, bei Monsieur Paoli gewesen zu sein. Ich muss mit deiner Freundin sprechen.«

»Mal sehen, aber ich rufe dich vor allem wegen Féfé an ...«

»Kein Problem. Er ist vorgestern operiert worden, er hat's gut überstanden. Derzeit wird er von zweien meiner Männer bewacht sowie von seinen beiden Neffen, die sind gestern aus Korsika angereist. Außerdem ist die Presse hier gewesen, dein Freund Christian hat sie angeschleppt, und schließlich noch die Ärzteschaft zusammen mit deinem Freund Robert. Nein, ich glaube, Féfé ist in guten Händen. Übrigens möchte er, dass du ihn anrufst.«

Ich bin erleichtert ... Von draußen schaut mich Juliette besorgt an, ich werfe ihr ein beruhigendes Lächeln zu. Sie starrt mich an, ich weiß nicht warum.

Ich strecke den Kopf aus der Kabine.

»Féfé ist überm Berg.«

Sie lächelt mir traurig zu, die Augen voller Tränen. Ich mache ihr ein aufmunterndes Zeichen und setze mein Gespräch fort.

»Und Ponpeia, der große Schwarze?«

»Ich habe beim Einwanderungsbüro nachgefragt, offensichtlich ist er gestern wieder nach Guayana zurückgegangen, und falls du glaubst, da unten würde ihn jemand zur Rechenschaft ziehen – von wegen! Zumal er bei sich zu Hause *persona grata* ist.«

»Und was hat Féfé dir gesagt?«

»Gar nichts. Er möchte erst mir dir reden, bevor er den Mund aufmacht, also komm jetzt mit deiner Freundin, damit ich meinen Bericht tippen und mir überlegen kann, was wir machen sollen.«

Ich bedanke mich bei Mateis und rufe Christian an. Er hat keine großen Neuigkeiten für mich.

»Ich habe nicht viel herausgefunden. Nur, dass der Kerl in Guayana so ein hohes Tier ist. Mein Korrespondent hat mir das nicht so recht erklären können, aber Ponpeia ist so eine Art Stammesoberhaupt. Sonst kann ich noch vermelden, dass Féfé überm Berg ist. Sag mal, wie ging es denn mit dem 4L? Läuft er noch?«

Ich beruhige ihn, dann rufe ich Robert an, den Arzt.

»Alles läuft bestens, keine Sorge. Der Chirurg, der Féfé operiert hat, ist ein ehemaliger Universitätsprof. Er ist der Beste auf seinem Fachgebiet. Dein Freund ist zäh wie Juchten. Trotz all dem Blut, das er verloren hatte, war er schon wieder drauf und dran, die Krankenschwestern anzumachen, einfach unglaublich! Er liegt auf Zimmer 707. Um dich dagegen mache ich mir ernsthaft Sorgen. Wer ist denn die charmante junge Dame, die dir auf Schritt und Tritt folgt?«

»Du bist zu neugierig!«

Ganz automatisch drehe ich mich um, um zu schauen, wo die junge Dame eigentlich steckt. Oder besser, wo sie steckte, denn sie ist nicht mehr da. Ich würge Robert ab, knalle den Hörer auf die Gabel und renne zum Auto. Émilien sieht mich kleinlaut, fast schon schuldbewusst an. Juliette hat ihn am Steuer festgebunden. Aber wo ist meine Indio-Braut nur hin?

Eine alte Frau, die auf den Bus wartet, wirft mir einen schadenfrohen Blick zu.

»Haben Sie die junge Frau gesehen, die gerade hier war, sie hat eine blaue Hose an und trägt eine Schirmmütze?«

»Na und ob ich die gesehen habe!«

»Ja, und wo ist sie hin?«

»Na ja ... Sie hat versucht, ein Auto anzuhalten ... Und ein junger Mann hat sie in seinem schönen Wagen mitgenommen, so war's ...«

»Wo sind sie langgefahren?«

»Da lang, sie haben die Straße nach Aix genommen ... und der junge Mann hatte es ziemlich eilig. Sie wohl auch, wenn sie Ihnen nicht mal gesagt hat, dass sie wegfährt!«

Die Alte hatte ganz offensichtlich ihren Spaß daran, dass ein schöner junger Mann mir meine Dulcinea weggeschnappt hat. Es erstaunt mich immer wieder, dass das menschliche Herz so schwarz sein kann.

Die Angst schnürt mir die Kehle zu. Ich klettere in meine alte Kiste und stelle fest, dass sie die Schlüssel mitgenommen hat; sie hat an alles gedacht.

Neben Émilien finde ich ein zweifach gefaltetes Stück

Papier, das ich vorher nicht bemerkt hatte. Ich falte es auseinander.

Constantin,

ich gehe fort. Ich habe dir dein Leben schon schwer genug gemacht. Ich weiß, wir verstehen uns gut. Aber ich trage den Tod in mir. Vorher war dein Leben angenehm, sauber … Das Meer, die Sonne, deine Freunde. Und ich habe dir nichts als Ärger beschert … Unglück, Hass, Wahnsinn. Man wird mich auf alle Fälle kriegen … Ich will nicht, dass du dann da bist, dass du die Konsequenzen tragen musst. Ich reiße mich aus deiner Brust heraus, und das tut mir weh. Aber ich glaube, es ist besser so. Ich überlasse dir Émilien, wie bei einer Scheidung. Ich will nicht, dass man den Menschen, die ich liebe, noch mehr Böses antut. Suche nicht nach mir, ich verschwinde aus deinem Leben. Das mit den Autoschlüsseln tut mir leid. Ich küsse dich. Ich könnte dir sagen, dass ich dich liebe, aber … das habe ich nicht gelernt. Eins ist gewiss … du fehlst mir jetzt schon …

Juliette

Für kurze Zeit raste ich völlig aus, dann lasse ich den Motor an, denn das wäre ja wohl gelacht, wenn ein Kerl, der im Racati-Viertel aufgewachsen ist, nicht in der Lage wäre, einen 4L ohne Schlüssel zum Laufen zu bringen. Ich schließe ein paar Kabel kurz, und die Sache ist geritzt.

Ich nehme die Straße nach Aix und hoffe, dass »der schöne Wagen« nicht ausgerechnet wie ein Porsche aussieht. Wie dem auch sei, mit der Kiste hier wird mich jedes andere Auto abhängen.

Nein, ich hoffe, dass der Kerl sie in Aix rauslässt, entweder am Busbahnhof oder bei den Zügen. Das ist die einzige Chance, sie abzufangen. Aber sie ist weder hier noch dort.

Ich muss mich wohl oder übel damit abfinden. Der Kerl, der sie mitgenommen hat, hat sie nicht hierhergefahren.

Ich weiß, ich werde sie nicht finden. Frankreich ist riesengroß, da müsste ich schon unglaublich Schwein haben, und meine Indio-Prinzessin ist verschwunden.

Ich bin am Boden zerstört … nehme ihr das sehr übel.

Ich muss etwas tun, fahre los Richtung Paris, aber nach ein paar Kilometern mache ich entmutigt auf einem Parkplatz halt. Ich bleibe mit gekreuzten Armen bis in die Nacht am Steuer sitzen, ohne zu wissen, was ich tun soll, mein Kopf ist völlig leer, ich lasse meinen Gedanken freien Lauf.

Ich träume.

Ich liege nackt in Juliettes Armen und suche ihren ganzen Körper mit einer Lupe nach der Schatzkarte ab, als wäre sie eine Riesin. Ich muss an ein Gedicht von Baudelaire denken.

Meine Untersuchung führt mich an ihre intimsten Körperstellen. Sie windet sich und beschwert sich, ich würde sie kitzeln, doch sie kann nicht entkommen, da ich sie festgebunden habe. Ihre Schreie dringen wie erstickt zu mir, als habe sie einen Knebel im Mund – oder als sei sie sehr weit weg.

Ich sehe unter den Achseln nach, den Brustwarzen, die Mäander des Nabels kosten mich sehr viel Zeit, ich wandere weiter nach unten. Der flache Bauch bietet keine Versteckmöglichkeit für eine Karte. Ich komme zur Scham und gehe noch tiefer. Die Schenkel öffnen sich, ich sehe die schwarzen Lippen des Geschlechts, ein Licht leitet mich in meiner großen Sehnsucht.

Ich gehe hinein und folge diesem Licht, und dort ist Ponpeia, der große Schwarze, und ruft mir etwas zu. Er hat seinen schrecklichen Säbel in der Hand und streicht prüfend über die Klinge, während er mich ansieht.

»Also, wo ist diese Karte? Soll ich dir den Kopf abschneiden? Hab keine Angst, ich kann ihn dir wieder ankleben. Ich habe einen guten Kleber.«

Ich bin schockiert, dass dieser Mann in Juliette eingedrungen ist, in meine Juliette.

»Was machen Sie hier? Das ist meine Liebste! Gehen Sie hier raus, sonst …«

Ich stürze mich mit der Lupe auf ihn, die wie durch ein Wunder immer größer wird, und versetze ihm einen heftigen Schlag auf den Hinterkopf. Die Narbe auf seinem Gesicht bricht auf, es quietscht, als würde eine verrostete Tür geöffnet, und es kommen Tausende goldener Bienen in dichten Schwärmen herausgeflogen.

Der Mann leert sich langsam wie ein Luftballon, schnurrt zusammen und murmelt den berühmten Satz, den die Pariser Studenten im Mai 68 auf die Wände schrieben:

»UNTER DEM PFLASTER LIEGT DER STRAND«

Ein Lastwagen fährt unter wütendem Hupen vorbei, und ich schrecke aus dem Schlaf. Es fällt mir schwer, wieder wach zu werden, mich zu erinnern, wo ich bin und was ich hier mache. Dann fällt es mir wieder ein, und das tut weh.

Juliette fehlt mir. Ein Stöhnen reißt mich aus meiner Benommenheit. Émilien hat Hunger. Er hat sich wunderbar benommen.

Da er gespürt hatte, dass irgendetwas nicht in Ordnung war, hat er sich ganz klein gemacht. Während ich schlief, hat er ganz vorsichtig seinen Kopf auf meine Knie gelegt. Ich spüre noch seine Wärme durch meine Hose. Aber jetzt will er mir sagen, dass ich vielleicht an sein Fressen denken sollte.

Ich stehe in einer dunklen Ecke am Rand der Autobahn, vor einem großen Supermarkt. Ich werde ein riesiges Steak für Émilien kaufen, so ein T-Bone-Steak, und einen Liter Wasser, damit es auch gut flutscht.

Die Leute in dem Supermarkt kommen mir komisch vor. Ich betrachte mir dieses Universum, als existiere es nicht wirklich. Ich habe Mühe, die Kassiererin zu verstehen, die einfach nur Geld von mir haben will. Sie muss mir dreimal den Betrag wiederholen, bis ich sie verstehe.

Der Hund ist ziemlich zufrieden, stürzt sich aber nicht sofort auf den Fleischhappen. Er dankt mir erst, indem er mich ableckt, dann schnuppert er am Fleisch, stupst es zögernd an, und erst dann haut er die Zähne rein. Ein wählerischer Hund!

Während Émilien frisst, denke ich darüber nach, was ich tun soll. Das fällt mir schwer, denn weil Juliette nicht mehr da ist, ist mein Kopf ganz leer. Ich versuche es ... Also, was hat Juliette mir gesagt, wo ist sie hin? Ist sie zurück nach Hause gefahren? Warum nicht nach Paris? Ich bin völlig mutlos – ich werde sie nie finden.

Ich beschließe, Féfé besuchen zu gehen. Bei der Fahrt durch die Stadt ist es, als würde ich einen Nebel durchqueren. Gegen zehn komme ich im Krankenhaus an. Es wird schwer sein hineinzukommen, die Besuchszeit ist zu Ende. Ich lasse Émilien im Auto. Er blickt mich mit traurigen Hundeaugen an. Ich kraule ihn am Kopf, und er jault auf vor Zufriedenheit.

»Pass gut auf mein Auto auf, ich verlasse mich auf dich, ich liebe dich.«

Ich tue so, als gehörte ich zum Stammpersonal, so in der Art besorgter Onkel Doktor, und marschiere am Anmelderaum vorbei. Völlig überflüssig, denn es ist keiner da. Dann fahre ich mit dem Aufzug in den siebten Stock. Die Türen quietschen ein bisschen beim Öffnen, ich gelange in den Flur. Ein hünenhafter Bulle in Uniform stellt sich mir in den Weg.

»Wo wollen Sie hin? Die Besuchszeit ist zu Ende.«

»Ich will zu Monsieur Paoli, ich bin ein Freund von Kommissar Mateis, er weiß Bescheid.«

Er kramt in den Taschen seiner Uniform herum.

»Warten Sie einen Augenblick.«

Der Uniformierte spricht über Funk mit dem Kommissar, der ihm grünes Licht gibt und ihn anweist, er solle mich nicht gehen lassen, er müsse mit mir reden.

»Gut, Sie können rein. Aber Sie haben es gehört,

Kommissar Mateis möchte Sie sprechen. Und gehen Sie nicht einfach so ins Zimmer. Sie müssen sich ankündigen, wegen der Neffen von Monsieur Paoli, die sind recht fix ...«

Ich klopfe leise an die Tür, bevor ich hineingehe. Eine Männerstimme mit starkem korsischem Akzent fragt, wer da sei.

»Constantin. Sagen Sie Féfé, hier ist Constantin, der Grieche, sein Partner.«

Die Tür geht auf, ich sehe einen dunklen Krauskopf, kurz geschnitten, und ein Paar schwarze Augen, die mich von Kopf bis Fuß mustern. Dann kommt der junge Mann heraus. Ein breitschultriger Kerl.

»Entschuldigen Sie, ich heiße Ange und soll ein Auge darauf haben, wer hier bei Féfé ein und aus geht.«

Er klopft mich gründlich ab.

»Es gibt da ein paar Halunken, die uns übelwollen, entschuldigen Sie, Monsieur, aber ich muss Sie durchsuchen.«

Ich lasse es geschehen, da ich es gutheiße, dass der junge Korse so umsichtig vorgeht. Dann lässt er mich ins Zimmer.

Féfé liegt auf dem Bett und ist so gut wie überall an Schläuche angeschlossen. Er ist weiß wie die Wand. Das heißt, eigentlich eher olivgrün, wie es typisch ist für einen Südländer, dem es nicht gut geht. Neben ihm steht noch ein Mann, der dem anderen erstaunlich ähnelt. Beide tragen weiche graue Anzüge. Féfé lächelt mich an und streckt mir die Arme entgegen, glücklich, mich zu sehen. Er küsst mich auf die Wange. Er riecht nach Seife, Kölnischwasser und Krankenhaus. Das erstaunt mich, denn ich kenne von Féfé nur den Geruch nach Meer, Fisch und Sonne.

»Constantin! Ich bin wahnsinnig froh, dich zu sehen!

Ich war schon ganz in Sorge, als du verschwunden warst. Wo seid ihr gewesen?«

»Im Bunker.«

Féfé kennt mein Versteck. Ich hatte es ihm einmal an einem Tag gezeigt, als der Mistral wehte und wir nicht arbeiten konnten. Damals sagte er zu mir, so ein Versteck könne eines Tages noch mal von Nutzen sein.

»Gute Idee. Da wäre ich auch hingegangen ... Constantin, darf ich vorstellen? Ange und Noël ... Zwillingsbrüder, die am 24. Dezember geboren sind, daher die Namen. Es sind die Söhne meiner armen Schwester, die ums Leben kam, als verschiedene korsische Befreiungsbewegungen ihre Rechnungen beglichen. Es war ein schrecklicher Unfall gewesen, der einen richtigen Krieg auf der Insel ausgelöst hat. Bei uns tötet man keine Frauen. Aber das werde ich dir alles ein andermal erzählen. Wo ist Juliette?«

Es ist mir sehr peinlich, mich vor diesen drei hartgesottenen Burschen über mein Leben auszulassen. Féfé versteht das.

»Ange, Noël, ihr könnt einen Kaffee trinken gehen, Constantin und ich haben etwas zu bereden.«

Die beiden Brüder schauen sich an, zögern kurz, denn es besteht immer noch Gefahr.

»Na los. Bei Constantin gehe ich kein Risiko ein. Er ist für mich wie ein Sohn.«

Der, dem ich als Erstes begegnet bin, offenbar derjenige, der hier das Sagen hat, fällt eine Entscheidung.

»Gut! Noël, du gehst den Kaffee holen, ich bleibe vor der Tür stehen.«

Sie gehen aus dem Zimmer. Féfé sieht mich fragend an. Ich reiche ihm das Blatt Papier, das Juliette mir auf den Autositz gelegt hatte. Féfé liest den Brief.

»Und? Hast du sie eingeholt? Nein? ... Na, die hat

Mumm, die Kleine! Setzt lieber die Segel, als uns weiteren Ärger einzuhandeln. Nettes Mädchen. Und mutig!«

Féfé sieht sehr wohl, dass ich seine Meinung nicht ganz teile. Er seufzt …

»Tja, offenbar hat sie dich verlassen. Da musst du dir eine andere suchen. Es sei denn … glaubst du, du bist verliebt?«

»Scheiße, du nervst mich, Féfé!«

Er lacht.

»Oha, ja, ja, da sind wir schön angeschmiert! Du bist wirklich ein Herzchen, *pitchoun!* Erst Sophie, die uns, nebenbei gesagt, ganz schön in die Pfanne gehauen hat, das Biest, und dann Juliette, die uns so in die Scheiße reingeritten hat, dass ich jetzt in einem Krankenhausbett, mit zwei Löchern im Leib, Kartoffelpüree mampfen muss, bewacht von meinen beiden korsischen Neffen! Könntest du dir nicht mal eine normale, ruhige Kleine suchen, die dir einen Haufen Bälger schenkt! Also reden wir nicht mehr drüber, verfluchter Mist!!!«

»Féfé, das alles ist nicht ihre Schuld.«

Und dann erzähle ich ihm die ganze Geschichte. Féfé hört mir aufmerksam zu. Während meiner Erzählung fallen ihm seine schwarzen Augen fast zu, sodass ich schon glaube, er sei eingeschlafen. Als ich mit meinem Bericht zu Ende bin, sieht er mich nachdenklich an.

»Also um Gold geht's. Ich habe mir so was schon gedacht, als ich erfuhr, dass sie aus Guayana kommt und dass Morandi da seine Finger im Spiel hat. Aber diese Karte – sie weiß nicht, wo sie ist?«

»Nein, da bin ich mir sicher. Aber jetzt zu dir, ich habe dich nicht einmal gefragt, wie es um deine Gesundheit steht, was bin ich nur für ein Mistkerl. Also, wie geht es dir? Du wirkst ein bisschen blass. Hast du Schmerzen?«

»Geht so. Sie haben mich vorgestern operiert, und es hat keine Komplikationen gegeben. Hast du gesehen, wie gut man mich bewacht? Übrigens danke, dass du mir all deine Freunde geschickt hast, ich habe mich in den letzten beiden Tagen gut umsorgt gefühlt. Ich habe Neuigkeiten von dem großen Schwarzen.«

Um den Mundwinkel meines alten Freundes spielt ein Lächeln.

»Er gibt sich in der Sache offenbar geschlagen, er ist nach Guayana zurückgekehrt. Ihm wurde es zu heiß unterm Hintern, Morandi übrigens auch, ich glaube, der rührt sich erst mal nicht mehr.«

»Und die beiden harten Burschen, die er angeheuert hat?«

Féfé denkt nach.

»Wegen der beiden brauchst du dir keine Sorgen zu machen, das ist alles geregelt ... ich konnte ihnen das mit Tine nicht verzeihen, du verstehst schon ...«

Das sagt er in einem so düsteren Ton und mit einem so bösen Blick, so kenne ich ihn gar nicht.

»Was willst du damit sagen?«

Féfé bedeutet mir mit einem Blick, keine weiteren Fragen zu stellen. Es gibt bei dem alten Mann Dinge, die ich nicht wissen soll.

Ich habe eine vage Ahnung, dass er so seine zwei Seiten hat und ich nur einen Teil von ihm kenne. Der andere würde mir sicher nicht gefallen. Mir läuft ein kalter Schauder über den Rücken, ich will gar nichts weiter wissen.

Ich frage ihn, wann er wieder auf den Beinen sein wird.

»Dein Freund Robert, der Doktor, hat gesagt, spätestens in einem Monat ... Wenn alles gut geht und ich weiter in dem Tempo Fortschritte mache, kann ich wieder aufs Boot und zum Fischen rausfahren. Bis dahin werde ich mich von meiner Familie in Korsika verwöhnen lassen.«

Es klopft an der Tür. Ich öffne und stehe Kommissar Mateis gegenüber. Er ist ein kleiner Mann mit weißem Haar und großen, blauen Augen. Er ist zwar nicht eigentlich dick, aber rundum mollig. Das gibt ihm etwas Gutmütiges und passt bestens zu seiner liebenswerten Redseligkeit. Aber ich habe ihn auch schon wütend erlebt, in diesen Momenten werden seine Augen tiefblau.

Und dann ist Vorsicht geboten! Er kann aus dem Nichts heraus schreckliche Wutanfälle bekommen. Heute Abend sagen mir seine hellen Augen, dass er sich freut, mich zu sehen.

»Monsieur Paoli, Constantin, guten Abend. Sagen Sie mal, muss man bestimmte Bedingungen erfüllen, um hier reingelassen zu werden?«

Er zeigt mit dem Daumen auf die Tür, in der die Zwillinge stehen.

»So eine Schutzgarde habe ich noch nie gesehen. Selbst als Giscard nach Marseille kam ... Also, ich hätte nichts dagegen, wenn ihr jetzt etwas Licht in die Angelegenheit bringen würdet! Wer kann mir dieses ganze Chaos erklären? Monsieur Paoli? Wer fängt an?«

Féfé ist sichtlich erschöpft.

»Das sind meine Neffen, Kommissar. Sie passen auf mich auf, weil sich meine Familie in Korsika Sorgen um mich macht.«

Er schließt die Augen, als würde ihn das Licht schmerzen, und schützt sie mit seiner fleckigen, rauen, an harte Seemannsarbeit gewöhnten Hand. Ich rede mit Mateis, der ein Freund von mir ist, seit ich ihn einmal nach einer seiner missglückten Liebesgeschichten in meiner Wohnung im Panier-Viertel aufgenommen hatte.

»Philippe, könnten wir uns nicht woanders treffen? Muss Féfé denn unbedingt dabei sein? Er ist völlig am Ende!«

Der Kommissar betrachtet Féfé und nickt angesichts seiner fahlen Haut und seiner abgespannten Miene.

»Gut, einverstanden.«

Damals war Philippe noch Rocksänger in einer kleinen Band. Er wollte ein paar Tage bei mir bleiben, bis er aus dem Gröbsten raus wäre, und am Ende ist er dann sechs Monate geblieben. Ich glaube, er hatte Angst vor der Einsamkeit. Übrigens hat er sich, als er bei mir wieder auszog, in eine Frau verliebt, er hat sie geheiratet, und jetzt hat er zwei zauberhafte Kinder mit ihr. Sie war der Anlass, dass er sich für den Beruf des Polizisten entschied. Den er auf eine sehr anständige und gewissenhafte Weise ausübt. Er hat mir für ein paar meiner Freunde, die eine Dummheit gemacht hatten, schon mal ein paar kleine Dienste erwiesen …

Er ist ein Freund, auf den ich zählen kann.

»Sag mal, hast du schon was gegessen, Constantin? Ich nämlich nicht, und ich habe Hunger. Wir könnten uns doch gut was zwischen die Zähne schieben. Ich lade dich ein, wir gehen ins Chez Soi auf dem Marché des Capucins. Einverstanden? Da können wir uns dann beim Essen unterhalten.«

»Ich hab zwar keinen großen Hunger, aber ich komme gern mit.«

Er dreht sich zu Féfé um.

»Monsieur Paoli, ich entführe Ihnen Constantin, er hat mir viele interessante Dinge zu erzählen!«

Ich umarme Féfé, verspreche ihm, ihn am nächsten Tag wieder zu besuchen, und folge Philippe mit meiner Kiste bis zum Marché des Capucins.

Die Fassade des Chez Soi hat sich in all den Jahren nicht verändert. Es wird von einem riesigen Rund aus silbrigem Metall geschmückt und jeweils einem Liguster zu beiden Seiten der eingerahmten Glastür. Nein, nichts hat sich verändert.

Ich liebe diesen Ort, denn er erinnert mich an die Pariser Restaurants ... Ich mag die Hauptstadt, aber dort fehlt mir das Meer und vor allem die Sonne. Die Lebensqualität ist nicht ideal für einen Kerl aus dem Süden, zu viel Stress, zu viel Luftverschmutzung ...

Im Chez Soi fühle ich mich wie in Paris, denn drinnen stehen die Tische wie zur Parade aufgereiht. Die Kellner in ihren weißen Westen, von denen jeder für eine Reihe zuständig ist, machen ihre Arbeit mit einer Professionalität, wie man sie hier in der Gegend selten findet. Ich mag dieses Restaurant sehr. Ich bin schon eine ganze Weile nicht mehr hier gewesen. Aber der Kellner erkennt mich wieder.

»Monsieur Constantin! Derselbe Tisch wie immer?«

Vor ein paar Jahren war ich ziemlich oft hier und habe immer am selben Tisch gesessen. Émilien, der mit Restaurants nicht sehr vertraut zu sein scheint, macht sich ganz klein. Mateis sagt nichts, als er den Hund sieht, er ist mit seinen Gedanken woanders.

»Möchtest du einen Aperitif?«

Heute Abend bin ich in Saufstimmung.

»Ich hätte gerne etwas Hochprozentiges, vielleicht einen Wodka ...«

Philippe sieht mich erstaunt an. Normalerweise trinke ich keinen Alkohol. Wein schon, der schmeckt mir, aber er hat mich noch nie so starken Stoff trinken sehen.

»Was ist los? Wodka als Aperitif! Nimm einen Pastis, wie ich. Nein, jetzt aber mal ernsthaft, was feiern wir?«

»Nichts, oder vielmehr, dass ich meine Freiheit zurückgewonnen habe.«

Philippe ist einigermaßen sprachlos. Er kennt mich gut, er weiß genau, wenn ich nicht reden will, wird er nichts erfahren.

»Jetzt erzähl mal. Und überhaupt, wo ist denn die junge Dame, die gegen Ponpeia und Morandi aussagen soll?«

»Sie ist verschwunden. Freiwillig ... Sie hat sich aus dem Staub gemacht, ist abgehauen, ist ausgeflogen, kurz und gut, ich weiß nicht, wo sie ist.«

»Ja, bravo ... alles klar. Und das passt dir ganz und gar nicht? Möchte Monsieur sich deshalb einen hinter die Binde kippen? Und was mache ich dann mit meinen Nachforschungen?«

»Tja, ich nehme mal an, die sind damit abgeschlossen, heute Abend kann ich dir jedenfalls nicht helfen. Also, du hast doch Hunger, was willst du essen? Du hast doch nicht etwa vergessen, dass sie hier wundervolle Auberginen mit Parmesan machen, oder?«

»Verstehe, Monsieur sagt sich: Fische sind köstlich, aber das Wasser ist nass, also, ich muss schon sagen, für einen Fischer ... Der Fall ist abgeschlossen ... Und Morandi kommt wieder einmal ungeschoren davon ... Scheiße! Du enttäuschst mich, ich mag nicht einmal mehr Auberginen essen.«

Philippe schaut ganz schön belämmert aus der Wäsche. Er scheint wirklich enttäuscht zu sein. Es ist nicht seine Art, aufs Essen zu verzichten. Und schon gar nicht auf sein Lieblingsgericht!

»Nein, das lass ich nicht zu, du wirst deine Auberginen bekommen, und danach ist alles besser. Du wirst dir doch nicht wegen so einem Dreckskerl, den du sowieso eines Tages drankriegst, die Laune verderben lassen.«

Ich rufe den Kellner und gebe die Bestellung auf.

Philippe isst tatsächlich mit großem Appetit und vergisst Morandi beinahe.

Er erzählt mir von seinen Kindern, die er über alles liebt. Émilien haut sich unterdessen ein riesiges Entrecote rein, das ich ihm bestellt habe. Und ich trinke. Alkohol.

Wir sind gerade beim Nachtisch, als Philippe über den Piepser, den er immer bei sich trägt, angefunkt wird. Er steht auf und macht einen Anruf. Das Gespräch dauert ziemlich lang. Als er wieder zu mir an den Tisch kommt, macht er ein seltsames Gesicht.

»Constantin, kannst du mir noch einmal die beiden Männer beschreiben, die euch bei deinem Freund Paoli in l'Estaque angegriffen haben?«

»Warum, hast du sie gefunden?«

»Ja, kann man so sagen ... Also, wie sehen die beiden harten Burschen aus? Hat einer von ihnen ein verletztes Auge?«

»Ja, Féfé hat ihm einen Seeigel ins Gesicht gedrückt. Der Mann mit dem Seeigel dürfte so um die sechzig sein. Er ist klein, trägt einen Blaumann wie die Hafenarbeiter, hat weißes Haar und braune Augen.« Ich denke nach und erinnere mich noch an ein Detail: »Mir ist aufgefallen, dass er an der linken Hand einen Siegelring trägt, aus Gold, ein ziemlich geschmackloses Teil. So einen aus früheren Zeiten.«

Philippe nickt mit besorgter Miene. »Gut, und der junge?«

»So um die dreißig, ein junger Araber, seine Augen habe ich nicht gesehen, er trug eine Sonnenbrille, groß, mager, mit Sicherheit ein Junkie, Pariser Akzent. Mehr kann ich dir nicht sagen ...«

»Na gut. Das Mahl ist beendet. Du kommst mit, um sie

zu identifizieren ... Sie wurden in einem Fischernetz gefunden. Nimm deinen Köter mit.«

Ich sage empört: »Das ist kein Köter, das ist Émilien.«

»Na gut, dann nimm halt deinen Émilien mit, wir fahren jetzt mal ganz zackig nach Saumaty.«

Philippe zahlt, und schon sind wir unterwegs zum großen Industriehafen. Im Auto erzählt er mir alles. Als ein Fischkutter heute Morgen bei Cassis seine Netze aus dem Meer zog, hatten sich zwei Männer darin verfangen. Daraufhin verständigte der Bootseigner die Behörden. Dann legte er die Leichen in die Kühlkammer und fuhr wieder raus zum Fischen.

Heute Abend erwarteten ihn die Bullen am Hafen von Saumaty! Nach der Beschreibung, die ich Philippe gegeben hatte, haben sie die beiden Toten erkannt und ihn sofort verständigt. Jetzt werden wir uns also nach einem guten Mahl eiskalte Leichen anschauen.

Ich ließ mein Auto vor dem Restaurant Chez Soi stehen, und wir nahmen die viel bequemere Kiste des Kommissars. Émilien hat sich auf den Rücksitz gelegt. Er poft.

Schlag elf sind wir da. Der Vollmond erleuchtet den Industriehafen von Marseille. Ich weiß nicht, ob es am Alkohol liegt, aber ich finde das Schauspiel herrlich. Die Kräne heben sich wie Schattenspiele riesenhafter Insekten in der hellen Nacht vom Meer ab.

In der Ferne erkennt man die Frioul-Inseln und das Chateau d'If. Eine Wolke zieht über ein großes Containerschiff hinweg, das Marseille verlässt. Meine Fantasie narrt mich, und ich sehe Juliettes Gesicht in der bläulichen Wolke. Sie lächelt mir zärtlich zu. Ihr dichtes Haar ist ins Wasser vor der großen Stadt getaucht. Dann lösen sich die Strähnen ganz allmählich vom Schädel meiner Liebsten und entweichen in den Äther; das Bild verschwindet nach und nach.

Mir läuft ein Schauder über den Rücken ... das hatte wie ein Omen ausgesehen.

»Wie sind sie denn zu Tode gekommen?«

»Nach dem, was man mir erzählt hat, wurden sie umgebracht. Und zwar auf eine eher hässliche Art ...«

Wir kommen in Saumaty an. Polizeiwagen versperren die Zufahrt zum Hauptquai. Als die Uniformierten Mateis erkennen, lassen sie uns hinein.

Scheinwerfer erhellen eine Gruppe von Männern mit Käppi. Sie drängeln sich vor einem Netz, das auf dem Quai ausgebreitet liegt.

Wir kommen näher, und die Bullen lassen uns passieren. Ein älterer Mann kniet vor den beiden ineinander verschlungenen Leichen auf dem roten Netz.

Er sieht uns kommen, erhebt sich und spricht Mateis an. Er ist ganz offensichtlich schlechter Laune.

»Guten Abend, Kommissar, hübscher Fang heute Nacht! Ich hab die Nase voll von dem Job. Stellen Sie sich vor, ich war gerade dabei, mit meiner ganzen Familie unseren dreißigsten Hochzeitstag zu feiern, und genau in dem Moment, in dem das Licht ausgeht und man den Kuchen hereintragen will, tatatataaa!, klingelt das Telefon und zack, schon gibt's zwei Leichen zu interviewen.«

Der Mann hat den festlichen Anlass offenbar gut begossen, denn er ist ganz rot im Gesicht. Er trägt einen dunklen Anzug. Sein gewaltiger Bauch quillt ein bisschen über den Hosenbund.

Der Kommissar beruhigt den Pathologen auf diplomatische Art: »Ach, kommen Sie schon, Doktor, Sie wissen doch ganz genau, dass Sie Ihre Arbeit lieben. Erzählen Sie mir jetzt mal alles, was Sie sagen können, und dann kehren

Sie schleunigst zu Ihrer kleinen Feier zurück und richten Ihrer zauberhaften Gattin schöne Grüße von mir aus.«

Der Doktor stänkert noch ein bisschen herum, dann legt er in allen Einzelheiten seine professionelle Einschätzung zu den beiden Leichen dar. Ich höre nur mit halbem Ohr hin, ich habe mir die beiden Männer, die auf dem Netz liegen, noch nicht angesehen.

Philippe tritt näher, während der Doktor an seinem Bericht arbeitet, und macht mir ein Zeichen, ich solle ein Auge darauf werfen.

»Sind sie's?«

Mir wird speiübel.

Das sind sehr wohl unsere beiden Angreifer, auf ein rotes Leichentuch gebettet, für alle Zeiten in einer zweideutigen Umarmung vereint.

Die Augenfarbe des jungen Arabers werde ich nie mehr erfahren. Obwohl sie laut Aussage des Doktors noch nicht lange im Wasser liegen, haben die Fische ihnen bereits die Ohren und die Augen weggefressen. Der junge Araber wirkt nicht mehr so groß. Er hält den Alten fest im Arm. Dieser hat offenbar erfolglos versucht, sich loszumachen.

»Sie wurden lebendigen Leibes ins Meer geworfen. Der Tod trat kurz darauf ein ... Sie dürften gelitten haben, vor allem hatten sie panische Angst, denn sie wussten, was ihnen bevorstand. Der Fischer musste notgedrungen sein Netz abschneiden und hat sie dann so, wie sie waren, ins Kühlhaus gelegt.«

Ich schlage die Augen nieder. Ihre Füße sind in einem Betonblock gefangen. Ich muss sofort an Féfés Worte denken und wie er mich so geheimnisvoll ansah, als wir von den beiden Männern sprachen.

Ich nehme mit Entsetzen wahr, dass der Bauch des jungen Mannes sich auf obszöne Weise bewegt. Der Doktor folgt meinem Blick. Er lacht zynisch.

»Das ist wahrscheinlich ein Aal. Das haben wir oft bei Leichen, die wir aus dem Wasser fischen. Sie dringen durch den Anus ein und …«

Ich spüre, dass mir gleich schlecht wird. Der Alkohol, aber auch der Anblick der beiden Männer und die Worte des Doktors. Ich ergreife die Flucht, renne hinaus und spucke die Galle meiner Verzweiflung ins schwarze Meer. Dann bleibe ich einen Moment so stehen und warte, bis mein Bauch sich wieder beruhigt hat. Anschließend gehe ich zu Philippe Mateis zurück, der mit den Händen in den Taschen dasteht und dem davonfahrenden Krankenwagen nachblickt.

Ich bin erleichtert, dass die beiden Leichen nicht mehr da sind. Philippe ist so in Gedanken versunken, dass er mich nicht hat kommen sehen. Er schreckt zusammen, als ich ihm die Hand auf die Schulter lege.

»Ah, da bist du ja! Hässlich, was? An den Tod werde ich mich nie gewöhnen, selbst wenn es sich um zwei Dreckskerle wie diese beiden handelt … Ich habe einen Bericht über sie. Sie haben sich im Laufe ihres Lebens eine Unzahl übelster Schweinereien zuschulden kommen lassen.« Der Kommissar verzieht angewidert das Gesicht. »Vergewaltigung, Schutzgelderpressung, bewaffneter Überfall, Prostitution, Morde … Die beiden haben alles in allem eine beeindruckende Zahl an Gefängnisjahren angesammelt … Übrigens, das hattest du mir gar nicht gesagt … Das sind doch schon die beiden, die euch angegriffen haben?«

Ich nicke schwach.

»Na und? Bist du nicht zufrieden? Du bist gerächt worden, und deine Freundin Tine ebenso.«

Mateis klingt bitter. Er schüttelt den Kopf, seine weißen

Haare wogen sanft hin und her. Seine Verbitterung geht mir an die Nieren, Philippe ist zu empfindsam für den Job als Polizist.

»Siehst du, ich glaube immer noch daran, dass ein Bulle dazu da sein sollte, Bösewichter zu fangen … und dass es nicht Sache der Bürger ist, Selbstjustiz zu üben.« Er seufzt. »Vielleicht haben ja auch nur ein paar Gangster aus dem Milieu ihre Rechnungen beglichen. Doch wie dem auch sei, es wird nicht ernsthaft daran gedacht, eine Untersuchung einzuleiten. Wozu auch?«

Ich spüre, dass er deprimiert ist, und ich selbst bin auch nicht so besonders gut drauf. Eine Nacht durchsaufen, über die Liebe, die Frauen, die Politik reden, oder sonst ein Thema, das uns wach hält, das wäre jetzt das Richtige für mich. Um ehrlich zu sein, ich habe heute Abend keine Lust, allein zu bleiben. Ich habe Angst, dass ich dann einschlafe und von den beiden Leichen träume, die ich gerade gesehen habe. Daher schlage ich meinem Freund vor: »Und wenn wir heute Abend eine Kneipentour machen würden, ich glaube, ich brauch das jetzt.«

Er sieht mich an, dann schenkt er mir ein verschwörerisches Lächeln.

»Wie früher?«

»Wie früher, vor meinem neuen Beruf als Fischer, vor deiner Ehe mit einer brünetten Informatikerin, vor den Kindern, vor deiner Entscheidung, Polizist zu werden … vor was? – Vor der Sintflut? Wo gehen wir hin?«

»Ich weiß nicht, die Art von Übung habe ich schon zu lange nicht mehr gemacht. Ich kenne die Orte nicht mehr, an denen man in Ruhe was trinken kann. Wir können ja ins Pèle gehen. Ehrlich gesagt, ich kann mir nicht recht vorstellen, zu Luce ins Pourquoi zu gehen.«

Während wir über die Gestaltung unseres Abends diskutieren, nähern wir uns dem Rand des Quais, der mit dicken Steinen gepflastert ist. Das schwarze Wasser mit dem Widerschein der riesigen Kräne, die den Rand der Industriehafenmole sprenkeln, ist unergründlich.

In den Tiefen dieses Wassers muss es seltsame Dinge geben. Jedenfalls ein merkwürdiger Ort zum Sterben. Der Vorteil ist, dass das Meer alles reinigt. Die Vorstellung, dass ich nach meinem Tod ins Wasser geworfen werden könnte, bereitet mir kein Unbehagen. Ob ich jetzt kleinen Fischen als Futter diene oder von Würmern gefressen werde, ist mir herzlich egal!

Zumal es dann immer Fischer geben wird, die die Fische fangen, die mich gegessen haben, und andere Männer, die diese Fische essen. Oder vielleicht eine Frau. Im Magen einer hübschen Frau zu enden, das könnte mir gefallen.

Es sind noch ein paar Bullen da, die genau wie wir miteinander diskutieren, und noch ein paar Käppiträger, die die rot-weißen Bänder abnehmen, mit denen das Gebiet gerade noch abgesperrt war. Ein dickes amerikanisches Cabriolet fährt heran, bremst und kommt weich vor uns zum Stehen. Philippe verkrampft sich.

»Schau mal, wer da kommt!«

»Morandi, Scheiße, der traut sich was!«

Ohne aus seinem Auto auszusteigen, ruft der Dicke einen Wächter mit Käppi zu sich. Sie sprechen eine Weile miteinander, dann fährt Morandi weiter, nachdem er uns einen kurzen, verächtlichen Blick zugeworfen hat.

Mit läuft es kalt über den Rücken.

Philippe ruft den Wächter, den Morandi zu sich zitiert hatte.

»Was wollte er?«

Der Wächter, ein Mann in den Fünfzigern, eher der Typ strenger Kritikaster, kommt auf uns zu.

»Er wollte die Leichen sehen und wissen, ob man sie identifiziert hat … Angeblich für eine Ermittlung, die er gerade durchführt! Ich habe ihm gesagt, er komme zu spät, die beiden seien schon im Leichenschauhaus und dieser Monsieur hier habe sie identifiziert.«

»Ich danke Ihnen, Dubok«, sagt Philippe.

Er grüßt und geht.

»Wie du siehst, ist Morandi nicht sehr beliebt bei uns. Er muss über eine unglaubliche Unterstützung auf Seiten der Politik verfügen, sonst wäre er längst nicht mehr Polizist.«

»Ich bekomme immer ein komisches Gefühl, wenn ich ihn sehe, da kann ich gut drauf verzichten. Gehen wir jetzt was trinken?«

Wir sind also ein Bier trinken gegangen, und zwar in eine Jazzbar, die sich im Stadtzentrum befindet. Am Tresen ist es rappelvoll. Nachdem wir den Wirt begrüßt haben, setzen wir uns in die Nähe des Eingangs, eine strategische Position, die es uns gestattet, die Leute im Auge zu behalten, die kommen und gehen. Émilien lässt sich brav zu meinen Füßen nieder.

Philippe erkundigt sich nach meinem Leben als Fischer; ich antworte ausweichend, da ich heute Abend keine Lust habe, über die Gegenwart zu reden.

Also reden wir, wie das oft so ist, wenn sich zwei Freunde treffen, die sich lange nicht gesehen haben, über die Vergangenheit. Über die Zeit, als er noch bei mir wohnte. Die Nacht verstreicht, hin und wieder gibt's ein neues Bier. Ab und zu treffen wir Freunde. Eine gute Gelegenheit, das Wiedersehen mit noch mehr Alkohol zu begießen.

Junge Frauen ziehen an uns vorbei. Wir kehren wieder zu unseren Junggesellenbräuchen zurück und stecken sie in Schubladen. Die Dicken, die Mageren, die »Nullachtfünfzehntussis«, die »scharfen Feger« … Und natürlich geht es anschließend um unsere Erinnerungen an die Frauen, die wir gehabt haben, und an die Frauen, die wir nicht gehabt haben … Mich erstaunt bei Gesprächen dieser Art immer wieder, wie viel Respekt die meisten Vertreter des sogenannten starken Geschlechts den Frauen entgegenbringen.

Natürlich werden da viele Witze gerissen, ist es eine einzige Prahlerei mit der Männlichkeit, aber im Grunde spüre ich die Zärtlichkeit, die Anerkennung heraus. Langsam endet die Nacht über philosophischen Betrachtungen, die darauf zielen, die Welt neu zu erfinden.

»Philippe, sag mir die Wahrheit! Sehnst du dich nicht nach diesem Leben zurück? Als du bei mir wohntest und noch Junggeselle warst?«

Philippe sieht mich an. Ich merke, dass er müde ist, denn er ist nicht sehr reaktionsschnell.

»Offen gestanden, manchmal fehlt es mir … aber im Allgemeinen nicht. Ich bin glücklich, ich liebe meine Frau und meine Kinder. Ja sicher, manchmal, sonntagabends, vor einem Film oder einer schwachsinnigen Show im Fernsehen, träume ich von meiner Freiheit und der Zeit als junger Mann, als ich tun und lassen konnte, was ich wollte. Aber mein Familienleben würde ich nie in Frage stellen.«

Als der Morgen graut, begleitet Philippe mich nach Hause ins Panier-Viertel. Es ist das älteste Viertel von Marseille und eines der volkstümlichsten. Dort landeten lange vor Christi Geburt die Phönizier mit ihren Schiffen und gründeten die Handelsstation »Massilia«, die zu einer Stadt mit über einer Million Einwohnern wurde.

In einem der Sträßchen taucht hinter einer Biegung schüchtern die Sonne auf. Die arabischen Händler sperren ihre Läden auf. Wir grüßen sie. Sie erwidern gut gelaunt unseren Gruß. Ich verbeuge mich auch vor der Sonne, Philippe redet vom Wind.

»Der Mistral ist weg, oder es ist nur das Abflauen am frühen Morgen. Was meinst du dazu, so als Seemann?«

»Ist mir völlig schnuppe ... Heute Morgen wird mir klar, dass ich die außergewöhnlichste Frau, die ich jemals kennengelernt habe, habe gehen lassen. Ich erinnere mich an ihre Augen, ihre Haut ...«

Philippe muss lachen, als er mich so reden hört.

»Oh-oh! Schon wieder! Soll ich dir mal die ganzen Liebesabenteuer aufzählen, die du gehabt hast, seit ich dich kenne? Mal ganz zu schweigen von all den Geschichten, von denen ich nichts weiß ...«

»Weißt du, Philippe, seit ich Fischer wurde, haben wir uns nicht mehr allzu häufig gesehen. Ich habe mich sehr verändert. Ich hatte seither keine Affäre mehr, aber das wirst du mir nicht abnehmen ... Sophie ...«

Wir betreten eine kleine Bar an der Place des Treize Coins.

»Philippe, wie wär's mit einem kleinen Kaffee, bevor wir schlafen gehen?«

»Lieber einen Espresso mit Milch.«

Ich gebe an der Bar die Bestellung auf, und wir setzen uns auf die Terrasse.

Die Sonne wärmt schon. Émilien rollt sich zu meinen Füßen zu einer Kugel zusammen und achtet nicht auf die Ente, das Maskottchen der Bar, die vor ihm steht und ihm etwas vorquakt.

Philippe hat eine Miene aufgesetzt, die ich gut an ihm kenne. Gleich wird er mir Nachhilfeunterricht geben. Er hat mal eine Weile Geschichte gelehrt, und Marseille ist sein Fachgebiet.

»Constantin, weißt du, warum diese Bar Dreizehn Ecken heißt? Nein? Stell dir vor, das habe ich bei Casanova gelernt. Damals war das ein Gästehaus, das von einem Schweizer geführt wurde, der es in Erinnerung an sein Heimatland Das Wirtshaus zu den dreizehn Kantonen genannt hatte.« Er hält inne, um eine bessere Wirkung zu erzielen. »Casanova ist in diesem Wirtshaus abgestiegen, hat sich auf seinem Zimmer bewirten lassen und richtig gut gespeist, denn er wusste, dass der Fisch in Marseille so köstlich ist wie nirgends sonst. Ein paar Jahre später, im Jahre 1716, hatte man den Schweizer Ursprung des Namens vergessen und den Platz ›zu den dreizehn Ecken‹ genannt.«

Neben uns sitzen ein paar städtische Angestellte, Müllarbeiter von Beruf, und schieben sich Pizza zwischen die Zähne. Ich kenne sie.

»Hallo, Constantin, möchtest du ein Stück Pizza?«

Allein bei der Vorstellung, mir jetzt ein Stück von diesen fettigen, vor Olivenöl nur so triefenden Pizzen einzuverleiben, wird mir speiübel. Ich lehne dankend ab.

Wir quatschen weiter über dies und das. Vor der Bar öffnet ein Familienunternehmen von Schokoladenherstellern ihre Pforten. Sogleich macht sich auf der Straße der Duft von Kakao breit. Dann gehen Kinder in Zweier- oder Dreiergruppen in Schürzen und mit dem Ranzen auf dem Rücken vorbei.

Die Diskussionsthemen werden immer weniger, bis wir langsam auf unseren Plastikstühlen einnicken, gewärmt von der Sonne, die den neuen Tag begrüßt.

Nach diesen Ereignissen und der Nacht mit meinem Freund, Kommissar Mateis, gibt es in meiner Erinnerung ein Loch. Ich weiß nur noch, dass ich beschloss, meinen Kummer über Juliettes Abwesenheit mit großen Mengen Alkohol zu betäuben. Eine Leere stopft man, indem man sie füllt. Daher das schwarze Loch. Ich weiß nicht genau, wie lange das gedauert hat, zwei Monate in etwa ... Ich aß praktisch überhaupt nichts mehr, stattdessen trank ich, vor allem starke Sachen, um mich so schnell wie möglich zu betäuben. Ich vermied es, in einen Spiegel zu schauen, denn das hätte mich dazu gezwungen, doppelt so viel zu trinken, um den Anblick meiner Birne wieder zu vergessen. Ich ließ mir einen Bart wachsen, wusch mich nicht mehr und schämte mich dafür. Ich trug keine Strümpfe mehr in meinen Schuhen, kurz und gut, ich war nur noch ein Säufer, lebte in einem ständigen Alkoholrausch.

Diese Art zu leben hatte ein Ende, als Sophie eines Tages bei mit vorbeischaute, an einem Samstagmorgen, dem Tag nach einem denkwürdigen Besäufnis. An den Vorwand kann ich mich nicht mehr erinnern. In dieser Zeit gab es immer irgendeinen guten Grund, Geburtstag, Muttertag, Vatertag, Brudertag oder sonst was. Entweder ich war glücklich, dass ich einem Freund begegnet war, oder aber traurig, weil ich an Juliette dachte, und es gelang mir immer, mich bis zum Ende der Nacht oder bis zum frühen Morgen unter den Tisch zu saufen.

An diesem Tag weht ein kräftiger Mistral, es ist lausig kalt, was für diese Jahreszeit eher ungewöhnlich ist. Ich schlafe in der winzigen Kabine des *Engatseur,* eingerollt in eine dreckige Decke, in die wir manchmal die Motorteile eingewickelt haben. Die Flasche Rum neben mir ist leer. Ich fühle mich hundeelend. Körperlich und seelisch, wobei Seele ein recht großes Wort ist für das, was von meinem jämmerlichen Bewusstsein noch übrig geblieben ist. Ich fühle mich schäbig, habe Schuldgefühle, wie jeden Morgen während dieser sehr kurzen Zeitspanne, in der ich noch nicht mein erstes Glas getrunken habe.

Plötzlich höre ich Schritte über meinem Kopf, auf der Brücke. In meinem benebelten Zustand denke ich, es ist Émilien, der Mistköter, der herumstromert.

Dann wird das Deckshaus weit geöffnet, sodass meine Augen von diesem herrlichen Licht geblendet werden, das an den Tagen vorherrscht, an denen der Mistral weht. Ich stöhne und versuche, mich zu schützen. Der Wind weht herein und fährt in meine elenden Klamotten.

»Machen Sie das zu, zum Teufel!«

Im Gegenlicht sehe ich eine blonde Frauengestalt, zart und anmutig. Dann gelingt es mir, nach und nach Sophies Gesicht zu erkennen. Der Anblick, der sich ihr bietet, scheint sie zu bestürzen. Ich muss zugeben, er dürfte wirklich schrecklich gewesen sein. Sie murmelt etwas vor sich hin, überrascht und traurig.

»Guter Gott! Constantin! Bist du das?«

Sie macht die Tür wieder zu, und ich höre, wie sie sich auf dem Boot an etwas zu schaffen macht, aber ich will nichts wissen, sie soll mich nur meinen Rausch ausschlafen lassen, ansonsten kann sie tun und lassen, was sie will.

Ich schlafe sofort wieder ein in meinem Dreck und meinem watteweichen Unglück.

Nicht lange. Ich höre das charakteristische Geräusch, das unser Blecheimer macht, wenn man ihn über Bord wirft, um Wasser zu holen. Dann wird das Deckshaus geöffnet, zuallererst kommt das glühende Feuer des Lichts, dann bekomme ich den eiskalten Inhalt des Eimers ins Gesicht. Es ist Sophie, meine Exverlobte, die mir das Hafenwasser ins Gesicht klatscht. Ich wate immer noch so tief in meinem Rausch, dass ich gar nicht merke, wie mir kalt wird. Aber als die Schockwelle schließlich ankommt, erreicht sie schnell mein Gehirn. Ich habe das Gefühl zu brüllen, in Wahrheit stoße ich nur ein schwaches Blöken aus.

»Du bist ja verrückt! Was machst du da? Geh sofort runter von diesem Boot. Soll ich mir hier etwa den Tod holen?«

»Diese Sauerei nennst du ein Boot?«

Ich nehme undeutlich wahr, dass sie eine Hose im Marinestil trägt, ein Polohemd und einen riesigen schwarzen Mantel, der fast auf der Erde schleift. Ich habe keine Zeit, sie eingehender zu betrachten. Sie kippt einen zweiten Eimer Wasser über mir aus. Ich versuche, ihm auszuweichen, aber die Kabine ist so klein, dass das vergebliche Liebesmüh ist. Ich bekomme die Ladung voll ins Gesicht.

»Was hast du vor, willst du mich umbringen?«, schreie ich, diesmal vor Wut.

Sophie sieht mich zufrieden an. Mit einer kleinen Geste bedeutet sie mir, dass das nicht so schlimm wäre.

»Das wäre gar keine schlechte Idee ... Da muss ich mal drüber nachdenken! Jedenfalls scheinst du das auch ganz gut alleine zu schaffen, das ist doch das, was du gerade machst, oder?« Dann schlägt sie einen anderen Ton an: »Deine Fischerkollegen haben es mir schon gesagt, aber das hier ... Was ist los mit dir, möchtest du als Alkoholiker enden oder was?«

Ich beginne zu zittern, der eiskalte Wind dringt mir in jede Pore. Ich hüpfe auf der Stelle, um mich zu wärmen, aber dadurch werden nur meine klatschnassen Klamotten durchgeschüttelt.

»Das geht dich nichts an. Sag mir, wer hat dir erlaubt, hier aufzukreuzen und mir Wasser überzuschütten? Puh! Ich stinke! Du hättest wenigstens sauberes Wasser nehmen können, aber Hafenwasser …«

Sophie scheint entzückt zu sein, und mit einem diabolischen Lächeln hebt sie an: »Wie sagte noch der Dichter Benedit in ›Chichois‹:

Ai pas oublida lou port à l'oudour embaimado
Què tombo nuech e jou lei mousco à la voulado!
Ich habe den Duft des Hafens nicht vergessen,
der Tag und Nacht die Fliegen in Schwärmen tot vom Himmel fallen lässt.

Mit anderen Worten: Vorher hast du mindestens genauso gestunken. Also, ein bisschen mehr oder weniger … Komm jetzt besser da raus.«

Ich stinke nach Heizöl, Benzin, verfaultem Fisch und bin nass bis auf die Knochen.

Ich zittere vor Abscheu und Wut.

»Sag mir wenigstens, was du willst. Warum bist du hier? So ein Mist aber auch! Du hättest uns fast ans Messer geliefert, und wegen dir ist mein Freund Féfé jetzt im Krankenhaus.«

Die Ironie ist aus Sophies Miene verschwunden. Sie rückt ganz nah an mich heran und berührt zärtlich meine Wange. Ich sehe ihre rosa Fingernägel, ihre weiße Haut, ihr gestyltes Haar, an diesem perfekten Körper gibt es nichts Ungepflegtes. Ich muss an Juliette denken. Brüsk stoße ich die Hand der jungen Frau von mir. Diese scheint über meine Reaktion erstaunt, dann lächelt sie.

»Ich muss mit dir darüber reden, wir müssen uns unbedingt aussprechen, aber das mache ich erst, nachdem du eine heiße Dusche genommen und einen Kaffee getrunken hast. Lass uns Frieden schließen ... und sei es nur für heute Morgen.«

Die Vorstellung, eine heiße Dusche zu nehmen, macht mich ganz unsicher. Mir ist wirklich eiskalt; was den Kaffee angeht, da läuft mir schon bei der Erinnerung an den Duft und das warme Gefühl im Bauch das Wasser im Mund zusammen.

Ich suche in der kleinen Schlafkammer vergeblich nach Kleidern zum Wechseln, aber ich habe wirklich nichts da.

»Gut, ich muss zu mir nach Hause, wir sprechen uns ein andermal, aber du kannst dich schon mal in Geduld üben, bis ich dir verziehen habe, wird viel Wasser den Fluss hinuntergeflossen sein.«

Ich schließe mein Boot ab, das sich in einem jämmerlichen Zustand befindet. Ich habe es verkommen lassen, seit Juliette fort ist. Und da Féfé sich immer noch zu Hause in Korsika gesund pflegen lässt, ist *l'Engatseur* praktisch verwahrlost. Ich müsste es an Land holen, um es sauber zu machen und neu zu streichen, aber dazu bin ich zu faul. Auch daran fühle ich mich schuldig. Die Ankunft dieser Messalina tut mir ganz entschieden nicht gut.

Émilien sieht mich auf dem Quai an, als ob er sich fragen würde, was er von der Sache halten soll. Sein intaktes Ohr versucht aus den heftigen Böen herauszuhören, ob man ein nettes Wort an ihn richtet, ob wir gehen oder bleiben. Er zieht es vor, draußen zu schlafen, im Wind statt in dem engen Loch, in dem ich über meiner Wut und Verzweiflung brüte. Er ist wirklich ein sehr feinfühliger Hund. Ich kraule ihm das Ohr.

»Waff!«

Zufrieden reibt er sich an meiner Hose. Nein, ich muss mich getäuscht haben, Émilien ist kein Hund.

Er muss eine Katze sein, und wenn ich ihn miauen hörte, würde mich das nicht wundern. Sophie sieht mich mit gespielt zerknirschter Miene von der Seite an.

»Das Beste wäre, ich nehme dich mit. Letztlich habe ich dich in diese Situation gebracht, also muss ich dir da auch wieder heraushelfen. Ich werde dir in meinem Whirlpool ein Bad einlassen, dir Kleider von meinem Mann leihen, er hat so viele ... Und dann können wir uns über all diese Missverständnisse unterhalten ...«

Ich wollte das Angebot gerade ausschlagen und die Verräterin zum Teufel jagen, als sich plötzlich in meinem vom Alkohol umnebelten Gedächtnis eine große Lücke auftut, die meinen felsenfesten Entschluss wieder ins Wanken bringt.

Wo habe ich nur mein Auto stehen gelassen? Ich hatte es mir wieder zurückgeholt, ein wenig verbeult, aber es läuft immer noch. Ich sehe es noch vor mir, wie ich einparke – nur wo? In meinem jetzigen Zustand, durchnässt und durchgefroren, sehe ich mich nicht die Straßen von l'Estaque durchkämmen, um im Mistral meine fahrende Mülltonne zu suchen. Ich bin neugierig zu hören, welche Erklärung sie mir liefern wird. Und dann ...

Ich deute auf Émilien und sage mit einem boshaften Unterton: »Einverstanden, ich glaube, ich werde es genießen, mit meinen nassen, verdreckten Füßen den weißen Teppich deines Badezimmers zu betreten.« Ich spotte noch ein wenig: »Er ist doch bestimmt schön weiß, dein Badezimmerteppich, oder? Und damit du gleich Bescheid weißt, ich bade mit meinem Hund … und der liebt es, sich anschließend das Fell auszuschütteln. Was, Émilien, das würde dir doch gefallen, mit mir zusammen ein schönes heißes Bad bei dieser dreckigen Lügnerin zu nehmen, oder?«

Heftige Windböen wirbeln Papierfetzen auf. Sophie zuckt mit den Schultern, als habe das, was ich ihr sage, keinerlei Bedeutung, als sei sie fatalistisch geworden. Aber ich, Constantin, ihr Exverlobter, weiß, dass das nur Fassade ist. Mit Unschuldsmiene streckt sie Émilien die Hand hin, um ihn zu streicheln. Émilien, der Verräter, legt schamlos seine Schnauze hinein.

»Weißt du, Constantin, das ist für mich ein Schock gewesen, dich nach all den Jahren wiederzusehen! Hör mal, ich bin gekommen, um dich zu fragen, was mit meinem Auto passiert ist, und um dich aufzufordern, dich bei mir für die Ohrfeige zu entschuldigen, die du mir gegeben hast, aber da habe ich mir was vorgemacht. Letztlich weiß ich, dass das alles nicht stimmt. Eigentlich hatte ich einfach nur Lust, dich wiederzusehen.«

Wir laufen den Quai vor l'Estaque entlang. Es ist niemand bei den Booten, und plötzlich merke ich, dass es sehr früh am Tag ist. Um wie viel Uhr hat sie mich nur geweckt, dieses Luder!

»Sag mal, wie spät ist es eigentlich?«

»Sieben. Ich weiß, es ist noch sehr früh, aber ich habe mir gesagt, die Fischer stehen noch viel früher auf, und ich konnte nicht schlafen, und da habe ich an dich gedacht …«

»Du hast dir gesagt: Wie wär's, wenn ich dem Constantin, diesem armen *jobi,* einen Eimer voll Dreckwasser ins Gesicht schleudern würde! Gesetzt den Fall, der ist nicht zur Arbeit gegangen. Ja, das ist genau die richtige Zeit für solche Einfälle! Sieben Uhr!!! Scheiße, ist mir kalt!«

Sie lacht und bleibt vor einem grauen Porsche stehen, ganz neues Modell, sehr chic ... Innenausstattung aus Leder, luxuriöser Teppich, Armaturenbrett aus was weiß ich für einem Wurzelholz ...

»Ich sehe, du hast deinen Sinn für Humor nicht ganz verloren, das ist mein Auto, steig ein, dann wird dir warm werden ...«

Sophie schließt den luxuriösen Sportwagen auf.

Ich steige ein, gefolgt von Émilien, der es sich sofort und ohne lange zu fackeln auf dem Rücksitz bequem macht. Den Mistral hört man nur noch flüstern.

»Könntest du nicht ein bisschen die Heizung aufdrehen, mir ist eiskalt. Schau mal, bevor ich deinen Badezimmerteppich dreckig mache, fange ich doch schon mal mit dem in deinem Auto an.«

Ich streife meine Füße sorgfältig am Teppich im Auto ab. Sophie lacht und öffnet das Fenster ein wenig. Sie zieht ihre kleine Pariser Nase kraus.

»Du stinkst aber auch wirklich ... Das ist ja nicht zum Aushalten. Warte, dagegen lässt sich was tun!«

»Nein! Du tust gefälligst gar nichts!«

Aber zu spät. Sie holt ein Chanel-Parfüm aus dem Handschuhfach und besprengt mich sorgfältig, trotz meiner vehementen Proteste. Sie lacht. Ich nicht.

»Bravo, jetzt stinke ich nach Chanel mit Heizöl!«

Dank der leistungsstarken Heizung in ihrer Kiste wird mir langsam warm. Ich krame ein bisschen im Handschuhfach herum.

»Was suchst du?«

Ich lasse sie zappeln, dann gebe ich meine Nachforschungen auf und pfeife in gespielter Verärgerung.

»Die Bar. Wo tust du den gekühlten Champagner und die passenden Champagnergläser hin?«

Sophie lacht, zwischen uns entsteht ganz unbeabsichtigt so eine Art heimliches Einverständnis. Das irritiert mich ein wenig, aber ich habe mit dieser Frau zusammengelebt, und im Moment ist es mir sehr angenehm, eine Freundin oder enge Vertraute um mich zu haben.

»Die habe ich nicht genommen, die Bar war nur Wunschzubehör.«

Die Marseiller Straßen sind leer. Wir kommen bei ihr zu Hause an, Sophie lässt den Wagen in einer Tiefgarage stehen.

Wir nehmen die Treppe, die ich mit Féfé und Juliette vor geraumer Zeit hinuntergerannt bin. Ich frage mich gerade, ob es nicht ein Fehler war, hierhergekommen zu sein.

»Ist dein Mann nicht da?«

Auf meine Frage hin bleibt sie stehen.

»Nein, er ist auf einem Kongress in Melbourne. Warum, hast du etwa Angst, dass er auftaucht, während du im Bad sitzt, und dass ich dich dann zwinge, dich im Schrank zu verstecken, während ich schreie: ›O Gott, mein Mann!‹«

»Dazu wärst du in der Lage, das ist absolut dein Stil. Das Vaudeville-Theater passt gut zu dir …«

Sie schließt ihre Wohnungstür auf. Wir betreten die Eingangshalle, ich fühle mich eingeschüchtert, und das nervt mich.

Sophie wirft ihren sündhaft teuren Mantel auf den Boden wie ein Fischer das Wurfnetz ins Wasser. Der Mantel beschreibt einen anmutigen Halbkreis, und Émilien legt sich sofort darauf, höchst zufrieden, ein sauberes Stück Stoff gefunden zu haben, auf das er sich schlafen legen kann.

Ich lache gehässig.

»Ich bin mir ziemlich sicher, dass mein Hund Flöhe hat …

Sie zuckt mit ihren entzückenden Schultern, dann sieht sie mich lächelnd und provozierend an.

»Das ist völlig unwichtig, ich schmeiß ihn weg und kauf mir einen neuen ... Weißt du, Constantin, wenn man Geld hat ... Komm, ich lass dir ein Bad einlaufen.«

Sie macht mich wütend. Ich folge ihr ins Badezimmer. Sie schüttet Badesalz in zarten Farben in die seltsame Wanne und lässt dann Wasser einlaufen, das so heiß ist, dass fast alle Spiegel beschlagen.

»Also, die Erklärung für deinen Verrat, Mylady? Ich höre! Was wirst du dir jetzt einfallen lassen?«

»Gleich, wenn du wieder sauber bist! Du kannst auch dein Gesicht von den überflüssigen Haaren befreien, die einen daran hindern zu sehen, wie du aussiehst! Na los, und überall schön schrubben!«

Sie geht aus dem Bad. Ich suche nach etwas, womit ich mich rasieren kann, Rasierschaum, Rasiermesser. Allein anhand der Toilettenartikel kann ich sehen, dass ich an einen Typen geraten bin, der selbst für seine Rasur nur immer das Beste und Teuerste benutzt. Als meine Wangen wieder glatt sind, ziehe ich mich aus, schmeiße die Klamotten auf den Teppich und lasse mich in den heißen, duftenden Badeschaum gleiten.

In dem heißen Wasser wird mir sofort wieder warm, und ich lasse mich von den in die Wanne eingebauten Düsen sanft wiegen. Mein Körper schwebt angenehm, ich fühle mich leicht, und meine Gedanken schweifen bald ab.

Sophies heutiges Auftauchen hat etwas Positives für mich. Ich spüre, dass dieses duftende Bad einen Wendepunkt in meinem Lotterleben darstellt.

Ich werde nicht mehr trinken, werde meine Wohnung und vor allem *l'Engatseur* aufräumen. Ich werde das Boot fleißig wienern, damit Féfé es, wenn er wieder zurückkommt, wie neu vorfindet. Und auch ich werde wie neu sein. Na ja, meine Leber wird sich vielleicht nicht so schnell erholen und mir noch etwas grollen, aber eine Woche lang Diät bei gegrilltem Fisch mit Salat wird sie schon besser stimmen.

Die Tür geht auf, und ich sehe Sophie hereinkommen, in der Hand ein Tablett mit einer dampfenden Schale, die sie mir reicht. Zum Spaß wiegt sie anmutig ihren Kopf.

»Krankenschwester spielen, so was liebe ich. Ich habe meinen Beruf verfehlt. Die Krankenschwester mit dem großem Herzen, im Einsatz an den verschiedensten Fronten Westeuropas. Mit einem weißen Kittel, einem roten Kreuz auf der rechten Brust, einem Schleierhäubchen und schwarzem Umhang. Nur die Bettpfannen bereiten mir ernsthaft Probleme ...«

Ich lache.

»Du erinnerst mich eher an den Film *Das Scheusal*! Und es tut nicht gut, zu deinen Patienten zu gehören.«

Ich trinke und verziehe das Gesicht. Das Getränk ist sehr bitter und schmeckt stark nach Lakritze. Von der Konsistenz her ist es dickflüssig wie manche Medikamente.

»Bäh! Was ist das? Madame Machiavel, ist das Gift? Nachdem du mir all das Elend beschert hat, möchtest du mich jetzt um die Ecke bringen, aber ich warne dich, mein Hund wird dich verraten.«

»Trink! Das ist mein Hausmittel für Zecher, und glaub mir, da kenne ich mich aus! Du brauchst dir keine Sorgen zu machen, dich kriege ich wieder hin. Du wirst die geistige Unschuld eines Zehnjährigen wiedererlangen.«

»Ich habe dich um nichts gebeten! Ich bitte dich, kümmere dich nicht mehr um mich. Wenn ich Lust habe, ein Säufer zu sein und meinen Organismus zu ruinieren, dann ist das mein Problem, und es macht mir große

Angst, wenn du beschließt, mich gesund zu pflegen. Erinnerst du dich an den Tag, an dem du wolltest, dass ich mir die Haare rot färbe? Du hast damals zu mir gesagt: ›Das ist jetzt Mode‹!«

Sie antwortet nicht auf meine Angriffe und geht lächelnd und mit aristokratisch wogendem Hinterteil aus dem Zimmer. Das Gebräu wärmt mich von innen. Ich spüre, wie mich eine süße Lethargie überkommt, und schlafe ein.

Später, wie in einem Traum, betritt Sophie das Badezimmer. Unter dem Arm trägt sie einen zusammengefalteten großen und weichen weißen Bademantel, den sie mir überzieht. Meine Beine sind wie aus Watte, und ich fühle mich angenehm lasch. Sie führt mich in ein Zimmer mit stark abgedämpfter Beleuchtung.

Ich brauche eine Weile, bis ich alle Einzelheiten erkennen kann. Meine blonde Freundin legt mich auf ein großes Bett, das mit einem sehr schönen Bettüberwurf aus mit bunten, exotischen Vögeln bestickter Seide bedeckt ist.

»Was hast du mir da zu trinken gegeben? Ich fühle mich so komisch!«

Meine Stimme hört sich fern an ... Sophie hat sich einen langen Morgenrock angezogen, der ihre anmutige Gestalt noch betont. Sie hat ihre Haare zum Pferdeschwanz zusammengebunden, und diese Frisur macht sie jünger. Ihre Haut ist weiß und durchscheinend. Sie ist sehr hübsch so, hat etwas von einem reinen jungen Mädchen, sanft und jungfräulich. Sie zieht mir meinen Bademantel aus.

»Was machst du da?«

»Scht! Beweg dich nicht, ich werde dich massieren ...«

Sie schmiert Creme auf ihre Handflächen und steigt auf meinen Rücken wie auf ein Pferd. Sie fährt mit ihren Händen, von denen ich gar nicht wusste, dass sie so stark sind, über meinen Nacken und massiert mich. Ich seufze und beginne mich zu entspannen. Meine letzten Widerstände fallen. Ich schlafe fast ein.

Plötzlich wird das Ganze für mich deutlich erotisch, und ich bekomme eine schmerzhafte Erektion. Ich spüre ihren kleinen Hintern auf meinem Rücken, die Haare ihrer Scham und ihr gespreiztes Geschlecht. Das alles ist so unwirklich, dass mir der Gedanke kommt, dass sie mich unter Drogen gesetzt hat. Doch die Tatsache, dass ich mir dessen bewusst bin, wird nichts verhindern.

Mein Schwanz tut mir weh. Als habe sie das gespürt, dreht mich Sophie auf den Rücken. Als sie meine Erektion sieht, lächelt sie zufrieden.

Mit schwacher Stimme frage ich sie noch einmal: »Was hast du mir da zu trinken gegeben?«

»Gar nichts. Was glaubst du, ist es denn so unnormal, Lust auf mich zu haben? Schließlich haben wir uns oft geliebt, und ich weiß, dass du mich immer noch begehrst. Ich habe dich nicht verlassen, weil es in der Hinsicht zwischen uns nicht funktioniert hätte ... Ich glaube mich sogar zu erinnern, dass es wirklich *fortissimo* war!«

»Nein, da ist was anderes ... Ich bin mir sicher, dass du irgendwas in dieses Lakritzezeug in meiner Schale reingetan hast ...«

»Ach ja, glaubst du? Drogen etwa? Na, dann wollen wir doch mal sehen!«

Sie nimmt meinen Schwanz in die Hand und drückt ihn ganz sanft, fast ohne sich zu rühren. Sie sieht mich mit ihren blauen Augen schelmisch an, als wolle sie mir sagen: »Na dann, mach dich doch frei, wenn du kannst.«

Aber ich kann es nicht, bin ein Gefangener dieser Drogen und ihrer Schönheit. Ich drehe sie auf den Rücken und nehme sie roh und ungestüm, es ist wie eine Vergewaltigung, ich tue ihr weh, halte mich nicht auf mit ihrer Lust. Ich lege alle Brutalität in diesen Akt, der eigentlich zärtlich sein sollte.

Sie kommt mit Urgewalt. Wir lieben uns lange, sehr lange. Ich habe das Gefühl, nie genug davon bekommen zu können.

Als ich schließlich einschlafe, habe ich einen Albtraum, unterbrochen von kruden und hässlichen pornografischen Bildern. Männer- und Frauenkörper verschmelzen zu einem Schwarm bunter Vögel, die piepsend herumflattern und mich an den Bettüberwurf erinnern. Wie bei einem Film von schlechter Qualität sind die Bilder bläulich, und der Bildschirm, auf dem die Vögel herumflattern, ist Juliettes Gesicht, das mich unablässig nach dem Gold fragt und nach dem Ort, an dem die Karte versteckt ist. Es quält mich; ich sage ihr, dass ich das nicht weiß und dass nur sie allein das wissen kann.

»Es ist in dir, Juliette!«

Plötzlich flattern alle Vögel davon und verschwinden, wobei sie Federn auf meinen kraftlosen Körper fallen lassen.

Juliette nähert sich und bedeckt mein Gesicht mit ihren langen schwarzen Haaren. Ich kann einen Moment lang nichts mehr sehen, dann höre ich eine Reihe von Schlägen, die sich wiederholen, nur diesmal etwas kürzer.

Wie im Theater öffnen sich einem Vorhang gleich ihre Haare, und ich bin im Inneren ihres Kopfes. Dort ist es wie in einer Fabrik vom Anfang des 20. Jahrhunderts, wie man sie in manchen Charlie-Chaplin-Filmen sieht, sie mutet wie eine Karikatur an. Große Zahnräder drehen sich in alle Richtungen, in der Ferne wird mit Hämmern auf riesige Ambosse eingeschlagen. Am Frontgiebel der Fabrik steht in eisernen oder gusseisernen Lettern geschrieben:

»VENI VIDI VICI«

Und darunter:

»ZU SPÄT, DU FLASCHE,
KEHRT MARSCH!«

Diese beiden Sätze beginnen zu blinken wie eine Leuchtreklame und bewegen sich auf mich zu. Die Buchstaben werden riesengroß und glänzen.

Dann beginnt das Metallstück sich sehr langsam zu drehen, immer schneller, bis es nur noch eine runde, leuchtende Scheibe ist, die in meinen Schädel eindringt. Eine schrille Stimme schreit unablässig und wird dabei immer lauter:

»GEH ZURÜCK!«

Die Sonne dringt durch die Vorhänge und bildet Streifen weißen Lichts. Ich bin in Schweiß gebadet, und das Bett mit den zerwühlten Laken ist nass. Ich stehe auf und suche das Haus nach Sophie ab, aber ich bin allein. Sie ist fort. Das ist ein wenig verwunderlich, denn ich könnte mir vorstellen, dass sie gern da wäre, wenn ich aufwache, aber im Nachhinein finde ich diese Idee etwas zu optimistisch, zu wohltuend für mein Ego.

Émilien dagegen ist sehr wohl da, er schaut mich an und zeigt mir, dass er etwas zu essen will, denn er hat großen Hunger. Ich öffne ihm eine Dose mit Gänsehals, gefüllt mit Gänseleber, und nachdem er mehrfach mit dem Hinterleib gewackelt und geschnüffelt hatte, steht sein Urteil fest: »Okay, den Kram kann man essen.«

Ich springe unter die Dusche und finde in dem Zimmer die Kleider, die Sophie auf einem Stuhl vor dem Bett für mich bereitgelegt hat. Als ich schließlich angezogen bin, bekomme ich aus unerfindlichen Gründen Lust, ein wenig in der Wohnung herumzuschnüffeln. Vielleicht um zu sehen, wie diese Leute wohnen. Nichts zieht meine Neugierde auf sich.

Ein großbürgerliches Leben, jeder lebt sein eigenes und Schluss. Ich werde des Spiels schnell überdrüssig. Sie interessieren mich im Grunde nicht.

Ich warte darauf, dass mein Hund sein Frühstück beendet hat, um aus diesem Haus und diesem Leben schleunigst wieder zu verschwinden. Was heute Nacht geschehen ist, wird sich nicht wiederholen. Sophie hat mich wieder einmal benutzt, und irgendwie spüre ich, dass es nicht darum ging, mit mir zu schlafen. Vielleicht hatte sie beweisen wollen, dass sie immer noch Einfluss auf mich hat, dass sie mich immer noch dazu bringen kann, schwach zu werden …

Meine Entscheidung ist klar. Ich will mit dieser Frau nichts mehr anfangen. Sie ist mir mittlerweile viel zu fern. Wir haben grundlegend andere Werte und Moralvorstellungen.

Eine Beziehung kann nicht nur auf Sex basieren, aber es ist auch klar, dass ich gestern ziemlich viel Spaß hatte …

Ich laufe die Rue Paradis hinunter. Es ist seltsam, denn es sind sehr viele Leute unterwegs und der Mistral ist abgeflaut. Für einen Sonntag sind das wirklich zu viele Menschen … Es sei denn, wir hätten heute gar nicht Sonntag, sondern Montag, das würde alles erklären … Ich spreche einen Herrn an, der vor dem Schaufenster eines Trödlers steht und verzückt einen antiken Schreibtisch aus massiver Eiche betrachtet.

»Entschuldigen Sie, Monsieur … Ich bin gerade von einer Reise zurückgekommen und noch ein bisschen durcheinander, was haben wir denn heute für einen Tag?«

Er sieht mich befremdet an, er muss mich für einen Verrückten halten.

»Montag, Monsieur.«

Genau wie ich es mir gedacht habe …

Drogen, ich bin mir nun sicher, dass sie mich unter Drogen gesetzt hat. Ihre Lakritze-Mixtur … Also habe ich mindestens einen Tag und eine Nacht geschlafen, ganz zu schweigen von dem erotischen Delirium. Wenn man noch die Zeit abzieht, in der wir miteinander im Bett waren, dann muss ich verdammt lang geschlafen haben. Warum hat sie das getan? Warum hat sie so viel Zeit mit mir verplempert? Auch egal! Wenden wir uns den dringenden Problemen zu. Féfé wird bald zurückkommen, kümmern wir uns um das Boot.

Ich nehme den Bus, der am Industriehafen entlang bis nach l'Estaque fährt. Auch wenn der Mistral abgeflaut ist, ist das Wasser immer noch von einem schönen, tiefdunklen Blau. Den düsteren Vorhersagen der Presse zum Trotz, die den wirtschaftlichen Tod des Seehandels heraufbeschwört, finde ich, dass es im Industriehafen noch ziemlich viele Fracht- und Containerschiffe gibt.

Doch wenn man auf Fotos aus der Vorkriegszeit stößt, wird einem erst so recht klar, was ein Hafen ist, in dem gearbeitet wird.

An der Station l'Estaque Strand steige ich aus und gehe zu dem kleinen Landesteg gegenüber. Ein paar Fischer grüßen mich im Vorübergehen, erstaunt, mich sauber und rasiert zu sehen.

»Oh! Der Grieche! Du schaust aber gut aus! Hast dich ja ganz schön in Schale geworfen, was? Gehst du schwofen?«

Ich schließe das Boot auf und mache eine angewiderte Grimasse. Ich verstehe Sophie, dass sie mir die Eimer mit Wasser übergekippt hat. Der Pointu ist in einem wirklich ekelhaften Zustand.

Ich finde eine alte Hose und beginne damit, sauber zu machen. Als die Sonne untergeht, bin ich immer noch nicht fertig.

Aber ich bin ziemlich zufrieden mit mir. Es hat mir gutgetan, den *Engatseur* zu entschlonzen, ich glaube, damit habe ich auch mich selbst gereinigt. Ich fühle mich nun besser.

Aber ich habe immer noch ein leichtes Gefühl von Leere in der Seele, es gibt mir einen Stich ins Herz, wenn ich an Juliette denke, doch ich habe nicht mehr den Drang, mir einen Liter Rum hinter die Binde kippen zu müssen, um nicht daran zu denken.

Nicht, dass ich sie vergessen würde, im Gegenteil. Heute sehe ich Einzelheiten vor mir, die ich gar nicht mehr in Erinnerung hatte. Ein Grübchen auf der linken Wange, wenn sie lächelte, ihr so überaus glattes Haar, ihre Hände. Nein! Ich vergesse nichts. Vielleicht wird sie eines Tages Lust haben, mich wiederzusehen. Dann findet sie mich, Féfé und den Hund am angestammten Platz.

Wir gehen in die geheime Grotte und lieben uns, bis der Schlaf uns übermannt.

Ich schließe etwas wehmütig gestimmt das Boot ab und mache mich auf die Suche nach meiner fahrbaren Kiste. Ich finde sie tatsächlich ganz in der Nähe des Hafens, keine zwei Minuten vom Boot entfernt.

Ich kehre müde und zufrieden nach Hause zurück. Das Abenteuer mit Sophie wird bei mir keinerlei Erinnerungen hinterlassen, so viel ist gewiss.

Ich komme ins Panier-Viertel und finde einen Parkplatz auf der Place de Lenche. An diesem Ort versammelten sich in der frühesten Antike die Römer; das Herz, die Agora der Stadt. Man sagt, es habe einen der Artemis gewidmeten Tempel gegeben. Der Platz beherrscht den Hafen von Marseille.

Ich liebe dieses Viertel. Die alten Stadtgemäuer sind fast alle hier versammelt und wie durch ein Wunder den Dynamitsprengern von 1945 entgangen. Letztere wollten die Stadt von Widerständlern und Juden reinigen. Ich habe mal ein Modell von Marseille gesehen, da war das Viertel mindestens fünfmal so groß.

Was davon geblieben ist, ist ein Labyrinth kleiner Gässchen, in denen die Autos kaum durchkommen.

Ich treffe Jean-Christophe, der mir einen Aperitif spendiert. Er hat mit einer Gruppe von Saxophonisten eine Band gegründet, die ganz gut ankommt.

Er gehört zu den Zugereisten. Ursprünglich stammt der Bursche aus dem Südwesten, dem Geburtsdorf von Charles Cross, dem berühmten Dichter und Erfinder. Jean-Christophe hat sich von dort den Humor bewahrt, die Einfachheit und den Akzent. Für mich ist dieser Kerl ein echter Intellektueller, denn er setzt immer wieder die unglaublichsten Pläne in die Praxis um.

Eines Abends habe ich ihm Bleikugeln aus dem Hintern herausoperiert, die der Vater einer Zigeunerin ihm verpasst hatte, die er nach Hause begleiten wollte. Der Mann hatte nicht lange gefackelt. Der *boumian* hatte von seinem Balkon aus auf ihn gezielt, wie auf dem Jahrmarkt.

Ich musste so lachen, als er mir von seinem Missgeschick erzählte, dass ich die Pinzette, mit der ich ihm die kleinen Metallkugeln herausholte, kaum mehr richtig handhaben konnte.

Wir sind Freunde geworden.

Heute Abend schaut er etwas verärgert drein:

»Oh, Jean-Cri! Was ist los mit dir! Du machst vielleicht ein Gesicht!«

»Frag nicht … Ich bin in einer seltsamen Lage … Ich bin heute Nacht im La-Plaine-Viertel in die Disco gegangen …«

»Ja und? Spann mich nicht so auf die Folter, erzähl!«

»Ich bin in die Disco vom Chinesen gegangen. Er hat mir

eine Runde ausgegeben, dann ist Zè gekommen und hat noch eine springen lassen, also war ich gezwungen, wieder eine auszugeben, kurz und gut, gegen Mitternacht war ich voll wie eine Haubitze. Aber dann ist das Ganze erst aus dem Ruder gelaufen!«

Da ich Jean-Christophe kenne, frage ich ihn, ob er sich geprügelt hat.

»Nein, das ist es nicht ... Ich habe eine Kleine kennengelernt und sie zu mir nach Hause mitgenommen. Wir haben eine tolle Nacht verbracht, und dann ist sie so gegen fünf Uhr morgens wieder nach Hause gegangen.«

Das freut mich für meinen Freund, denn er hat in Liebesdingen eine harte Zeit hinter sich. Seine Freundin hat ihn wegen eines anderen im Regen stehen lassen. Er hat das Ganze gar nicht gut weggesteckt, es ging so weit, dass er seinem Rivalen nach der Arbeit aufgelauert hat, um ihn zu verprügeln. Bedauerlicherweise hatte er sich im Kerl geirrt, und ich musste ihn auf dem Kommissariat abholen. Er ist da gut wieder herausgekommen, der Mann hat seine Klage zurückgezogen.

»Super! Aber warum machst du dann ein Gesicht wie ein *caramantran*?«, rufe ich erfreut aus.

Er sieht mich mit jammervoller Miene an.

»Warte ... Ich falle also in einen friedlichen Schlummer, da werde ich um sieben vom Telefon geweckt. Am Apparat ist eine junge Frau, die mir sagt, sie liebe mich und sie habe nachgedacht und sei einverstanden ...«

»Einverstanden womit?«

»Aber das ist es ja, ich weiß es nicht. Ich habe einen Moment gebraucht, bis mir klar wurde, dass es das Mädel war, das gerade gegangen war. Dann sagt sie noch, sie sei fest entschlossen, sie wolle mit mir zusammenleben, meine Argumente hätten sie überzeugt ...«

»Was hattest du ihr denn gesagt?«

Jean-Christophe seufzt traurig.

»Ich erinnere mich nicht, verstehst du, ich war besoffen … Sie sagt mir also, sie werde jetzt mit ihren Koffern und ihren Kindern zu mir kommen; sie werde gleich da sein …«

Ich breche in Gelächter aus.

Er erzählt weiter: »Warte … Ich versuche sie umzustimmen, sage ihr, sie könne noch ein bisschen darüber nachdenken und außerdem werde sie um die Uhrzeit kein Taxi bekommen, und weißt du, was das Beste ist? Sie antwortet mir: ›Da mach dir mal keine Sorgen, mein Mann bringt mich zu dir …‹«

Ich habe Mühe, nicht lauthals loszuprusten.

»Der war vielleicht froh, seine Frau loszuwerden!«

Jean-Cri nickt und fügt traurig hinzu: »Also, du verstehst, ich bin überstürzt geflohen, nachdem ich aufgelegt hatte, und jetzt traue ich mich nicht mehr nach Hause.«

Ich wische mir die Tränen ab und biete ihm noch eine Runde Pastis an. Ich mag diesen Burschen wirklich. Er wohnt nicht weit von mir mit einem Freund zusammen, mit Claude, der aus den Alpen kommt.

Er ist das gerade Gegenteil von Jean-Cri. Er ist Physiker und reagiert mit einer ungewöhnlich starken Sensibilität auf das Leben.

Er hat große Probleme mit Frauen, denn es will ihm nicht gelingen, sie zu lieben. Manchmal lade ich sie ein, um einen *aïgo boulido,* eine Knoblauchsuppe, bei mir zu essen, oder Fisch, der auf dem kleinen Grill zubereitet wird, den ich mir auf den Balkon gestellt habe.

Das sind Essen für alte Junggesellen.

Ich merke, dass die Straße sich sehr verändert hat. Als

ich hierherkam, was das Panier-Viertel heruntergekommen.

Es lebten Korsen dort, einige Algerienfranzosen, eine kleine griechische Gemeinde, Portugiesen, ein paar Chinesen, Nordafrikaner und Araber verschiedener Nationalitäten. Heute ändert sich das alles.

Es haben dort immer ein paar junge Künstler gelebt, angezogen von den billigen Mieten und der kosmopolitischen Atmosphäre. Das hat die Leute aus dem Kleinbürgertum, die hip sein wollten, hergelockt.

Diese neue Gruppe hat die Struktur und Kultur dieses alten Marseiller Viertels zutiefst verändert. Man könnte es noch am ehesten »der kleine Montmartre von Marseille« nennen. So etwas kann nicht ohne Konflikte vonstattengehen.

Einer inspirierten Vertreterin der Stadtverwaltung ist für ihr kulturelles Programm nichts Besseres eingefallen, als einen kleinen lächerlichen Zug durch das Viertel fahren zu lassen, der es den misstrauischen Touristen gestattet, sich alles ganz gefahrlos anzuschauen. Der Fahrer gibt Kommentare von sich, die mehr oder minder von schlechtem Geschmack zeugen:

»Das Panier-Viertel ist sehr gefährlich. Halten Sie Ihre Taschen immer eng am Körper, gehen Sie abends nicht allein dort spazieren …«

Und so weiter in dem Stil.

Wütend haben die Ureinwohner den kleinen Zug angegriffen wie in einem Western, mit Eiern und Mehlsäcken. Die Touristen haben das gar nicht geschätzt … Die Abgeordnete auch nicht. Ich persönlich finde, der Ort ähnelt eher Neapel mit seinen engen Gassen, der Wäsche vor den Fenstern, den vielen Kindern überall. Die Neuankömmlinge lassen alles saubermachen, streichen die Fassaden, und nach und nach quellen die Straßen nicht mehr über vor Mülltonnen.

Auf der Place de Lenche treiben sich nicht wenige Leute rum. Alte Leute, die ernst über die bevorstehenden Wahlen reden, junge Leute, die den *cagoles* hinterhergaffen, Kinder, die in alle Richtungen rennen und sich mit dem Wasser aus dem Brunnen bespritzen. Große Schwärme von Zugvögeln kreisen zwitschernd über unseren Köpfen.

Er ist angenehm warm. Wir reden ein bisschen über die Leute aus dem Viertel, die wir kennen. Nach zwei geselligen Runden gehe ich wieder nach Hause in die Rue Puits, gleich neben dem Geburtshaus von Pierre Puget. Der Name dieser Straße stammt noch aus der Zeit, als es einen Brunnen mitten auf der Straße gab, den Saint-Laurent-Brunnen. Die Stadtverwaltung hat ihn zuschütten lassen, weil er den Verkehr störte und man immer wieder Ertrunkene darin fand.

Ich habe zwei kleine Wohnungen gekauft, die in einem der typischen Panier-Häuser übereinander liegen. Ich habe alle Wände rausgenommen und nach meinen Vorstellungen wieder hochgezogen.

Die untere dient mir als Schlafzimmer-Arbeitszimmer-Badezimmer. Und die obere habe ich mir wegen ihrer kleinen Terrasse, die auf eine enge Straße hinausgeht, als Speisezimmer für Gäste und als Küche hergerichtet.

Auf dem Dach, gegenüber vom Industriehafen, habe ich ein Bettgestell aus Metall aufgestellt, das ich in die Dachziegel einzementiert habe. Im Sommer, wenn es heiß ist, schleppe ich eine Matratze hoch und verbringe die Nacht unter den Sternen. Nachdem ich auf meinen Reisen an manchen Orten dazu gezwungen war, habe ich es mir zur Gewohnheit gemacht, unter freiem Himmel zu schlafen.

Nach dem zwei Monate währenden Lotterleben befand sich meine Wohnung, ebenso wie das Boot, *l'Engatseur,* in einem ungeheuren Zustand der Verwahrlosung.

Aber ich bin heute zu kaputt, um mich an die Arbeit zu machen. Ich öffne eine Dose Hundefutter und serviere sie Émilien, der mit angewiderter Miene daran schnüffelt; dieser Hund bringt mich noch ins Grab.

Ich schlage mir zwei Eier in die Pfanne auf ein paar Stückchen Chorizo aus Portugal, eine köstliche Wurst, die ich immer bei einem spanischen Händler auf dem Markt in der Rue Longue des Capucins kaufe, als sehr leise an meine Tür geklopft wird. Ich weiß, wer das ist …

Esther kommt herein, ohne meine Antwort abzuwarten, in der Hand eine große, dampfende Schüssel.

Ich komme gar nicht erst dazu, mich zu fragen, was wohl darin sein mag … Ein köstlicher Duft nach Basilikum, frischen Tomaten und erntefrischem Knoblauch steigt mir in die Nase. Ich murmle mit verzückter Stimme: »Pistou-Suppe!«

Esther lacht geschmeichelt.

»Dich habe ich ja schon eine Ewigkeit nicht mehr gesehen, ich habe mich schon gefragt, was du so treibst! Iss die Suppe gleich, sie darf nicht kalt werden. Schau, ich habe dir auch den Gruyère gebracht.«

Esther ist eine alte Frau, sie dürfte schon über achtzig sein. Sie ist klein, hat schneeweißes Haar und ist der Ansicht, dass ich mich nicht richtig ernähre, also bringt sie mir von Zeit zu Zeit »eine Kleinigkeit« vorbei. Sie sieht meiner Großmutter erstaunlich ähnlich, und was ich ihr gegenüber empfinde, hat nicht wenig mit dieser Ähnlichkeit zu tun. Sie reicht mir die Schale.

»Das war noch übrig!«

Sie hat keine Familie mehr, alle tot, aufgegangen im

Rauch der Lager von Auschwitz. Ich weiß das, weil ich einmal die schrecklichen blauen Ziffern gesehen habe, diese Zeichen der Barbarei, die man ihr auf den Arm tätowiert hat.

Als sie sah, dass ich fassungslos diese entwürdigenden Zeichen anstarrte, zog die alte Frau in aller Seelenruhe den Ärmel ihres Pullovers runter, womit sie mir sagen wollte, sie habe meinen Blick sehr wohl bemerkt.

»Ich will mit niemandem darüber reden, ich will mich nicht daran erinnern, das tut zu sehr weh, ich bitte dich, du hast nichts gesehen.«

Also habe ich, ihrem Wunsch Folge leistend, nichts gesehen. Ich mag Esther sehr. Jeden Tag um zwölf, vor dem Mittagessen, trinkt sie unten in der Bar, in der sich junge Rabauken herumtreiben, einen kleinen Pastis. Diese teilen ihren Tisch gerne mit der alten Dame, weil sie einen so netten Blick hat. Sie nennen sie Oma. Sie nimmt keinen Anstoß daran.

»Verstehst du? Das ist nicht böse gemeint. Sie nennen mich Oma, weil ich ja auch wirklich ihre Großmutter sein könnte, was macht mir das schon?«

Esther sieht mich an und findet sichtlich Gefallen an der Wandlung meiner äußeren Erscheinung. Ich umarme sie und drücke sie an mich. Sie ist ganz zerbrechlich und wehrt sich mit gespielter Entrüstung …

»Los, iss jetzt, statt mir meine Frisur durcheinanderzubringen.«

Ich zeige ihr meinen Teller.

»Schau, ich habe mir gerade Eier mit Chorizo gemacht!«

Sie tut so, als sei sie entrüstet, und will schon aufstehen.

»Na gut, wenn dir deine *caraque*-Wurst lieber ist, nehme ich meine Suppe wieder mit. Aber dann bringe ich dir nichts mehr, dann geb ich's lieber den Katzen.«

Ich zwinge sie wieder auf ihren Stuhl und begegne Émiliens bitter enttäuschtem Blick, der mit vorwurfsvoller Miene vor seinem Hundefutter sitzt.

»Wenn du sie nicht willst, also ich würde die Chorizo schon probieren. Das kann auf keinen Fall schlimmer sein als das Zeug, das ich jetzt auf dem Teller habe«, sagt mir sein Blick.

Ich gebe mich geschlagen und sage zu meiner Nachbarin: »Sieh mal, so wird wenigstens nichts verschwendet!«

Ich gebe den Inhalt aus der Pfanne auf einen Teller und stelle ihn Émilien hin, der anerkennend das würzige Gericht beschnuppert.

Ich setze mich und rühre mit dem Löffel in der Schale mit den vier Bohnensorten – weiße Bohnen, rote Bohnen, Écheleur-Bohnen, grüne Bohnen, dazu Zucchini.

Kurz bevor das Gericht serviert wird, gibt man noch etwas Basilikum hinein, Knoblauch, Parmesan, frische Tomaten und ein gutes Olivenöl. Ich ziehe meine alte Freundin ein bisschen auf.

»Die Neapolitaner sagen, ihr Basilikum sei das Beste im Mittelmeerraum, glaubst du, das stimmt?«

Schon legt sie los: »Das Wichtigste ist, dass er duftet. In Paris bin ich mal zur Hochzeit der Tochter von Nine eingeladen gewesen, der Floristin, du kennst sie doch, oder? Die Kleine hat einen Architekten geheiratet. Na ja, und am Abend davor hat uns die Familie der Schwiegereltern, um mir eine Freude zu machen, eine Pistou-Suppe gekocht. Das hättest du mal kosten sollen! Kein Geschmack, kein Gusto! Also frage ich sie, wie sie das gekocht haben.«

Esther ahmt den Pariser Akzent nach, oder zumindest das, was sie dafür hält, während sie Grimassen zieht.

»Also, Sie nehmen eine Knoblauchzehe und ein paar Basilikumblätter!«

Ich lache und koste die Suppe.

»Hmm! Ich weiß, man braucht einen ganzen Bund Basilikum und eine Knoblauchknolle. Du hast sogar ein Stück Speck reingetan!«

»Das mach ich immer! Manche tun kein Schwein rein, aber ich schon ... Das ist wie mit den Nudeln oder den Kartoffeln. Ich tu keine rein ... Oh là là! In deiner Wohnung sieht's ja wüst aus. Was ist passiert?«

Esther hat gerade bemerkt, dass sich in der Spüle die Teller stapeln, dass so gut wie überall schmutzige Gläser herumstehen, kurz und gut, dass man hier mal ein bisschen sauber machen könnte. Also macht sie sich ans Werk. Sie fängt damit an, eine leere Flasche aufzuheben. Ich mache ihrem überaus freundschaftlichen Ansinnen ein Ende und sorge dafür, dass sie sich wieder setzt.

»Nein, du machst gar nichts! Morgen werde ich sauber machen, ich werde sogar ein richtig großes Reinemachen veranstalten. Hmm! Esther, du bist die Königin der Pistou-Suppe. Hast du frischen Knoblauch reingetan? O ja, ganz bestimmt. Möchtest du ein Glas Wein?«

»Aber natürlich habe ich frischen Knoblauch reingetan, du bist vielleicht lustig!«

Ich hole für den Anlass einen schönen roten Cassis und entkorke ihn. Esther trinkt sehr wenig, aber sie weiß einen guten Wein zu schätzen. Wir unterhalten uns ein bisschen über die Vorzüge des Weins, den wir gerade trinken, während ich die wunderbare Suppe esse, dann gähne ich.

»Constantin, aber du fällst ja schon um vor Müdigkeit, ich gehe jetzt.«

Plötzlich merke ich, wie müde ich bin.

»Ja, du hast recht; ich werde auch nicht mehr lange aufbleiben …«

Ich küsse sie auf die Wange, lege mich hin und greife nach *Unter dem Vulkan,* dem wundervollen Buch von Malcolm Lowry. Ich kann gerade noch das Licht ausmachen, dann falle ich in einen bleiernen Schlaf.

Ich stehe auf einem großen, steilen Hügel. Vor mir liegt, so weit das Auge reicht, ein riesiges gelbes Weizenfeld. Es ist Sommer. Die Zikaden veranstalten einen Höllenlärm. Ich habe eine Sense in der Hand und beginne zu arbeiten. Ich schwinge das Werkzeug, wie ich es in Filmen über die Bauern der Vorkriegszeit gesehen habe.

Ich komme schnell voran, denn ich fliege! Meine Füße berühren den Boden nicht. Nach einer Weile ist alles gemäht. Ich steige auf den Gipfel des Hügels und sehe hinunter auf die Arbeit, die ich geleistet habe.

Auf der Erde, unter dem geschnittenen Weizen, kann man in sehr großen, mit verbranntem Stroh geschriebenen Lettern lesen:

»DU HAST ES DOCH SCHON, DU IDIOT!«

Dann wächst der Weizen wieder nach, nur dort nicht, wo die Nachricht stand, der Text erscheint jetzt vertieft. Ein Feuer beginnt an einer Ecke des Weizens zu lodern und steigt rasend schnell zu mir auf.

Émilien bellt laut. Ein Geräusch wie von einem Schlag. Der Hund verstummt, dann fängt er zu winseln an, und schließlich bellt er wieder. Jemand schüttelt mich brutal. Ein widerlicher Geruch nach billiger Brillantine würgt mich im Hals.

»Du Idiot, wach auf!«

Jemand versetzt mir eine deftige Ohrfeige. Eine eiserne Hand packt mich, zerrt mich aus dem Bett und wirft mich auf ein niedriges Möbelstück, das mir als Nachttisch dient. Es zerbirst unter mir. Ich bleibe etwas angeschlagen auf dem gesplitterten Holz liegen, öffne einen Spalt weit die Augen. Es ist Morandi. Er ist ziemlich groß und dick, hat einen runden Kopf und schwitzt ohne Ende. In der Hand hält er ein Taschentuch, mit dem er sich ständig die Stirn wischt. Er packt mich bei den Haaren und zerrt mich hoch, bis ich vor ihm zu stehen komme. Ich schreie, er hat bestimmt ein ganzes Büschel von meinen Haaren in der Hand behalten. Aus dem Badezimmer höre ich Émilien immer noch bellen und erfolglos an der Tür kratzen.

»Zieh dich an, schnell!«

Ich habe eine Heidenangst vor diesem Kerl. Er wirft mir meine Klamotten zu.

»Warum? Wo gehen wir hin?«

Ich ziehe mich trotzdem an, weil ich mich verletzlich fühle, wie ich so ganz nackt vor ihm stehe. Der Bulle sieht mich mit einem fiesen Blick an. Er kann Druck auf mich ausüben, und das weiß er. Ich muss sogleich an Juliette denken.

»Was wollen Sie von mir?«

Ich bin jetzt angezogen. Der Mann holt einen Schlagring aus silbrigem Metall aus der Tasche und steckt die Finger der linken Hand durch die Ringe. Er lächelt mir zu und reißt mit gefräßiger Miene den Mund auf. Ich sehe seine gelblichen Zahnstümpfe, die man nie einer Zahnsteinbehandlung unterzogen hat. Er nimmt meinen Kopf mit der linken Hand, rückt mir mit seinem fiesen Schädel immer mehr auf die Pelle und küsst mich auf den Mund.

Ich rieche seinen stinkenden Atem. Unwillkürlich weiche ich zurück und bekomme einen heftigen Schlag in den Bauch versetzt. Ich klappe zusammen. Übergebe mich. Der Schmerz ist unerträglich. Der Mann drückt mir ein Knie in den Rücken, verdreht meinen Arm und legt mir an der rechten Hand Handschellen an. Dann legt er die andere Schließe um das linke Handgelenk. Ich kann mich nicht mehr rühren, bin völlig auf meinen Schmerz konzentriert.

In diesem Moment geht die Tür auf, und Esther taucht auf. Sie trägt einen erbärmlichen Morgenmantel, und ich erinnere mich, dass ich schon vor verdammt langer Zeit beschlossen hatte, ihr einen neuen zu kaufen.

»Was ist hier los? Was ist das für ein *estrambord*? Wer sind Sie?«

Sie beugt sich zu mir hinunter, ich bin außerstande zu sprechen.

»Constantin, alles in Ordnung? Was hast du denn, mein Kleiner?«

Morandi sieht der alten Frau vollkommen gelassen zu.

»Polizei, Oma, geh wieder nach Hause.«

Esther tritt ihm mutig entgegen. Der Mann zieht mich am Hemdkragen und stellt mich wieder auf die Beine.

Sie sagt energisch zu ihm: »Zeigen Sie mir mal Ihre Marke! Sie haben ihn geschlagen! Dazu haben Sie kein Recht …«

Der zwielichtige Bulle macht eine Handbewegung, als wolle er ein lästiges Insekt verscheuchen, und versucht, um sie herumzugehen. Sie rührt sich nicht von der Stelle. Er hebt die Stimme, um sie einzuschüchtern.

»Los, Oma, ich sag's nicht noch mal, hau ab!«

Ich habe Angst, dass Morandi meiner unbezähmbaren Nachbarin etwas antun könnte. Bei Typen wie ihm weiß man nie, wozu sie in der Lage sind. Ich versuche zu sprechen, stammle …

»Esther, gehen Sie nach Hause … Es ist nichts, das wird sich alles klären.«

Morandi zieht mich am Kragen zum Ausgang. Aber auf diesem Ohr ist sie taub, sie bleibt felsenfest zwischen der Tür und uns stehen.

»Also mal als Erstes: Duzen Sie mich nicht, ich bin nicht Ihre Oma, da wäre ich ganz schön unglücklich, wenn ich die Großmutter von so einem Schuft wie Ihnen wäre. Zeigen Sie mir Ihren Polizeiausweis, sonst lasse ich Sie nicht durch.«

»Ach nein?«

Morandi schlägt allmählich einen drohenden Ton an. Ich spüre, wie die Hand, mit der er mich festhält, sich verkrampft, er wird zuschlagen, da bin ich mir sicher. Ich habe Angst um Esther. Ich flehe ihn an.

»Tun Sie ihr nichts, bitte. Zeigen Sie ihr die Karte, dann wird sie Sie durchlassen …«

Er denkt nach, dann lächelt er. Mit der Geste eines Zauberers zieht er seine Karte heraus und hält sie meiner Nachbarin unter die Nase.

»Hoppla! Hier ist sie, Oma. Jetzt hast du, was du wolltest, also zieh Leine!«

Sie sieht sich das offizielle Dokument aufmerksam an.

Morandi lässt sie eine Weile hinschauen, dann klappt er ihr die Brieftasche vor der Nase zu. Aber Esther denkt gar nicht daran, auf ihn zu hören. Sie sieht meine nackten Füße und entrüstet sich.

»Sie sind ein seltsamer Polizist. Sie haben ihn geschlagen, das habe ich gehört. Und Sie werden ihn nicht so mitnehmen, ohne Schuhe!«

»Halt's Maul, alte Schachtel, du gehst mir tierisch auf den Keks.«

Morandi verliert die Geduld und schubst sie zur Seite. Sie fällt mit einem kleinen Schrei der Entrüstung aufs Bett.

Dann stößt er mich auf den Gang hinaus. Ich kann mich gerade noch am Geländer festhalten. Hasserfüllt nimmt Morandi mir auch diesen letzten Halt, indem er mir mit seiner Faustwaffe einen Schlag versetzt. Aus dem Gleichgewicht gebracht, die Hände im Rücken gefesselt, stürze ich die Treppe hinunter. Ich tue alles, um nur ja nicht auf den Kopf zu fallen, die Schulter bekommt bei dem Purzelbaum, den ich dabei schlage, alles ab.

Der Mann lacht, zieht mich hoch, indem er mich bei den Haaren packt, und stößt mich auf den Treppenabsatz im ersten Stock. Als ich vor der Treppe ankomme, stellt er mir ein Bein und versetzt mir einen heftigen Schlag in den Rücken. Der Schmerz … ich sehe Sternchen und falle in ein schwarzes Loch.

Als ich wieder zu Bewusstsein komme, zerrt mich Morandi am Kragen durch die Straße. Meine Füße, die über den Boden schleifen, brennen wie Feuer. Ich versuche, zu laufen und mein Gleichgewicht zu halten. Er merkt, dass ich wieder zu mir gekommen bin.

Und lacht sich eins.

»Na, du Depp? Bist du auf der Treppe gestürzt? Man muss schon hinschauen, wo man seine Füße hinsetzt!«

Auf meiner Stirn spüre ich eine Beule so groß wie ein Ei. Er zwingt mich, schnell zu gehen. Ich muss aufpassen, wo ich hintrete, auf der Straße liegt allerhand Dreck herum.

»Was wollen Sie von mir?«

Wir kommen in die Rue Sainte Françoise, er hat sein Auto mitten auf der Straße geparkt. Im Panier-Viertel ist er der Einzige, der keine Angst hat, man könne ihm sein Auto stehlen. Die Geschichte ist bekannt. Eines Tages hat irgend so ein Kraftmeier versucht, ihm einen Rückspiegel zu klauen. Pech für ihn, Morandi hat ihn dabei erwischt. Dann hat er ihn verprügelt. Es dauerte eine ganze Stunde, man konnte hören, wie der Bursche ihn anflehte. Jetzt ist er im Rollstuhl. Der wird nichts mehr klauen …

Seither kann er seine Kiste überall stehen lassen, die wird niemand mehr anrühren.

Und sein Auto erkennt man schon von Weitem. Es ist ein silbernes Chevrolet Cabriolet aus den Sechzigerjahren. Zwei Antennen auf den Kotflügeln. Chrom überall: die Radkappen, die Zierleisten, der Kühlergrill, die Türknäufe …

Morandi lacht hämisch:

»Was ich will? … Ich will eine Ziege, falls du nicht weißt, wo die Braut ist. Ich werde sie mit einer Ziege anlocken – oder vielleicht besser mit einem Ziegenbock! Auf allen vieren würdest du einen schönen Bock abgeben, angepflockt an eine Eisenstange. Es sei denn, du weißt, wo sie ist, und wenn dem so wäre, dann würdest du das dem Onkel Morandi ja wohl sagen, oder?« Er schnippst mit den Fingern. »Mir verrät man am Ende immer, was man verschweigen wollte. Sogar der liebe Gott hat keine Geheimnisse vor mir, also schon gar nicht so ein kleines Böckchen …«

Er lacht, zufrieden über seine lauen Späßchen. Ein streunender Hund kommt herbei und schnüffelt an meinen Füßen, um herauszufinden, ob das etwas Essbares ist.

Ich wackle mit den Zehen, um ihm zu zeigen, dass das mir gehört. Morandi versetzt ihm einen üblen Tritt. Der arme Köter fliegt durch die Luft und macht sich wimmernd aus dem Staub. Der sadistische Bulle wechselt das Thema.

»Du hast Glück, du wirst bei mir im Auto mitfahren, bei dem besten Bullen von Marseille, dem Schrecken der Ganoven, dem Mann, der Mémé zu Fall gebracht hat.«

Er öffnet die Wagentür und schubst mich auf den Sitzplatz neben ihm.

»Ich dachte, die Polizeibeamten aus Paris hätten Mémé verhaftet, und Sie hätten einige Probleme mit dem Richter bekommen, der mit der Ermittlung betraut war, weil sie freundschaftliche Verbindungen zum Milieu gepflegt hatten?«

Er fährt jäh herum und versetzt mir einen Schlag in den Bauch. Ich krümme mich zusammen. Er versetzt mir einen weiteren Stoß, sodass ich vom Sitz falle und auf dem Boden des Gefährts lande.

»Bleib da unten, dein Platz ist zu meinen Füßen. Du wirst schon bald nicht mehr so großspurig daherreden. Ein Bock, ja … Du wirst mir dein Leben in allen Einzelheiten schildern … und auf Griechisch. Das stimmt doch, dass du Grieche bist? Du weißt doch, die Griechen sind alle Schwuchteln, du magst das doch, oder?«

»Aber was hab ich Ihnen denn getan? Was wollen Sie von mir?«

Morandi lässt den Motor an und fährt mit seinem Cabriolet los. Ich sehe seine Visage aufgrund meines Blickwinkels etwas verzerrt. Hin und wieder nehme ich eine Straßenlaterne wahr. Er lacht hämisch auf.

»Glaubst du, man muss etwas getan haben? Nein, du Arschloch, es gibt keine Unschuldigen. Sag doch selbst, wer ist schon unschuldig? Das Baby, das gerade auf die Welt gekommen ist? Ein zukünftiges Dreckschwein, ein Monster ohne Moral, bald schon Abschaum. Selbst junge Kätzchen kommen mit Krallen aus dem stinkenden Bauch ihrer Mutter. Nein! Niemand ist unschuldig.«

Er streicht mir über die Stirn.

»Und dem Herrgott sei Dank dafür. Wenn man all diese elenden kleinen Kreaturen lieben müsste, diese winzigen, noch unberührten Schaben, die voller übler Absichten stecken. Brrr! Nein! Ich verdamme euch alle. Auf der Erde gibt es nur die Steine, Geschöpfe Jehovas, sauber, still, reglos bis in alle Ewigkeit, vollkommen.«

Morandi lächelt, als müsse er an seine Braut denken oder an eine Schüssel voller Kaviar.

Er fährt fort.

Ich bin der Stein, der Steine schafft,
Hart ist dein Blick,
Hart sind deine Muskeln,
Hart ist dein Bogen,
Hart wird dein Pfeil sein.
Ich bin Karmo-tek, der jagende Stein,
Ich bin der Stein, der das Herz des Menschen verhärtet.

Ich merke, dass der Kerl vollkommen übergeschnappt ist und dass ich ihm auf Gedeih und Verderb ausgeliefert bin. Wir sind schon eine ganze Weile unterwegs. Ich versuche, mich zu orientieren. Wir sind auf der Brücke, die nach l'Estaque führt.

»Wo fahren wir hin?«

Er wirft mir einen kurzen sadistischen Blick zu.

»Ins Kommissariat, mein Junge. Da sind wir ungestört, und ich bin dein Wärter. Wir zwei beide allein, wie Verliebte!«

Er tätschelt mir den Kopf, als wäre ich ein Hund. Mich schaudert's. Dann macht er weiter mit seinem abgedrehten Quatsch.

»Nein, alles nur gut genug für den Müll. Unschuld ist etwas für Autoren von Groschenromanen. Ein Kerl, der was wert ist, sollte etwas erfinden, womit man sie alle vernichten kann. Hör zu, ich werde dir mal meinen Lieblingstraum erzählen. Du kennst doch das Buch *Der kleine Prinz,* na ja, und in meinem Traum ist das genauso. Ich bin allein wie der kleine Prinz, auf einem Planeten gegenüber der Erde. Es geht mir gut. Ich betrachte die alte Erde da unten, die stumpfsinnig ihre Runden dreht, mit all den kleinen Erdwürmern darauf, die sich für was Besonderes halten. Und dann plötzlich: Puff! Eine Explosion mit einem hübschen blauen Licht.«

Er lässt das Steuer los, um mir die Sache besser erklären zu können.

»Und dann – paff! – eine gelbe Explosion, und dann spielt sich vor meinen Augen ein richtiges Feuerwerk ab: gelb, blau, grün, rot, weiß. Eine Weile ist alles ruhig. Dann bricht der Erdball mit einem Knacken mitten entzwei. Die Erde schnurrt mit einem Zischen wie ein Luftballon in sich zusammen, und die Luft entweicht so schnell, dass es mir die Haare nach hinten bläst. Dann kommt nichts mehr, und ich bin allein auf der Welt, endlich ... Glücklich. Und zwar so glücklich, wie ich es auf dieser Scheißerde noch nie gewesen bin ... Das war's! Was hältst du von meinem Traum? Ist das ein Schauspiel für die Menschen?«

Ich bin geplättet. Dieser Typ hat noch den letzten Rest gesunden Menschenverstands verloren. Er ist durchgeknallt. Wenn es ihm ums Geld ginge, könnte ich ja mit ihm verhandeln, aber hier fällt mir nichts mehr ein.

»Warum machen Sie das alles?«

Morandi sieht mich groß an, weil er meine Frage nicht versteht.

»Was denn, das alles?«

»Na ja, als Erstes mal das mit der jungen Frau ... Und dann das jetzt, sie führen mich ab, sie schlagen mich, warum?«

Der Polizist sieht mich mit einem verschlagenen Blick von der Seite an.

»Nun ja, weil Sie ein auf Feuerwaffen spezialisierter Verbrecher sind ... Ich nehme Sie fest, weil Sie ein Verbrechen begangen haben, und während der Vernehmung werden Sie wahrscheinlich versuchen zu fliehen, aber vorher ... vorher werden Sie mir alles verraten, Sie kleines Arschloch.«

Der letzte Satz wurde in einem so düsteren Ton gesprochen, dass mir eine große Kälte in meinen schmerzenden Magen kriecht. Er hat nicht die Absicht, mich wieder freizulassen. Ich überlege, wie ich mich aus dieser üblen Lage wieder befreien kann. Er fährt nicht sehr schnell. Wie dem auch sei, ich habe keine Wahl.

Gleich kommen wir beim Flohmarkt vorbei. Er befindet sich auf dem freien Platz ganz nah am Wasser, am Quai.

Ich führe meine gefesselten Hände am Po nach unten, dann langsam hinter den Beinen entlang, und schon habe ich die Hände vor dem Körper.

Ich richte mich auf und trete mit dem linken Bein voll aufs Bremspedal. Morandi ist überrumpelt, mit meinem Angriff hatte er nicht gerechnet.

Das nutze ich aus, und während ich den Fuß auf der Bremse lasse, reiße ich das Steuer jäh nach links. Der Wagen bricht aus und dreht sich um die eigene Achse.

Wir machen eine halbe Drehung und prallen mit einem heftigen Schlag gegen die Leitplanke. Morandis Kopf knallt gegen die Windschutzscheibe.

Ich springe schnell aus dem Auto.

»Stopp!«

Er hält seine Knarre in der Hand. Ich sehe mich um, wo ich mich verstecken könnte, aber es gibt nichts. Wir stehen vor einer großen Fläche schwarzen Wassers. Nichts, wo man Unterschlupf finden könnte. Egal, ich springe zur Seite und klettere auf die Leitplanke. Ein Schuss, ein brennender Schmerz, ich tauche ins Wasser ein. Das kühle Nass tut mir gut.

Ich presse meine Arme an den Körper und versuche, unter Wasser zu schwimmen. Ich habe eine gute Puste, als Jugendlicher konnte ich problemlos zehn Meter tief tauchen. Ich baue darauf, dass mir Morandi aufgrund seines Gewichts nicht folgen wird.

Aber er kann auf mich schießen. Ich muss wenigstens ganz kurz den Kopf aus dem Wasser strecken und Atem schöpfen, bis ich außer Reichweite bin.

Ich sehe nicht viel unter Wasser, ich kann nicht abschätzen, wie weit ich vom Ufer und von der Wasseroberfläche entfernt bin. Gut, ich muss raus. Ich tauche ganz leise auf. Versuche, kein Wasser aufzuwirbeln. Ich atme tief ein. Ich warte schon darauf, dass er mich abknallt, aber nichts passiert. Ich tauche wieder unter und schwimme mit kräftigen Stößen aufs Meer hinaus. Jetzt bin ich wieder optimistischer. Ich glaube, ich hab's geschafft.

Ich tauche ein zweites Mal auf, um Atem zu schöpfen, als sich mir eine Hand auf den Kopf legt und mich unter Wasser hält. Ich schreie auf, aber anstelle eines Schreis kommt nur all das Wasser wieder heraus, das ich verschluckt habe. Ich versuche, mich von dieser eisernen Hand loszumachen, die mich festhält, aber es gelingt mir nicht, und so nach und nach verlassen mich meine Kräfte. Ich drohe zu ertrinken.

Also beschließe ich, Schluss zu machen – je mehr Wasser ich einatme, desto schneller wird es gehen. Ich sehe noch einmal Juliette vor mir, ihr Lächeln, das Grübchen, das ich auf einer ihrer Pobacken bemerkt hatte, als sie nachts in dem Bunker schlief, und dann falle ich in Ohnmacht.

Ich habe den Kopf nach hinten gelegt und gebe alles von mir, was ich in mir habe.

Morandi drückt mir mit dem Fuß auf den schmerzenden Bauch. Seine Stimme dringt zu mir: »Na los, du Kamel, schön kotzen, spuck den ganzen Dreck aus. Da kommt die ganze Bosheit der Welt raus, aus deinem erbärmlichen Körper, all die Frösche, Fledermäuse und schwarzen Katzen.«

Er schüttelt mich. Ich bin immer noch gefesselt. Als ich nichts mehr von mir gebe, wirft er mich brutal auf den Gehsteig. Ich breche zusammen. Er steht auf und lächelt, zufrieden mit sich. Er ist vollkommen nackt. Trotz des vielen Fetts ist er noch ziemlich muskulös.

»Na, da habe ich dich drangekriegt, mein Süßer. Wieder einmal gehe ich als Sieger aus unserem tödlichen Kampf hervor.«

Er klingt wie ein Jahrmarktschreier und fängt an, einen Vortrag zu halten, als wäre er von Publikum umringt. Aber außer mir ist niemand da, und ich wäre sehr gerne woanders.

»Zur Linken, das Meer! Unzählige Gefechte hat es in seinem verflixten Leben bestanden, Stürme, heftige Regenschauer, Zyklone, Schiffbrüche, zur Rechten Morandi, der Gangsterjäger, fünfundfünfzig Jahre alt, einen Meter achtzig, hundert Kilo. Verdienstorden, Ehrenlegion und ein Abschlusszeugnis mit dem Vermerk ›Geh hin und zeig's dem Menschenpack‹.«

Er faltet die Hände über dem Kopf zum Zeichen des Sieges und dreht nackt eine Ehrenrunde vor mir.

»Und es ist Morandi, der nach einer homerischen Schlacht Weltmeister in allen Disziplinen wird.«

Er applaudiert und pfeift. Ich fange mich wieder ein wenig. Mein Bauch tut mir immer noch weh.

»Bravo! Ich würde ja gerne applaudieren, aber meine Hände sind noch immer gefesselt!«

Morandi dreht sich um, sieht mich an und versetzt mir einen betäubenden Schlag. Aus einem Nebel heraus sehe ich, wie der Mann sich wieder anzieht, zum Auto geht und mit einer Rolle Klebeband wieder auftaucht.

Er klebt mir die Füße zusammen, dann hebt er mich wie eine Feder hoch und trägt mich zu seinem Auto. Er öffnet den Kofferraum und wirft mich hinein.

Das Auto fährt los. Eingewiegt vom Geräusch des Motors und dem Chaos auf der Straße, sinke ich trotz meiner Prellungen und blauen Flecke sofort in einen traumlosen Schlaf.

Ich werde davon geweckt, dass der Bulle mich an den Haaren aus dem Kofferraum zerrt.

»Los, komm mit, jetzt bist du dran mit Spielen.«

Er befreit mich von den Fesseln, die meine Beine behindern.

»Du glaubst ja wohl nicht, dass ich dich dein Leben lang tragen werde, oder?«

Wir befinden uns im Hof des Kommissariats von l'Estaque. Er bringt mich in die verlassenen Büros, öffnet eine Tür und stößt mich in ein dunkles Zimmer, dann schaltet er ein trauriges, grünliches Neonlicht an. Es ist ein stinknormales Beamtenbüro.

Morandi erklärt mir: »Wie du schon gesehen hast, habe ich den Wächter losgeschickt, um mir einen Kaffee zu holen. Jetzt spiel nicht den Clown. Ich habe Respekt vor Arschlöchern wie dir. Du wirst es mir nicht glauben, aber als ich noch jung war, da habe ich an Schwimmmeisterschaften teilgenommen. Ha, da habe ich dich ganz schön reingelegt, was? Das ist nur ein ganz kleiner Teil des größten Schatzes der Welt.«

Er hebt drohend den Zeigefinger.

»Du hast Glück, denn du wirst es mit dem perfektesten Foltermeister aller Zeiten zu tun haben. Ich bin ein großer Künstler, du wirst schon sehen, du kleiner Stinkebock ...«

Er lächelt. Ich kann seine Augen unter den Fettwülsten nicht sehen. Er ist stolz auf seinen Wahnsinn. Ich versuche, Zeit zu gewinnen, indem ich ihn auf andere Gedanken bringe.

»Warum sind Sie Polizist geworden?«

Er antwortet mir wie aus der Pistole geschossen.

»Um die Dummköpfe und die Feiglinge zu bestrafen. Die Angst ist die große Göttin unserer übersteigerten Gefühle. Hast du Angst vor mir?«

Ich denke nach. Was für ein Spiel spielen wir da? Welche Antwort erwartet er von mir? Ich sage ihm die Wahrheit.

»Ja! Sie beeindrucken mich.«

Der beleibte Mann gibt mir einen kleinen Klaps auf den Schädel.

»Schlechte Antwort.«

Er dreht mir roh die Nase um. Ich schreie, vom Schmerz überrascht. Morandi erteilt mir eine Lektion.

»Niemals vor irgendjemandem oder irgendetwas Angst haben. Sonst wird man zum Zombie. Ich, Morandi, Herr meines Körpers und meiner Seele, habe all diese Skelette zu ihrem Besten unterjocht, Herr Staatsanwalt. Du fragst dich, worauf ich warte? Auf den Diener, der mir meinen Kaffee bringen soll.«

Es klopft an der Tür. Er öffnet und nimmt den Kaffee aus den Händen eines jungen Polizisten in Uniform entgegen, der mich mitleidig ansieht.

Morandi bedankt sich bei ihm und kommentiert: »Er hat gerade seine Geliebte umgebracht! Eine Kugel in den Kopf. Er will nicht verraten, wo er seine Knarre versteckt hat. Aber noch vor Ende der Nacht werde ich das wissen, vertrau mir!«

Der junge Polizist sieht mich bereits mit etwas mehr Abscheu an. Ich versuche, da herauszukommen, ihn zu überzeugen.

»Das stimmt nicht, er wird mich umbringen, ich bitte Sie, geben Sie dem Kommissar Bescheid …«

Er packt mich bei den Haaren und versetzt mir einen Faustschlag in den Bauch. Mir bleibt die Luft weg, und ich kann nicht weiterreden.

Ich liege zusammengekrümmt auf dem Boden. Mit einem heftigen Fußtritt in meine Weichteile gibt er mir den Rest.

»Der könnte einen Zementklotz zum Weinen bringen …«

Er bedankt sich bei dem jungen Mann und schließt die Tür hinter ihm. Dann kommt er auf mich zu und nippt an seinem Kaffee. Er trinkt das Gebräu ganz langsam, kostet genießerisch jeden Schluck.

»Du hast also gedacht, du könntest mir entwischen, was? Jetzt ist Schluss damit! Du weiß schon, jetzt werden wir Musik spielen. Klavier. Du wirst den Ton machen, und ich spiele den Hammer, schau mal, siehst du den Haken, den ich da oben angebracht habe? Man sieht es nicht, aber wenn ich diesen Haken da hochziehe, dann bekommt das einen Sinn. Noch siehst du es nicht … Warte. Das ist ein alter Nazitrick.«

Morandi zeigt mir ein Stahlkabel, macht einen Lassoknoten hinein und zieht ihn durch den Haken, der oben bei der Decke in die Wand eingelassen ist.

»So, jetzt musst du nur noch deinen Kopf durchstecken, und anschließend mache ich die Klaviersaite an der Heizung fest, dann können wir loslegen mit unserem Konzert. Was für ein Duo! Talentierte Konzertmusiker!«

Ich versuche, ihm zu entkommen, aber er ist stärker als ich, und ich spüre, wie die Stahlschlinge sich um meinen Hals zuzieht. Das dünne Kabel ist eisig kalt, und mir läuft ein Schauder über den Rücken. Morandi zieht die Schlinge langsam zu und schaut mir dabei in die Augen. Ich sehe seiner üblen Visage an, wie er mein Leid genießt. Ich begreife das System. Wenn ich mich bewege, erdrosselt mich das Kabel. Ich strecke mich immer mehr, bis ich auf den Fußspitzen stehe. Dann bindet er die stark gespannte Klaviersaite am Heizkörper fest.

»Ach ja, eine Klaviersaite muss immer straff gespannt sein, wenn sie einen schönen Ton geben soll«, erklärt er. »Also die Regeln sind einfach: eine schlechte Antwort, und ich spiele eine Note. Gut, ich fange an! Du musst schon zugeben, ein Musiker bin ich auch noch, unglaublich, was dieser Mann alles kann, aber das ist ja alles nur Geschwätz. Du wirst gleich sehen, wie das System funktioniert …«

Morandi holt sich einen Stuhl und setzt sich vor mich, um mich in aller Ruhe beobachten zu können.

»Wo ist die Rotznase mit der Schatzkarte?«

Ich überlege verzweifelt, was ich ihm sagen soll, aber mir fällt nichts ein.

»Ich weiß nicht.«

Morandi lächelt zufrieden.

»Schlechte Antwort.«

Ich bekomme einen heftigen Schlag in den Bauch, krümme mich zusammen, und das Kabel um meinen Adamsapfel würgt mich. Morandi stellt mich wieder auf die Füße und lockert das um meinen Hals gelegte Kabel. Er lächelt mich freundlich an. Ich muss husten und kann gar nicht mehr aufhören.

»Na? Das war schon mal nicht schlecht, was? Wir zwei fangen an, uns ein bisschen besser kennenzulernen, du siehst schon, ich mag Tricks, die funktionieren. Wenn was nicht klappt, dann macht mich das wütend. Der Trick mit der Klaviersaite funktioniert immer. Na gut, dann stellen wir die Frage mal anders …«

Er hält kurz inne.

»Wo hast du sie versteckt, das kleine Miststück? Na?«

Ich drehe den Kopf von links nach rechts. Ich bin außerstande zu reden. Wie in einem Albtraum sehe ich seine drohende Faust über mir. Plötzlich wird es laut auf dem Gang, und mit einem Knall geht die Tür auf. Morandi ist nur umso mehr gewillt, zuzuschlagen …

»Morandi! Rühr dich nicht von der Stelle, oder ich blase dir das Hirn raus!«

Es ist Mateis, stahlblaue Augen, in der Hand eine Kaliberwaffe, die ruhig auf Morandis Kopf zielt. Der sieht seine Hand an, dann mich. Ich spüre, wie er ausholt. Hinter Mateis stehen viele Polizisten in Zivil und in Uniform. Ich falle in Ohnmacht.

»Doktor, er wacht auf!«

Ich schlage die Augen auf. Ein Schnurrbartträger in Uniform sieht mich an. Er ruft einen jungen Mann, der gerade einen Kaffee trinkt. Der stellt seinen Becher ab, schnappt sich seinen schwarzen Arztkoffer und kommt zu mir. Er lächelt mich an.

»Geht's? Leben Sie noch?«

Ich versuche zu sprechen, aber das ist absolut unmöglich. Meine Kehle ist wie zugeschnürt. Ich verziehe das Gesicht, um ihm begreiflich zu machen, dass ich nichts sagen kann. Er legt mir die Hand auf die Schulter.

»Machen Sie sich keine Sorgen, das kommt wieder. In einer oder zwei Stunden können Sie wieder ganz normal reden. Bis dahin bleiben Sie bitte still liegen, ich habe Ihnen zur Entspannung eine Spritze gegeben. Den Rest sehen wir morgen.«

Er ruft den schnurrbärtigen Pfleger und bittet ihn, Mateis zu holen. In dem Zimmer befinden sich zwei Inspektoren in Zivil, die sich über Fußball unterhalten, über Olympique Marseille. Philippe kommt herein. Ich versuche aufzustehen, setze mich aber schnell wieder hin, das Gesicht schmerzverzerrt. Der Kommissar streckt die Arme nach mir aus. Ich lasse mich hineinfallen und drücke ihn fest. Er hat mir das Leben gerettet. Ich versuche zu sprechen.

»... rettet ... Leben ...«

Er lächelt etwas verlegen. Dann klärt er mich auf: »Deine Nachbarin hat dir das Leben gerettet, mein Alter.«

Ich krächze.

»Esther?«, frage ich.

»Esther. Du schuldest ihr großen Dank. Sie hat mich angerufen, ich weiß nicht, wie sie das angestellt hat, mich zu finden. Sie scheint ganz Marseille in Bewegung gesetzt zu haben. Sie hat sich an den Namen auf dem Ausweis erinnert, Morandi ... Und als ich seinen Namen hörte, bin ich gleich aus dem Bett gesprungen.«

Philippe zögert, als habe er mir etwas Unangenehmes mitzuteilen. Ich mag das nicht. Dann redet er trotzdem weiter: »Unterdessen hat uns eine andere Neuigkeit erreicht, aber ich weiß nicht ...« Philippe sieht mich an. »Aber ich wusste nicht, wo er dich hingebracht hatte, bis einer von meinen Leuten erfuhr, dass er im Dienst war, also habe ich hier angerufen ... Der junge Beamte sagte, er verhöre gerade einen Straftäter. Das konntest nur du sein. Daher bin ich hier.«

Er lächelt mich warmherzig an, und ich drücke ihn fest. Mein Gott, heute Abend hätte ich ums Haar den Löffel abgegeben!

»Aber ich brauche dich noch in einer ganz fiesen Angelegenheit, die dir gar nicht gefallen wird, ich mag es auch nicht, aber das ist mein Beruf.«

Er sagt das in einem bitteren Tonfall. Ich sehe ihn fragend an und sage: »Morandi?«

Philippe sieht mich traurig an und schüttelt seinen weißen Schopf.

»Nein, es geht schon wieder darum, eine Leiche zu identifizieren, diesmal von jemandem, den du gut kennst.«

Ich schreie auf, das heißt, eigentlich quieke ich eher: »Juliette!«

Der Kommissar schüttelt den Kopf. Nein, sie ist es nicht. Ich bin erleichtert, aber ich spüre, dass mein Freund sehr mit sich ringt.

»Nein.« Philippe sieht mich an. »Aber es ist jemand, den du gut kennst. Und zwar Sophie. Wir haben sie im Keller ihrer Wohnung gefunden. Ihr Mann ist zu irgendeinem Kongress gereist, und wir haben niemanden, der sie identifizieren könnte. Da habe ich an dich gedacht.«

Ich bin sprachlos und traurig. Wer hat das getan? Warum? Ich war noch mit ihr zusammen ... ja doch, das war erst gestern gewesen. In den letzten achtundvierzig Stunden sind so viele Dinge geschehen. Mir dreht sich der Kopf.

Mühevoll stammle ich: »Wer hat sie umgebracht?«

Philippe dreht sich zum Nachbarschreibtisch um, an dem man sich leise unterhält.

»Wir sind immer stärker der Überzeugung, dass es Morandi war.«

Angesichts meiner verblüfften Miene erläutert mir Philippe: »Sag mal, Constantin, hast du Sophie erst vor Kurzem wieder gesehen?«

Ich nicke.

Und mit leiser Stimme erzähle ich ihm alles. Von meiner Verzweiflung, meiner Alkoholabhängigkeit, von Sophie, die mich aus *l'Engatseur* zerrt, von der Verführungsszene, meiner Überzeugung, dass ich unter Drogen gesetzt wurde, und dem ganzen Abenteuer mit Morandi.

Philippe denkt kurz nach, bevor er fragt: »Wie geht es dir? Fühlst du dich stark genug, um Sophie zu identifizieren?«

Ich zögere einen Moment, ich fühle mich überhaupt nicht gut. Ich habe genug körperliche und psychische Schläge für den Rest meines Lebens abbekommen, das hoffentlich lang und beschaulich sein wird. Aber Philippe hat mir gerade das Leben gerettet, und ich möchte wissen, wie die Geschichte ausgeht. Deshalb nicke ich.

Er erhebt sich und hilft mir auf, aber plötzlich stellt er fest, dass ich barfuß bin.

»Ja, wir gehen bei dir vorbei! Du musst dir Schuhe anziehen, und ich würde gerne mal wieder einen richtigen Kaffee trinken. Hier gibt es nur diesen Pulverkram, und den hasse ich. Ich werde dir auf dem Weg dorthin alles erzählen.«

Wir gehen noch einmal zu mir nach Hause. Der Dienstwagen, den der Kommissar benutzt, ist ein leistungsstarkes französisches Auto, das von einem Polizisten in Zivil gefahren wird. Ich fahre zum ersten Mal in einem Wagen mit Chauffeur. Und dann auch noch in dem eines Polizisten … Wir schweigen auf der Fahrt, jeder in seine Gedanken vertieft. Dann nimmt Philippe den Faden seiner Erzählung wieder auf.

»Tja, als wir vorhin kamen, nachdem deine Nachbarin uns benachrichtigt hatte, war Morandi gerade dabei, seine Rechte als Beamter zu übertreten. Er hat dich schlicht und ergreifend gefoltert. Es ist noch nie passiert, dass man einen Bullen bei der Ausübung dieser mehr als zweifelhaften Praktiken erwischt hat … Ich wusste zwar, dass seine Methoden schon in der Vergangenheit gerne etwas übertrieben waren … Aber das ist das erste Mal, dass man ihn dabei erwischt. Letztlich genoss er politischen Schutz … Er war ein Held des Widerstandes, und von daher …«

»Wie und warum sollte er sich für mich interessieren, dieser Held?«

»Als Erklärung hat er uns eine ziemlich fragwürdige Geschichte aufgetischt, von einem anonymen Telefonanruf, bei dem ihm mitgeteilt wurde, es habe im Keller ein Mord stattgefunden. Angeblich hat er dort Sophies Leiche gefunden, und beim Durchkämmen der oberen Wohnung die Fingerabdrücke eines gewissen Constantin, genannt der Grieche, also deine!«

Schlagartig ist mir alles klar. Sophie steckte mit ihm unter einer Decke. Vielleicht war er sogar da gewesen, als wir uns geliebt hatten. Sie hat mich unter Drogen gesetzt, um mir Juliettes Adresse aus der Nase zu ziehen, dann gab es einen Streit mit Morandi, vielleicht hat er es nicht geglaubt, dass ich ihr nichts gesagt habe, schließlich weiß ich ja wirklich nicht, wo sie ist ...

In seinem Wahn dachte er, Sophie hintergehe ihn, er brachte sie um und nahm mich mit, um mir das Verbrechen in die Schuhe zu schieben. Es gab überall Fingerabdrücke; und sobald ich geredet hätte, hätte er mich umgebracht und einen Fluchtversuch vorgetäuscht.

Ein ziemlich ausgefuchster Plan! Ich erkläre das alles Philippe. Er hört mir aufmerksam zu. Dann stellt er mir die Frage, die ich mir selbst stelle.

»Aber warum hat Sophie das getan? Ging es ihr ums Geld?«

Ich denke nach, finde aber keine Erklärung.

»Nein! Ich bin mir sicher, dass Geld hier nicht der Grund war. Sie hatte so viel, wie sie wollte. Wir werden mit Sicherheit nie erfahren, was sie dazu bewogen hat. Ich denke, sie hat sich an mir rächen wollen und dabei nicht recht bedacht, mit was für Männern sie es da zu tun hatte. Als sie einen Rückzieher machen wollte, hat Morandi sie ausgeschaltet.«

»Das stimmt vermutlich!«

Die Nacht ist lau. Ich sehe auf die Uhr im Auto. Es ist zwei Uhr morgens. Die Tortur hat nicht lange gedauert, und trotzdem kam es mir endlos vor. Der Chauffeur hält vor meinem Haus.

Philippe geht mit mir nach oben. Ich biete dem Fahrer einen Kaffee an, aber er lehnt höflich ab.

»Ich möchte lieber den Wagen bewachen, in dem Viertel!«

Ich lächle, denn ich wohne zwanzig Meter vom Polizeipräsidium von Marseille entfernt, dem Évêché.

Dieses Viertel hat nicht zu Unrecht den schlechtesten Ruf von allen. Und das, obwohl wir uns in der Nähe eines ganzen Schwarms von Mützenträgern befinden. Warum schreiten sie nicht ein? Höchst mysteriös! Ich frage Mateis, was er dazu meint.

»Philippe, warum hält deiner Meinung nach das Panier-Viertel den traurigen Rekord an Raubüberfällen, Einbrüchen und Diebstählen aller Art, während wir geradezu von Bullen umringt sind und sich der Évêché keine zwei Minuten von hier befindet?«

Er lächelt schicksalsergeben.

»Ich denke, das kommt daher, dass jeder Polizist in diesem Gebäude seine klar umrissene Aufgabe hat, und keine andere. Wer sich um die Finanzdelikte kümmert, hat mit den Einbrüchen nichts zu tun und umgekehrt, und dann gibt es da noch andere Motive, über die ich dir aber nichts sagen kann, da sie rein politischer Natur sind, du könntest sie brühwarm deinen Spezis von der Journaille erzählen, und mich würde man postwendend in ein kleines Kommissariat versetzen oder in die Archive schicken.«

»Erinnerst du dich, als mal ein junger Bursche an einer Überdosis starb und die Mutter die Frauen des Viertels dazu aufrief, die Dealer zu vertreiben? Erinnerst du dich daran? Glaubst du nicht, es wäre eigentlich Aufgabe der Polizei, sich um diese Gauner zu kümmern?«

»Ja, aber in dem Fall hätten wir es gar nicht besser machen können. Das ist die *vox populi,* die es sich zur Aufgabe gemacht hat, dafür zu sorgen, dass das Gesetz der Republik eingehalten wird.«

Heute bin ich nicht so beharrlich wie sonst, denn ich bin bereit, meinem Retter grenzenloses Vertrauen zu schenken. Als wir in meiner Wohnung sind, koche ich uns einen Kaffee, den haben wir beide nötig.

Plötzlich geht die Tür auf, und Esther kommt herein.

Sie ist blass und aufgeregt. Sie wirft sich in meine Arme. Ich drücke sie zärtlich an mich und gebe ihr einen Kuss auf die Wange.

»Constantin! Was bin ich froh, dich wiederzusehen! Was hab ich mir Sorgen gemacht!«

»Das trifft sich gut, ich habe mir auch Sorgen gemacht. Als ich dich fallen sah, hatte ich Angst, du könntest dich verletzt haben.«

»Ach was, *que tchi*!«

Dann gibt sie mir einen Schubs, um mich besser betrachten zu können. Ihr Gesicht verzieht sich zu einer Miene des Entsetzens.

»Wie schaust du denn aus? Bist du unter eine Straßenbahn geraten?«

Ich sehe mein Bild im Spiegel, und mir wird klar, dass sie recht hat.

»Les yeux battus, la mine triste et les joues blêmes … Schatten um die Augen, eine traurige Miene und blasse Wangen …«

Wie in dem Lied von Dalida.

In meinem Fall hätte man für heute Nacht noch eine Strophe über die Beule dazudichten müssen, ein richtiges Taubenei, das meine Stirn ziert.

Ich lächle, glücklich darüber, so billig davongekommen zu sein.

»Esther! Weißt du, dass du mir das Leben gerettet hast!«, rufe ich aus. »Philippe, du hättest sie sehen sollen, wie sie sich gegen Morandi durchgesetzt hat.«

Ich nehme eine Pose ein wie Bayard, der Ritter ohne Furcht und Tadel, zumindest stelle ich ihn mir so vor, und spiele die unerschrockene Nachbarin im Kampf gegen Morandi nach.

»Ihre Papiere, oder ich kann Sie nicht passieren lassen!«

Sie ist peinlich berührt von meiner Vorstellung.

»Was denkst du denn, ich habe nicht mehr getan, als du selbst auch für mich getan hättest, da bin ich mir sicher. Na gut, da bin ich ja beruhigt, dann geh ich jetzt mal schlafen! Die ganze Aufregung tut mir nicht gut. In meinem Alter!«

»Möchtest du einen Kaffee, Esther? Ich habe gerade einen gemacht.«

Meine Nachbarin ist eine leidenschaftliche Kaffeetrinkerin. Sie kann zehn oder fünfzehn Tassen trinken, bei Tag wie bei Nacht; ich weiß, dass sie nicht müde ist und dass diese ganzen Abenteuer sie beschäftigen.

»Aber gern, Constantin. Und anschließend leg ich mich schlafen.«

Sie dreht sich zu Mateis um und nimmt ihn zum Zeugen.

»Haben Sie gesehen, was das hier für ein Durcheinander ist! Man könnte meinen, hier sei eine Horde von Barbaren durchgezogen. Seit ich diesen Jungen kenne, habe ich die Wohnung noch nie in einem solchen Zustand gesehen!«

Esther bekommt einen ganz schelmischen Blick, wie immer, wenn sie jemanden auf den Arm nehmen will.

»Meiner Meinung nach steckt da eine Frau dahinter. Was meinen Sie, Herr Kommissar?«

Philippe lächelt, er merkt sehr wohl, was da zwischen uns beiden gespielt wird.

»Also ganz ehrlich ... Ich kenne Constantin schon lange, Madame Esther, und auch ich habe hier noch nie so ein Durcheinander gesehen. Damit will ich sagen, er hat mir zwar keine Geheimnisse anvertraut, so von Mann zu Mann, aber die Zeichen weisen doch eindeutig – und vergessen Sie bitte nicht, dass ich Polizist bin – darauf hin, dass wir es hier mit einem ... einem Verliebten zu tun haben, und einem *nòvi*!«

Esther ist entzückt.

»Aha! Wusste ich's doch! Der Junge brütet uns was aus!«

Meine Nachbarin ist eine unheilbare Romantikerin und hätte es so gern, dass ich ein Kind zeuge, bevor sie stirbt. Das hat sie mir nach einem Aïoli gestanden, in dem alles drin war, sogar Schnecken. Und es ist schon was Wahres dran, dass Aïoli die Seele weich macht und einen zu Geständnissen treibt. Ich nehme sie ein bisschen auf die Schippe.

»Na gut, ich gestehe! Ich bin verliebt in eine Dame mit weißem Haar und blauen, blaugrünen Augen, die eine unglaublich köstliche Pistou-Suppe kochen kann.«

Ich nehme Esther bei der Hand und fange mit ihr einen Walzer zu tanzen an. Sie ist entzückt und ihr Widerstand nur schwach. Auch ich bin zufrieden.

»Du Schlingel, du *boumian,* lass mich sofort los, oder ich ruf die Polizei.«

Philippe Mateis lächelt ein wenig verlegen und schaut mich an, als wolle er mir etwas sagen.

»Aber die ist ja schon zur Stelle, die Polizei, und überhaupt, ich muss jetzt mal wieder was arbeiten. Bei der Gelegenheit fällt mir ein ...«

Ich habe verstanden, wir müssen uns eine Leiche anschauen gehen.

»Philippe, lässt du mich noch eine Dusche nehmen, ich muss mich unbedingt waschen und frisch machen!«

Der Kommissar nickt verständnisvoll. Esther sieht, dass wir gehen müssen.

Für uns ist die Nacht noch nicht vorbei. Meine Nachbarin gähnt auf eine höchst distinguierte Art, indem sie verstohlen die Hand vor den Mund legt, dann verkündet sie uns, sie werde sich jetzt schlafen legen. Ich umarme sie herzlich, und sie lässt uns allein. Ich stürze ins Bad, ziehe die Klamotten von Sophies Ehemann aus, die ich angezogen hatte, weil der verrückte Polizist mich dazu genötigt hatte.

Ich mache Wechselduschen mit heißem und eiskaltem Wasser. Bei der ersten Berührung mit dem Nass schreie ich auf. Philippe stürzt sofort herbei, um zu sehen, was los ist. Ich beruhige ihn, ich gewöhne mich schon an die zahllosen Verbrennungen, Verletzungen und Prellungen, die meinen gesamten Körper mit Flecken überziehen. Jedenfalls ist nichts gebrochen.

Anschließend lasse ich etwa zehn Minuten lang heißes Wasser über mich laufen. Das entspannt mich, aber die vielen Prellungen tun umso mehr weh. Nachdem ich mich abgetrocknet habe, reibe ich so gut wie überall Mercurochrom drauf.

Als ich mich nackt im Spiegel betrachte, sehe ich, dass ich gesprenkelt bin wie ein Dalmatiner. Die Beule auf der Stirn ist nur noch eine schmerzvolle Erinnerung.

Nachdem ich mich angezogen habe, gehe ich zu Philippe, und wir brechen auf ins Leichenschauhaus. Es liegt am

Ende der Rue St. Pierre, in einem modernen Gebäude aus den Siebzigerjahren.

Ein Angestellter, ein Mann in den Vierzigern, führt uns in das kalte und unpersönliche, pissgelb gestrichene Haus. Er trägt einen beeindruckenden Schnurrbart. Seine Kopf- und Körperhaare sind schwarz, der Kittel ist makellos weiß, und er schielt nach innen. Er erinnert mich an einen Stummfilmschauspieler. An den Polizisten, der Charlie Chaplin immer verfolgt. Er reizt mich zum Lachen. Ich sehe Philippe an, der lächelt. Der Schnurrbärtige dreht sich jäh um und sieht mein Grinsen.

»Sie lachen mich aus. Sie brauchen sich gar nicht zu entschuldigen, ich bin das gewohnt. Ich sehe ein, dass bei den Leuten oft die Gefühle verrückt spielen, wenn sie in einem Leichenschauhaus sind, und wenn man dann einem wie mir begegnet, dann kichert man vor Nervosität los. Sie können sagen, was Sie wollen, das ist der einzige Ort, an dem ich Leuten begegnen kann, die sich nicht über mich lustig machen … sicher, sie sind ein bisschen kalt, aber das ist besser als gar nichts. Also, Sophie Tacussel … Sind Sie derjenige, der sie identifizieren soll? Sind Sie ein Angehöriger?«

Er geht zur Wand, überprüft noch einmal das mit lila Tinte beschriebene Schildchen und zieht das Fach dann zu sich heran. Die Schublade gleitet geräuschlos auf und gibt den Blick frei auf einen mit einem weißen Tuch verhüllten Körper. Der Mann vom Leichenschauhaus wirft dem Polizisten einen kurzen fragenden Blick zu.

»Ja, Sie können uns allein lassen.«

Philippe sieht mich an, um herauszufinden, ob ich bereit bin, mir die junge Frau anzusehen.

»Na los!«

Er hebt das weiße Tuch an. Darunter liegt Sophie, nackt.

Sie ist immer noch sehr schön. Man könnte meinen, sie schliefe. Die Kugel ist durch die rechte Schläfe eingedrungen. Ich werde versuchen, die linke Seite nicht anzuschauen. Ihre langen blonden Haare sehen noch ganz frisch aus, als wäre sie noch am Leben. Ich kann nicht anders, als sie leicht zu berühren. Ich drehe mich zum Kommissar um.

»Sie ist es! Sicher, aber … du kanntest sie, du hättest mich eigentlich gar nicht gebraucht.«

Philippe nickt und seufzt traurig.

»Der Papierkram, die Verwaltung. Du kennst das ja … ich kann sie nicht offiziell identifizieren! … Geht's? Ist es nicht zu hart?«

Nicht zu hart, der ist lustig!

»Diese Frau habe ich geliebt … Vor etlichen Stunden habe ich noch mit ihr geschlafen. Ich weiß zwar, dass ich nicht wirklich in meinem normalen Zustand war, dass sie da nachgeholfen hat, aber …«

»Ich weiß, entschuldige. Sie war sehr schön! Auch jetzt noch, auch so. Was war sie für eine Frau?«

Ich denke einen Moment nach. Wie war sie?

»Entschlossen. Sie wusste, was sie wollte, und hielt sich nicht mit Halbheiten auf. Ich bin ehrlich der Meinung, dass sie mich auch geliebt hat. Und diese Vorstellung hilft mir nicht wirklich.«

»Was meinst du, warum das alles? Ihre Verbindung zu diesem durchgeknallten Morandi, die Drogen, die sie dir verabreicht hat …«

»Ich weiß nicht … Ich weiß nicht einmal, ob wir das je erfahren werden, vielleicht wenn dieser verrückte Morandi sprechen will, aber ich habe da so meine Zweifel … Der Kerl ist wirklich meschugge. Auf der Fahrt hat er mir von seinen Fantasien erzählt!«

Der Kommissar steckt die Hände in die Taschen, sein

Blick wirkt verloren. Tieftraurig deutet er auf Sophies leblosen Körper.

»Ich glaube, ich häng den Beruf an den Nagel. Ich habe genug davon, mir so was ansehen zu müssen. Ein junges Leben, eine schöne Frau, sie hatte alles, was sie nur wollte, warum? Ich habe die Schnauze voll von dieser Scheiße, die man Leben nennt ...«

Philippe lächelt mich traurig an.

»Ich bin müde heute ... Komm, lass uns die Papiere ausfüllen, und dann nichts wie raus hier, dieser Ort treibt mich in den schwärzesten Pessimismus.«

Ich erledige diese Formalität. Ich muss an sie denken und sehe sie vor mir: fröhlich, heiter, durchtrieben, großzügig. Sophie konnte Armut zum Beispiel nicht ertragen, wahrscheinlich ein Verantwortungs- und Schuldgefühl, das mit ihrer gesellschaftlichen Stellung zu tun hatte. Sobald ein Kerl die Hand ausstreckte, legte sie Geld hinein. Das mochte ich an ihr.

Wir gehen traurig von dannen, jeder in seine eigenen Gedanken versunken. Aber ich muss Philippe noch ein paar Fragen stellen.

»Wie bist du darauf gekommen, dass es Morandi sein könnte?«

»Moment mal, es ist noch nicht sicher, dass er es ist, vorläufig ist das nur eine persönliche Überzeugung. Seine Knarre ist jetzt im Labor, und wenn wirklich damit geschossen wurde, dann ist er dran.«

»Aber wie hast du dir sicher sein können, dass ich es nicht war? Letztlich bin ich doch, einmal abgesehen vom Mörder, derjenige, der sie als Letztes gesehen hat, und außerdem war ich ihr Liebhaber! Und nach dem ganzen Schlamassel, in den sie uns reingeritten hat, hatte ich allen Grund, ihr böse zu sein ...«

Philippe lächelt. Wir sind auf dem Rückweg nach l'Estaque. Ein Schiff kehrt hell erleuchtet aus Korsika zurück.

»Das ist ganz einfach. Es gibt einen Paraffin-Test. Mit dem kann man bestimmen, ob eine Person innerhalb der letzten achtundvierzig Stunden einen Schuss abgegeben hat. Und die Techniker im Labor haben nichts gefunden ... An deinen Händen, deiner Kleidung gab es keinerlei Pulverspuren. Also ...«

Er lächelt mich an und gibt mir einen Klaps auf den Rücken.

»Aber vor allem war ich mir sicher! Ich kenne dich gut, wenn du diese Frau getötet hättest, dann nur in einem Wutanfall, du hättest ihr niemals eine Kugel in die Schläfe verpasst. Es sei denn, Sophie hätte genau in dem Moment den Kopf gedreht, aber das war auch unwahrscheinlich. Denn der Schütze hat aus nächster Nähe geschossen. Du hast die Pulverspuren auf ihrer Haut gesehen ... Nein, wenn du mich fragst, der Mörder hat ihr den Revolver an die Schläfe gehalten und abgedrückt. Und da dem so ist, kannst du es nicht gewesen sein!«

Reizend ... Er hat es trotzdem erst noch überprüft ...

»Was wird jetzt geschehen – ich meine mit Morandi?«

»Das ist einfach, wenn das seine Waffe war, aus der geschossen wurde, dann landet er im Kittchen. Oder, was wahrscheinlicher ist, da stimme ich mit dir überein, in der Klapsmühle. Übrigens, vielleicht hat er ja schon gestanden.«

Was für ein Optimist, der Kerl! Ich habe ihn von nahem gesehen, von ganz nah, und ich glaube nicht, dass er kurz davor steht, sich geschlagen zu geben.

Wir fahren nach l'Estaque zurück. Das Kommissariat liegt ein bisschen oberhalb des Dorfs, neben dem öffentlichen Park. Der Chauffeur biegt in die Allee ein, die zu dem Amtsgebäude führt, als wir von Morandis Cabriolet geschnitten werden. Drinnen sitzt der verrückte Bulle und rast lachend an uns vorbei.

Er reckt die Faust gegen uns. Als ich in der Schwärze der Nacht etwas Metallisches aufblitzen sehe, werfe ich mich auf meinen Freund Philippe. Dem Fahrer schreie ich zu: »Vorsicht, er schießt auf uns!«

Tatsächlich löst sich ein Schuss. Das Fenster des Fahrers zerbirst. Der Chauffeur ist am Kopf getroffen und bricht über dem Steuer zusammen. Morandis Wagen bleibt nicht stehen, und ich höre ihn in Richtung Marseille davonfahren. Philippe beugt sich vor zu seinem Fahrer. Dann steigt er aus dem Auto und rennt zum Kommissariat.

Drinnen hat ein wahres Massaker stattgefunden. Am Eingang liegt der Beamte, der normalerweise die Besucher empfängt, quer über der Bank.

Ein anderer Polizist krümmt sich auf dem Boden. Er hatte gerade noch Zeit gehabt, seinen Revolver zu zücken, aber weiter ist er offensichtlich nicht gekommen. Im Hinterraum schreit ein Mann.

»Mein Knie! Er hat mir das Knie zerschossen!«

Es ist ein junger Beamter. Er sitzt mit dem Rücken an der Wand und hält sich sein zerfetztes Knie. Er hat schreckliche Schmerzen. Offenbar ist er der einzige Überlebende in dem Raum, in dem Morandi verhört wurde. Die beiden anderen scheinen tot zu sein. Philippe fühlt ihnen den Puls.

»Der hier lebt noch!«

Ich knie nieder und versuche, den Blutfluss des Polizisten zu stillen, den die Kugeln des Killers verursacht haben. Er ist bewusstlos und unglaublich bleich, ich drücke fest auf das Loch. Ich spüre, wie sein Herz unregelmäßig schlägt, dann bleibt es stehen. Als der Arzt kommt, ist er tot, verblutet. Ich knie weiter bei ihm und betrachte mir die verdutzte Miene des Polizisten, der schaut, als habe man ihm einen Streich gespielt. Einen üblen Streich, ja!

Philippe greift zum Telefon und fordert Hilfe an, dann lässt er einen Suchbefehl nach Morandi rausgehen.

Plötzlich ist auf dem Polizeirevier die Hölle los. Kommissar Mateis ist überall zugleich. Die Krankenwagen kommen bald. Während der Arzt das Knie des Überlebenden stabilisiert, nachdem er ihm eine Beruhigungsspritze gegeben hat, schildert dieser uns das Drama.

»Er hatte keine Angst. Er sagte uns, wir würden unsere Arbeit gut machen. Er lachte die ganze Zeit und sagte seltsame Sachen. Die anderen machten sich über ihn lustig, aber mir jagte er eine Heidenangst ein. Das hat er gemerkt; also erzählte er uns, die göttliche Strafe werde uns alle treffen, aber er werde mich verschonen, da ich mich an die Regel gehalten hätte … Wir kapierten gar nicht, was er uns da eigentlich verklickern wollte. Und dann hat er einen Revolver gezückt, keiner wusste, wo er den her hatte, und meine beiden Kollegen niedergeschossen. Ich war wie gelähmt. Alles ist sehr schnell gegangen. Niemand hat rechtzeitig reagieren können. Dann hat er mich lange angesehen. Ich spürte, dass er sich über mein Schicksal noch nicht ganz im Klaren war. Mein Tod war nicht fern.«

Der Mann beginnt etwas zu schwächeln, dann fährt er tapfer fort.

»Er hat mir den Kopf gestreichelt, und schließlich hat er gesagt: ›Teufels Beitrag. Der unschuldige Narr.‹ Und mir eine Kugel ins Knie gejagt. Ich habe geschrien, der Schmerz war unerträglich, da hat er gelacht, und dann ist er gegangen.«

Philippe ist wütend. Er fragt den jungen Polizisten weiter aus.

»Aber hat ihn denn niemand durchsucht? Wieso war er noch bewaffnet?«

Unterdessen ist das Personal aus dem Labor gekommen, und der Lärm, den die Polizisten beim Anblick des Gemetzels veranstalten, stört Philippe.

Er dreht sich zu ihnen um und raunzt sie an: »Ich hätte gerne ein bisschen mehr Ruhe, bitte.«

Sie verstummen, es folgt eine relative Stille.

Dem jungen Polizisten scheint es bei Philippes Frage gar nicht wohl zu sein. Trotzdem antwortet er ehrlich: »Es ist meine Schuld. Ich hatte ihn durchsucht, aber ich habe nichts gefunden. Tut mir leid ...«

Ein Knacken im Lautsprecher des Polizeireviers.

»Ein Anruf für Kommissar Mateis, es geht um den Entflohenen ...«

Philippe nimmt den Anruf sofort entgegen. Morandis Cabriolet wurde auf der Autobahn gesehen, die am Meer entlangführt. Die Polizisten, die ihn entdeckt haben, fuhren eine Zivilstreife. Morandi fährt sehr schnell.

Der Kommissar rät den Leuten zur Vorsicht, sie sollten ihn nicht abfangen, er sei extrem gefährlich. Er bittet sie, auf Verstärkung zu warten. Er sieht mich nachdenklich an.

»Kommst du mit mir, Constantin?«, fragt er dann.

Ich denke an Sophie. An Tine, Féfé, Juliette.

»Ja.«

Philippe organisiert die Jagd zusammen mit verschiedenen Marseiller Kommissariaten. Morandi düst mittlerweile Richtung Place Castellane. Eine neue Polizeimannschaft schließt sich uns an. Alles Polizisten, die auf harte Zugriffsaktionen spezialisiert sind.

Wir bekommen ein neues Auto gestellt. Philippe schnappt

sich sein Handy, und wir steigen in einen großen schwarzen Wagen, dessen Scheiben so dunkel getönt sind, dass man von außen nichts sehen kann. Drinnen befindet sich eine richtige Kommandozentrale.

Ich setze mich nach hinten. Pausenlos kommen Anweisungen aus kleinen Lautsprecherboxen, die in der eingezogenen Decke angebracht sind. Mir wird klar, dass Morandi mittlerweile verfolgt wird, von einer ganzen Armee verschiedener Autos, die ihn keine Sekunde aus den Augen lassen. Ich frage meinen Freund: »Was werdet ihr tun?«

Philippe zuckt fatalistisch mit den Schultern.

»Das entscheiden nicht wir, sondern Morandi. Entweder er ergibt sich, oder wir sind gezwungen, ihn in die Enge zu treiben. Dabei frage ich mich, wo dieser Kerl eigentlich hin will.«

Wir fahren los, und ich merke schon bald, dass der Typ am Steuer, der einen schwarzen Trainingsanzug trägt, eine sehr sportliche Fahrweise hat. Das Auto erstaunt mich ebenfalls. Ein Großzylinder, ein protziger Motor, den man von außen gar nicht vermuten würde. Auf der Brücke beim Industriehafen erreichen wir locker hundertachtzig Stundenkilometer.

Der Polizist fährt flüssig, wie ein Profi, aufmerksam, aber entspannt.

»Hier darf man nur sechzig fahren, wir bekommen noch ein Knöllchen verpasst!«, sage ich trocken.

Er lächelt, ohne mich anzusehen, und antwortet: »Sollten wir wegen Überschreitung der zulässigen Geschwindigkeit geschnappt werden, dann geben Sie mir das Knöllchen, ich kenne da jemanden bei der Polizei …«

Sein Vorgesetzter hat meinen Scherz gehört und antwortet etwas ernster: »Sie brauchen keine Angst zu haben, er weiß, was er tut. Er ist französischer Meister im Autorennen. Uns wird nichts geschehen.«

Der Fahrer lächelt, er fühlt sich insgeheim von seinem Chef gebauchpinselt. Seine Fahrweise macht mir keine allzu großen Sorgen.

Ich fühle mich in diesem Wagen bei fast zweihundert Stundenkilometern sicherer als mit Féfé bei sechzig auf einer leeren, dreispurigen Autobahn. Der alte Mann ist am Steuer eine einzige Katastrophe.

Er zögert, bremst plötzlich vehement oder gibt völlig grundlos Gas und reißt das Steuer herum, kurz und gut, er macht mir Angst. Während ich mich mit diesem Champion hier auf der sicheren Seite fühle.

»Morandi ist gerade auf die Route de la Gineste gefahren«, sagt Philippe. »Er kann uns nicht entkommen. In Cassis erwarten ihn drei Zivilstreifen, mit den beiden anderen und uns macht das sechs. Das reicht nicht ... Ich werde auch die von La Ciotat bitten, sich bereitzuhalten, falls Morandi dorthin weiterfährt, können wir ihn unterwegs in die Zange nehmen.«

Ich drehe mir eine Zigarette und überlasse mich meinen Gedanken. Ich erinnere mich an die traurigen Augen von Juliette, als sie schon wusste, dass sie mich verlassen würde. Was sie wohl treibt? Vielleicht hat sie sich in einen anderen Mann verliebt ... Von Castellane bis zum Anfang der Route de la Gineste spricht keiner ein Wort. Aus der Funkanlage kommt krächzend eine Mitteilung.

Der Polizist mit den Kopfhörern dreht sich zu uns um und sagt: »Jetzt kommen die ersten schwierigen Kurven. Es wird ihn Zeit kosten, sein Auto ist nicht sehr leistungsstark ...«

Philippe denkt einen Moment nach und reibt sich die Wange, diesen Tick hat er immer, wenn er nicht weiterweiß, dann fragt er: »Können wir ihn noch vor Cassis einholen?«

Der Polizist dreht sich zu seinem Untergebenen um. Der Fahrer lässt sich Zeit. Dann antwortet er: »Wenn wir wollen, können wir ihn auf dem letzten Viertel einholen, bevor wir nach Cassis hineinfahren. Aber dann muss ich ein bisschen Gas geben …«

Philippe lächelt.

»Na, das wird was geben! Nein, wir lassen Morandi machen, was er will. Ich will nicht, dass ein Unfall passiert. Wenn wir ihn in die Enge treiben, fürchte ich, dass …«

Niemand spricht, wir genießen die Fahrt. Es ist wahr, wenn man auf einer so gewundenen Strecke fährt, muss man sich wahnsinnig konzentrieren. Die Nacht vergeht, und wir sehen Marseille zu unseren Füßen schlafen.

Im fahlen Licht des Morgens geht die Verfolgungsjagd weiter. Die trostlose Landschaft der armen, ausgebluteten und baumlosen Macchia zieht vor meinen müden Augen vorbei.

Nach den zahlreichen Kurven den Berg hinauf, bei denen es uns ziemlich durchschüttelt, kommt ein schönes Stück plattes Land. Der Rallye-Champion nutzt das aus, um aus unserem Wagen das Letzte herauszuholen. Ich bin völlig fertig, und meine müden Augen fallen ganz von alleine zu. Ich schlafe ein.

»Da ist er!«

Der Aufschrei reißt mich aus dem Schlaf. Obwohl es schon langsam hell wird, können wir noch die Scheinwerfer des Autos auf der kleinen Straße sehen, die sich im Zickzack windet.

Durch das Spiel der Kurven sieht es für uns so aus, als klebten die drei Autos aneinander, aber in Wahrheit liegen wir noch viele hundert Meter zurück, sind noch zu weit weg, um die Gesichtszüge des Mannes in dem Chevrolet erkennen zu können. Mateis hatte den Befehl gegeben, dem Cabriolet nicht zu sehr auf die Pelle zu rücken. Wir kommen dem letzten Auto immer näher.

Plötzlich wird es Tag; hinterm Berg geht vor uns die Sonne auf. Sie erleuchtet das zauberhafte alte Dorf Cassis. Die Hafenanlage liegt majestätisch da.

Das türkisblaue Wasser bildet einen starken Kontrast zu dem zarten Rot der Felsen, die im selben Farbton aufleuchten wie die alten Dächer des Dorfs. Dennoch hat hier und da die Geldgier der Immobilienmakler den hübschen Flecken in ein Zentrum für betuchte europäische Feriengäste verwandelt.

Überall werden hässliche Imitationen der provenzalischen Architektur aus dem Boden gestampft, das dehnt sich Jahr für Jahr ein bisschen weiter ins Hinterland aus.

Wie kann man nur die Seele und den Charakter einer Region der Geldgier und dem Größenwahn einiger weniger opfern? Jedes Mal muss ich an das Dorf denken, dass ich noch aus der Zeit vor diesen hässlichen, seelenlosen Bauten kannte.

Der Bulle mit dem Kopfhörer scheint aufmerksam zu lauschen. Er sagt zu Philippe: »Morandi macht dem ersten Auto Zeichen. Er macht sich anscheinend über sie lustig!«

Mateis scheint sich zu ärgern.

»Sie sollen ein bisschen Abstand zwischen sich und ihm lassen … Ich will nicht, dass er auf sie schießt. Sagen Sie ihnen, sie sollen uns vorbeilassen, sobald sie uns sehen. Dieses Auto hier ist gepanzert.«

Wir nähern uns der letzten Zivilstreife. Sie parkt auf einer Geraden und lässt uns vorbei. Nun beginnt die Abfahrt, und genau wie eben sehen wir ab und zu Morandis Cabriolet.

Jetzt sind wir wesentlich näher und können das Gesicht des Fahrers gut erkennen. Er hält mit einer Hand das Steuer, und mit der anderen gestikuliert er. Er hält eine Ansprache an den Sonnenaufgang. Hin und wieder schüttet er sich aus vor Lachen und wirft dabei den Kopf nach hinten, oder er bedroht das Auto vor uns mit der Waffe.

»Vollkommen meschugge!«

Philippe scheint fasziniert von dem irrationalen Verhalten des Verrückten.

Wir passieren das Ortsschild von Cassis. Bei der Kreuzung fährt der Chevrolet geradeaus weiter.

Der Fahrer murmelt: »Wo fährt der bloß hin?«

Philippe lächelt erleichtert.

»Uff! Ich habe schon damit gerechnet, dass er einen Trick ausprobiert. Ich hatte so den Verdacht, dass Morandi sich unmittelbar in Cassis ein Versteck suchen wird. Vielleicht hat er da ja ein Landhaus! Das dürfte dann wohl in Fort-Chabrol sein … Und das gefällt mir nicht so recht.«

Das Cabriolet biegt nach der Ausfahrt aus Cassis auf eine kleine Straße nach rechts ab.

Philippe dreht sich besorgt zu mir um.

»Wo führt diese Straße hin? Weiß jemand, wohin wir fahren? Wer kennt die Ecke?«

Ich hatte dort mal ein Haus, mit Sophie. Genauer gesagt war es eine Hütte, die uns ihre Eltern manchmal im Winter liehen, der einzigen Jahreszeit, in der man es hier aushalten kann, denn im Sommer … Das war in einem anderen Leben.

Ich kam vom Ende der Welt im Winter in diese kleine Gespensterstadt, um wieder Kräfte zu tanken. Ich blieb oft allein dort, um in den Felsen spazieren zu gehen und mich mit den Fischern zu unterhalten. Dort bin ich auf die Idee gekommen, diesen Beruf zu ergreifen. Kurz und gut, die Felslöcher und das Land drumherum kenne ich gut.

Philippe weiß das, daher dreht er sich jetzt nach mir um. Ich bin erstaunt, dass er diese Strecke nicht kennt.

»Die Route des Crêtes, kennst du die nicht?«

Er denkt ein paar Sekunden nach, dann erinnert er sich.

»Aber ja doch! Ich konnte mich nicht mehr erinnern … Sie führt nach La Ciotat, oberhalb der Werften? Wie konnte ich das nur vergessen! Das ist eine kleine Straße, die sich hochschlängelt, bis man einen atemberaubenden Blick auf den Hafen von Cassis und die Felsbuchten hat. Als Jugendlicher habe ich meine Freundinnen mit dem Mofa hierhergebracht, um ihre kleinen Jungmädchenbusen zu begrapschen …«

Ich nicke. Er lässt die Autos auf der anderen Seite vorbeifahren. Der Mann an der Funkanlage teilt uns die Befehle der Polizisten aus La Ciotat mit.

»Sie sollen eine unüberwindbare Absperrung einrichten.«

Er dreht sich freudestrahlend nach mir um.

»So gibt es keinen Schaden; es gibt nichts in der Gegend, er kann uns nicht entkommen, er muss sich ergeben.«

Ich antworte nichts darauf, bin aber skeptisch. Morandi hält noch einige Überraschungen für uns bereit …

Die Verfolgungsjagd geht weiter. Die beiden Autos vor uns wirbeln ganz schön Staub auf, sodass wir kaum noch irgendwas erkennen können. Mateis gibt an die Zivilstreife vor uns den Befehl weiter, uns durchzulassen. Der Polizist kommt den Aufforderungen nach, und schon befinden wir uns genau hinter Morandi. Der Chevrolet, der für so einen Asphalt nicht gemacht ist, gerät in den Kurven ins Rutschen, und wir müssen zugeben, dass er zwar verrückt ist, dafür aber ziemlich gut fährt. Er hält immer noch Reden an den Himmel.

Um uns herum erwacht die Macchia. Die Luft riecht wunderbar nach Rosmarin. Die Straße schlängelt sich durch die Berge bis zum Gipfel. Wir sprechen nicht, jeder ist tief in seine eigenen Gedanken versunken. Wir brauchen etwa eine halbe Stunde bis auf den Gipfel. Die Polizisten aus La Ciotat dürften vor uns dort sein, denn von der anderen Seite ist der Weg kürzer.

Philippe fragt mich: »Glaubst du, es wird uns gelingen, ihn zu schnappen, ohne dass jemand zu Schaden kommt?«

Er ist besorgt, er hat meine Zurückhaltung gespürt, als er sich so gefreut hatte. Ich weiß nicht, was ich antworten soll. Die Straße steigt immer noch an, jetzt sieht Cassis aus, als sei das Dorf ein winziges Modell, verloren im endlos weiten Blau.

Worte, die ich nicht verstehe, kommen aus der Funkanlage. Der Mann mit den Kopfhörern sagt: »Das wär's, sie sind oben angekommen.«

Philippe ist nachdenklich.

»Sie sollen die Straße blockieren und sich hinter den Autos verstecken. Und dass mir ja keiner schießt!« Er dreht sich zu mir um. »Wie ist es da oben?«

»Es gibt einen Parkplatz für die Autos, vor dem Aussichtspunkt, von dem aus man die ganze Bucht überblicken kann. Da gehen die Liebespaare hin ... Und Typen, die ein überflüssiges Auto loswerden wollen, sie versenken es einfach in den Fluten. Es gibt einen Felsen, von dem es mehrere hundert Meter jäh nach unten geht. Morandi kann uns dort nicht entkommen, es sei denn, er kann fliegen.«

Der Kommissar bleibt mit gesenktem Kopf stehen und kratzt sich die Wange. Er betrachtet die Straße vor ihm. Dann fällt er Entscheidungen und gibt Befehle.

»Ihr müsst ihn auf den Parkplatz fahren lassen. Sobald er da drin ist, versperren wir hinter ihm den Zugang. Wenn er mit seinem Auto nicht mehr weiterkann, werden wir schon sehen, was wir tun können. Immer eins nach dem anderen. Aber vor allem sollen sie nicht schießen. Und kugelsichere Westen anlegen. Ich will keine Helden. Dieser Typ hat mindestens fünf Personen umgebracht, und zwar kaltblütig. Sie sollen also aufpassen, was sie tun!«

Er lächelt.

»Solchen Cowboys traue ich nicht. Bei der letzten Geiselnahme haben sie aufeinander geschossen.«

Und mit leiser Stimme fügt er hinzu: »Das Ergebnis des

Wettlaufs war, dass zwei Kerle außer Gefecht gesetzt wurden, nicht schwer verletzt, aber … Constantin, du bleibst im Auto. Hier riskierst du nichts, der Wagen ist mehr oder minder gepanzert.«

Er erteilt den anderen beiden Befehle.

»Ihr bleibt bei ihm.«

Sie nicken. Die Straße steigt immer steiler an. Der Chevrolet ist direkt vor unserer Nase.

Ich gebe meinen Senf dazu: »Soweit ich mich erinnern kann, werden wir nach ein paar Kurven auf dem Plateau ankommen, und dann wird Morandi das Begrüßungskomitee sehen, das du für ihn vorbereitet hast.«

Philippe denkt nach über das, was ich ihm gesagt habe, und bittet den Fahrer, ein oder zwei Kurven zurückzubleiben, um nicht das Misstrauen des Verrückten zu erregen.

»Wir lassen ihn in dem Glauben, er habe uns abgehängt.«

Das Cabriolet entfernt sich, noch eine Kurve, und dann sehen wir ihn nur noch ab und zu. Schließlich entdecken wir das Plateau. Morandi kommt mit etwa zehn Sekunden Vorsprung dort an. Er fährt auf den Platz, bremst leicht und sieht die Absperrung.

Die Polizisten von La Ciotat haben ihre Autos, zwei Zivilstreifen und einen Wagen der Ortspolizei, quer über die Straße gestellt. Gemäß Mateis Anordnungen haben sich die Beamten dahinter versteckt.

Ich sehe in der Sonne die Spitze einer Waffe aufblitzen. Unser aller Augen sind auf das Cabriolet gerichtet. Was wird der Flüchtende tun? Philippe versucht, seinen Leuten die Anspannung zu nehmen.

»Und da verließen sie ihn!«

Nach einem Augenblick des Zögerns fährt Morandi mit seinem Auto in die Passage, die zwischen zwei riesigen Felsblöcken hindurch zum Parkplatz führt. Wir fahren voran, der Fahrer parkt ein Stück weiter weg.

Philippe steigt aus dem Auto und raunzt mir noch einen letzten Befehl zu: »Und du rührst dich hier nicht vom Fleck, verstanden?«

Ein Zivilbeamter mit einem Megafon kommt auf ihn zu. Nachdem Morandi eine halbe Wende gemacht hat, steht er jetzt vor den Polizeiwagen. Er hat seinen Motor, der ganz ruhig läuft, nicht abgestellt. Zusammen mit den letzten Zikaden der Saison, die angefangen haben zu zirpen, sind das die einzigen Geräusche, die wir hören. Der verrückte Killer wartet, ganz gelassen. Er zündet sich eine Zigarette an und betrachtet die hinter ihren Autos kauernden, mit Gewehren bewaffneten Polizisten, die ihn ins Visier nehmen. Er lächelt, raucht dabei und spricht mit sich selbst. Im Auto höre ich nichts.

»Morandi! Komm mit erhobenen Händen raus!«

Philippes krächzende Stimme dringt vom Lautsprecher verzerrt bis zu mir vor. Ich zucke zusammen, wir sind alle angespannt. Außer dem Verrückten, der keine Reaktion zeigt. Er raucht weiter und schaut sich geistesabwesend um. Die Sonne wirft ein grelles Licht auf die Szene.

Philippe versucht es erneut: »Du bist krank. Wir werden dich behandeln lassen! Mach deinen Fall nicht noch schlimmer, du kannst nichts tun … ergib dich!«

Morandi antwortet etwas, immer noch sehr entspannt. Dann hebt er die Hand und macht Philippe, der sich hinter einem Auto versteckt hat, ein Zeichen, näher zu kommen. Eine Weile passiert nichts, dann sehe ich, wie der Kommissar sich erhebt.

Ich wende mich an meinen Aufpasser: »Ja, ist er denn verrückt? Was macht er da?«

Er antwortet mir: »Der Verdächtige hat ihn gebeten,

selbst zu kommen und ihn zu verhaften, und der Kommissar wird zu ihm hingehen.«

»Er spinnt ja, der wird ihn umbringen!«

Ungeachtet der Befehle, die Philippe mir gegeben hat, stürze ich aus dem Auto. Die Bullen versuchen, mich dazu zu bewegen, wieder den Schutz der Autos aufzusuchen.

Morandi lässt seinen Motor aufheulen, ich renne zu Philippe, der auf den Chevrolet zugeht.

Hinter mir höre ich Schritte. Ich drehe mich kurz um und sehe, dass der Fahrer mir gefolgt ist. Plötzlich macht das Cabriolet einen Sprung und rast auf Mateis zu, der wie gelähmt stehen bleibt. Im letzten Moment, bevor der Wagen ihn erwischt, springe ich los und schubse ihn auf die linke Seite. Das Cabriolet streift uns, und ich breche über Philippe zusammen. Kurz danach drückt mich ein Gewicht nieder.

Es ist der Fahrer, er ist kurz nach mir losgesprungen und hat uns zu Fall gebracht. Wir purzeln übereinander.

In eine weiße Staubwolke gehüllt, macht das Cabriolet eine beeindruckende Wende. Der verrückte Polizist zückt eine Kaliberwaffe und schießt auf die Autos. Die Polizisten ballern sofort zurück. Ich höre die Schüsse und die Einschüsse im Blech. Der Fahrer legt sich schützend über uns.

Nachdem er gewendet hat, fährt Morandi wie bei einer Parade aufs Meer zu. Der Motor heult auf, und plötzlich macht der Wagen einen Satz nach vorn.

»Er wird sich hinunterstürzen! Zerschießt ihm die Reifen!«

Niemand hört Philippe, den das Gewicht des Fahrers schier erdrückt. Er versucht sich zu befreien, aber wir halten ihn eisern fest.

Der Wagen schießt ins Leere, eine Kugel zerschmettert

das Rücklicht. Ich sehe noch einen Einschlag in der Windschutzscheibe und dann in der Schulter des Verrückten, den das aber nicht weiter zu stören scheint. Das Cabriolet durchbricht die Sicherheitsabsperrung und fliegt wie ein riesiger, aber ungeschickter Eisenvogel durch die Luft. Dann zieht das enorme Gewicht das schwere amerikanische Gefährt hinunter in das leere, blaue Loch, und es entzieht sich unserem Blick. Alles erstarrt. Wir warten alle auf den Aufprall.

Nach einer Zeit, die uns endlos erscheint, hört man ihn, dann eine kleine Detonation, gefolgt von einem gewaltigen Feuerblitz. Der Tank ist soeben explodiert. Aus ist's mit Morandi. Ich schubse den Mann, der schützend auf uns liegt, von uns runter und renne zum Rand des Abgrunds, gefolgt von Philippe und ein paar Polizisten. Unten ist das, was einmal ein Luxuswagen aus den Sechzigern war, nur noch eine Feuerkugel. Wir stehen mit hängenden Armen da, sehen dem Wrack beim Brennen zu und versuchen zu verstehen, was geschehen ist.

»Scheiße!«

Philippe ist am Boden zerstört.

Für mich ist es, als würde ich ein Heft oder ein Buch für immer schließen. Jetzt überkommt mich eine schwere Müdigkeit. Ich sage zu meinem Freund: »Vielleicht ist es besser so … Er war verrückt. Völlig durchgeknallt. Ich bin mir sicher, dass deine Vorgesetzten diese Lösung gutheißen werden. Es ist immer ein großes Ärgernis, wenn ein Bulle sich auf Schutzgelderpressung und Prostitution einlässt.« Ich lächle ihn an und füge hinzu: »Und sich dann noch von seinen Kollegen mit der Hand im Sack erwischen lässt. Selbst für deine Vorgesetzten, für das Image der Polizei, für die Medien … Nein wirklich, letzten Endes ist es besser so …«

Philippe sieht mich bekümmert an. Er nickt zögerlich. Nachdenklich betrachten wir den schwarzen Rauch, der bis zu uns nach oben steigt.

»Du verstehst das nicht, ich habe einfach immer Pech ... Es will mir nicht gelingen, einen Fall abzuschließen, ohne dass am Ende ein Mensch stirbt. Ich wollte Morandi ohne Schießerei festnehmen, ohne Leiche, ohne Blut. Ich wollte diesen Höllenkreis aus Leichen durchbrechen, die mich nachts heimsuchen. Warum hat er das getan? Es gab kein Risiko für ihn, es war klar, dass man ihn in eine psychiatrische Anstalt bringen würde. Constantin, weißt du, wie man mich im Évêché nennt?«

Ich schüttle den Kopf. Wenn er wüsste, wie egal mir das ist ... Die Witzeleien und Foppereien, denen er in seiner Welt voller Beamten und Ganoven aller Art zum Opfer fällt ... Ich will nur noch schlafen, und zwar mindestens vierundzwanzig Stunden am Stück.

»Den Leichenbestatter! So nennt man mich auf den Gängen des Kommissariats. Der Leichenbestatter. Wenn ein Ganove mich sieht, dann zittert er offenbar schon, weil ich ihn an seine offenen Rechnungen mit der Gesellschaft erinnere, die er vielleicht sofort begleichen muss, und zwar endgültig. Das sind nur Scherze, klar ... Ich hätte diesen Fall gerne in aller Ruhe mit einem Paar hübscher Handschellen gelöst, und dann hopp! – ab in den Knast.«

Ich versuche, ihn zu beruhigen.

»Er ist durchgedreht, das ist nicht deine Schuld. Wäre er kein Polizist gewesen, hätte man ihn schon lange hinter Schloss und Riegel gebracht. Er ist davongeflogen, um seine Phantasmen wiederzufinden, seine Gottessteine, die so rein, so weiß, so reglos sind ... Hör auf mit deinem paranoiden Getue, du bist der anständigste und tüchtigste Bulle, den ich kenne.«

Der Kommissar sieht mich verblüfft an.

»Was meinst du damit, seine Gottessteine?«

»Nichts, er war ein Mystiker, das ist alles. Gehen wir nach Hause, ich bin einfach fertig, alle, k.o.«

Philippe hält mich kurz zurück.

»Weißt du, Constantin, als du mich so zu Boden geworfen hast, da hast du mir letztlich das Leben gerettet, glaube ich. Hast du mal in deiner Jugend Rugby gespielt?«

Ich lächle und deute auf den Mann, der uns beide als Matratze benutzt hat.

»Ich nicht! Aber dein Fahrer bestimmt. Aber wie konntest du nur auf die Idee kommen, dich Morandi so auszuliefern, der wollte dich umnieten. Wenn ich im Auto sitzen geblieben wäre, wäre es mit Sicherheit um dich geschehen gewesen.«

Philippe lächelt und legt mir den Arm auf die Schulter.

»Ich wollte nur versuchen, keinen großen Schaden anzurichten. Und du hast nicht auf mich gehört ...«

»Und du wärst im Krankenhaus gelandet oder auf dem Friedhof von St. Pierre. Du wirst auch schon verrückt. Ich bin der Meinung, dass du jetzt Panisses- oder *Chichifregi*-Verkäufer in l'Estaque werden solltest. Du wirst langsam *jobastre*. Warte nur, wenn ich das deiner Frau erzähle!«

Philippe hat einen gewaltigen Respekt vor ihr. Sie ist eine beeindruckende Frau, ein Wirbelwind ... ich ziehe ihn oft damit auf. Es ist schon komisch, dass ein Bulle vor den Wutausbrüchen seiner Frau, die trotz alledem sehr charmant ist, den Kopf einzieht.

»Nein, das wirst du ihr nicht erzählen. Sie ist imstande und bittet um meine Kündigung, ohne es mir zu sagen, und dann streiten wir uns mindestens eine Woche lang. Du kennst sie ...«

Ich lache. Der Dödel fällt aber auch auf alles rein.

»Gut, ich werde ihr nichts erzählen, aber du musst mir ernsthaft versprechen, dass du dich nicht noch einmal so in Gefahr begeben wirst. Und jetzt lass uns heimgehen und pennen, zum Henker. Ich kann mich nicht mehr auf den Beinen halten, ich habe das Gefühl, ein ganzes Heer von Fallschirmspringern ist über mich hinwegmarschiert, außerdem bin ich deprimiert. Vielleicht weil der Fall abgeschlossen ist und ich an Juliette denken muss, die du nicht kennengelernt hast und die jetzt irgendwo in Frankreich ist und …«

Philippe schneidet mir das Wort ab.

»Jetzt mal ehrlich, jedes Mal, wenn wir uns begegnen, erleben wir die seltsamsten Abenteuer, also einverstanden, auf nach Hause. Ich gebe den anderen noch ein paar Anweisungen, und dann gehen wir …«

Philippe bedankt sich bei all seinen Kollegen und gibt die Aufsicht an seinen Gehilfen weiter, einen sehr dynamischen jungen Mann. Ich setze mich ins Auto und warte.

Der Mann mit den Kopfhörern sagt zu mir: »Da haben Sie mir vielleicht einen Schrecken eingejagt, als Sie aus dem Auto gesprungen sind …«

Ich klopfe dem Fahrer auf die Schulter.

»Ich möchte vor allem Ihnen danken, denn Sie haben uns beiden das Leben gerettet. Wenn wir nicht von Ihrem Federgewicht erdrückt worden wären, hätte Morandi auf uns geballert, und wir würden jetzt zu den weiteren Opfern seines Wahnsinns zählen.«

Der Mann zuckt mit den Schultern und murmelt schüchtern: »Das ist mein Job …«

Philippe setzt sich rein, und schon sind wir in die Gegenrichtung unterwegs, nach Marseille. Ich falle um vor Müdigkeit. Ich spüre, dass ich gleich einnicken werde.

Ich bitte meinen Freund, mich auf der Canebière rauszulassen. Bereits in den ersten Kurven falle ich in einen tiefen Schlaf.

Kurz darauf weckt mich Philippe sanft. An den Geräuschen um mich herum erkenne ich, dass wir in der Stadt sind.

»Constantin, wir sind da. Wo auf der Canebière soll ich dich denn rauslassen?«

Ich blicke mich um und sehe, dass wir uns vor dem Marché des Capucins befinden, im Herzen der Stadt. Obwohl es noch früh am Morgen ist, sind schon viele Leute auf der berühmtesten Straße von Marseille unterwegs.

»Sie reicht bis ans Ende der Welt, unsere Canebière!«

Ich antworte Philippe: »Genau hier, perfekt.«

Er lächelt mir zu. »Ich steige mit dir aus, ich brauche einen Kaffee.«

Ich bedanke mich noch beim Fahrer dafür, dass er meine Rippen gequetscht hat, und schon sind wir auf dem kleinen Gemüsemarkt. Der Marché des Capucins, ein belebtes Viertel, umfasst drei oder vier Straßenzüge und zwei kleine Plätze. Katharina von Medici hatte die Kapuzinermönche im Jahre 1579 an dem Ort des heutigen Marktes untergebracht. Später verschwanden die Mönche, aber der Name blieb.

»Kennst du den maltesischen Händler, der salziges Blätterteiggebäck mit Ziegenkäse verkauft, so eine Art Molkekäse aus seiner Heimat?«

Philippe kennt ihn nicht. Wir gehen welchen kaufen und setzen uns vor den Gare de l'Est, da wo die Straßenbahnen abfahren. Er befindet sich auf der anderen Seite des Tunnels, in den ich mit Juliette gefahren bin, um der Polizei zu entkommen. Wir setzen uns in die Sonne und bestellen uns ein Gläschen Weißwein und einen Kaffee. Der Platz selbst ist leicht abschüssig. Vor dem Bahnhof steht eine riesige Statue mit einer sitzenden Artemis, die aus dem Borély-Museum stammt, zumindest erinnere ich mich, sie dort mal gesehen zu haben. Wir essen unser köstliches Backwerk und schauen dem lebhaften Treiben auf dem kleinen Platz zu.

»Was machst du? Gehst du gleich nach Hause?«

»Nein, ich muss noch einer alten Dame einen Morgenmantel kaufen.«

»Esther?«

»Ja. Hast du gesehen, in was für einem Zustand ihr jetziger ist?«

Er nickt. Das ist das Gute an ihm, wir sehen in etwa dieselben Dinge.

Ich beschließe aufzubrechen. Philippe begleitet mich bis zum Centre Bourse. Ich gehe in das riesige Kaufhaus und suche nach einem Morgenmantel. Das Vorhaben erweist sich als schwieriger als gedacht.

An Morgenmänteln für Frauen mangelt es nicht ... aber für eine Frau wie Esther! Schließlich entscheide ich mich für ein Kleidungsstück aus warmem, buntem Kaschmir. Ich hoffe, er wird ihr gefallen. Ich mache der Verkäuferin schöne Augen, damit sie mir ein Geschenkpäckchen macht, und lege einen kleinen Brief bei.

Ich gehe nach Hause und durchquere dabei die eigenartige Passage de Lorette, die durch die 1864 gebauten Bürgerhäuser in der Rue de la République führt. Sobald man oben an der Treppe angelangt ist, ändert sich die

Atmosphäre, und man befindet sich wieder im Panier-Viertel.

Mein Viertel, über dem heute Morgen die Sonne strahlt, wirkt ausgestorben. Es sind nur wenige Leute unterwegs, einmal abgesehen von den städtischen Angestellten, die in den kleinen Gässchen mit großen Eimern Wasser für Sauberkeit sorgen.

Als ich zu Hause angekommen bin, lege ich mein Päckchen vor der alterslosen Tür von Esther nieder. Ich betrete meine Wohnung, und sogleich lässt Émilien ein entrüstetes Waff vernehmen.

»Du hast mich vergessen!«, soll das wohl heißen.

Ich packe seinen Kopf und drücke ihm ein Küsschen auf die Schnauze.

Er leckt mir freudig das Gesicht.

»Ich liebe dich, Émilien!«

Ich gehe mit ihm runter, damit er sein Geschäft verrichten kann. Der Spaziergang fällt kurz aus, ich bin völlig fertig.

Als ich erneut vor Esthers Wohnung vorbeikomme, geht lautlos die Tür auf. Meine Nachbarin packt mich beim Kragen, zieht mich zu sich heran, stellt sich auf die Fußspitzen und küsst mich auf die raue Wange. Dann schließt sie wortlos wieder die Tür. Ich bin gerührt.

Das Durcheinander ist immer noch da, und ich habe nicht die Kraft, mich dessen anzunehmen. Heute Nacht ist kein kleiner Trupp bärtiger Zwerge vorbeigekommen, um beim Saubermachen zu singen: »Heiho, heiho, wir sind vergnügt und froh …«

Ich werde das erledigen, wenn ich nach vielen Stunden Schlaf wieder ins Leben zurückkehre. Dafür finde ich saubere Bettwäsche.

Ich gönne meinem schmerzenden Körper eine Dusche

und werfe mich genüsslich auf die allerbeste Erfindung des Menschen. Das BETT!

Ich dachte, ich würde augenblicklich in einen tiefen Schlaf sinken, schlafe aber nicht ein. Es gelingt mir nicht. Ich bin zu aufgekratzt. Ich denke an Morandi, dann an Juliette, und da wird mir auch schon klar, dass ich nicht schlafen werde. Ich greife zum Telefon und rufe Féfé an. Eine weibliche Stimme mit einem starken korsischen Akzent antwortet mir.

»Guten Tag. Ich heiße Constantin und bin ein Freund von Féfé. Könnte ich mit ihm sprechen?«

Féfé freut sich riesig über meinen Anruf, aber er versucht, es mir nicht zu zeigen …

»Constantin! Sieh mal einer an, ein Überlebender! Ich hätte nicht gedacht, dass ich dich je wiedersehen würde, und, was gibt's Neues?«

Im Kontakt mit seiner Familie hat seine Sprache sofort wieder eine deutlich korsische Färbung angenommen. Ich weiß nicht, wo ich mit meiner Geschichte anfangen soll. Also nehme ich das Ende.

»Hör mal, es geschehen viele Dinge, Morandi ist tot …«

Ich schildere ihm die beiden letzten ereignisreichen Tage, verschweige ihm aber mein sexuelles Abenteuer mit Sophie.

Erzähle ihm, wie ich entführt und gefoltert wurde. Er hört mir aufmerksam zu. Als ich beim Tod des verrückten Polizisten ankomme, begräbt er ihn mit einem einzigen Satz.

»Soll er doch in der Hölle die Knochen seiner Toten abnagen, dieser verfluchte Hund!«

Er mochte ihn ganz entschieden nicht leiden.

Friede seiner Asche. Dann lasse ich mir von ihm die Neuigkeiten erzählen. Der Korse fühlt sich in bester Form und rechnet damit, gegen Ende September nach l'Estaque zurückzukehren.

»Und du, Kleiner, hast du Juliette schon ad acta gelegt?«

Féfé kennt mich wirklich sehr gut.

»Hör zu, Féfé, ich glaube, diese Frau werde ich nie vergessen, aber heute lebe ich, ich esse, ich trinke, und bald werde ich auch wieder einen hochkriegen, da bin ich mir sicher. Aber wenn ich, so wie jetzt, ihren Vornamen höre, dann gibt mir das einen kleinen Stich ins Herz.«

»Glaubst du, du wirst sie nicht wiedersehen?«

»Da bin ich mir sicher, und ich denke, es ist besser, das so zu betrachten. Letztlich kannten wir uns kaum, und wenn sie heute zurückkäme, vielleicht würden wir uns gar nicht mehr verstehen …«

Eine Weile bleibt Féfé still. Dann sagt er ganz sachte: »Ich habe euch gesehen, als ihr aus der geheimen Grotte herauskamt, als alles angefangen hat. Ihr wart verändert, verwandelt. Wie Außerirdische!«

Was Féfé da sagt, beunruhigt mich.

»In euren Augen war etwas, das euch für immer verband«, fährt er fort. »Wie bei diesen Seemännern, die dem Tod schon mehrfach ins Auge geblickt haben. Ich sage dir das so, aber nicht in der Absicht, dir wehzutun. Sondern damit du dich wie ein Mann verhältst. Stell dich der Tatsache, dass sie fort ist! Ich an deiner Stelle …«

»Aber ich bin nicht du, Féfé! Wir sind verschieden, das weißt du! Ich habe kein korsisches Blut, und ich leide, Punkt und aus. Die Ehre, das ist etwas, worauf ich pfeife.«

»Lass uns nicht streiten. Wie geht's unserem Schiff, *l'Engatseur*?«

»Ich habe es von oben bis unten geschrubbt und gewienert, es erwartet dich. Also Ende September, geht in Ordnung.«

Ich hänge ein, stehe auf und streichle Émilien, der mich mit seinen großen, braunen und sanften Augen ansieht. Und dann falle ich in einen Schlaf so tief wie der Tod.

Die Tage und Monate vor Féfés Ankunft vergehen schnell. Ich hatte das Boot innen saubergemacht und es dann fürs alljährliche große Reinemachen aus dem Wasser gezogen. Die Muscheln abkratzen, die den Rumpf beschweren, die Spalten mit Pech verschließen, es abschleifen, neu anstreichen, all das hat mich gut eine Woche gekostet. Und mir den Kopf frei gemacht. Ich habe in all diesen Tagen an gar nichts gedacht. Ich bin frühmorgens aufgebrochen, um nicht in der prallen Hitze arbeiten zu müssen. Émilien hat sich ein Stück weiter weg gelegt, denn er mag den Geruch von Farbe nicht, und mir beim Schuften zugesehen. Ich habe ihn freundlich geschimpft, und er hat mit dem Schwanz den Takt dazu geschlagen, wie ein lustiges Metronom.

»Los, du Faulpelz, du Nichtsnutz, immer am Pofen! Ist das alles, was du kannst, Koteletts fressen und schlafen?«

»Waff!«, antwortet mir der Hund. Er ist keinesfalls dick zu nennen, aber er hat Speck angesetzt. Und dann bin ich wieder zum Fischen rausgefahren. Ich war langsam etwas knapp bei Kasse, und das Meer erwartete mich. Ich hatte vorher noch nie allein gearbeitet. Das hat meinen Hang nach einem Leben als einsamer Wolf noch verstärkt. Manchmal spreche ich tagelang mit niemandem. Féfé fehlt mir, seine Anwesenheit, sein Schweigen, seine Wutanfälle. Juliette fehlt mir auch.

Manchmal reicht es, dass ein Fisch aus dem Wasser springt, dass eine Welle ein Plätschern verursacht, schon schrecke ich zusammen. Dann habe ich das Gefühl, gleich steigt sie aus dem Meer, wie beim ersten Mal, als ich sie gesehen habe – die Haare kleben ihr im Gesicht und verbergen ihre leuchtenden Augen …

Ich schaufle mir die Tage mit Arbeit zu. Manchmal fahre ich zur Familie Mateis aufs Land, nach Roquevaire, neben Aubagne.

Philippes Frau ist Informatikerin. Das Paar kümmert sich um mich, als wäre ich krank. Ich finde das lustig.

Sie lädt ihre ledigen Freundinnen ein, die ich dann doch nicht umgarnen kann, denn ich bin ganz offensichtlich mit meinen Gedanken ganz woanders. Dann muss ich ihr eine Erklärung liefern.

»Annie ist sympathisch, aber ich habe keine Lust, mit ihr auszugehen, mit ihr in die Disco zu gehen.«

»Gefällt sie dir nicht? Ist sie nicht hübsch? Es ist unglaublich, ich habe dich mit Romane bekannt gemacht, mit Noëlle, mit Elisabeth, gefällt dir denn keine?«

Mit gespielter Wut wendet sie sich an ihren Mann. Der macht mir diskret ein Zeichen, ich solle den Sturm vorüberziehen lassen.

»Also, unser Grieche hat sich aber verändert! Vielleicht ist er ja zum Menschenfeind geworden oder aber … Aber da wage ich gar nicht dran zu denken … er ist jetzt vom anderen Ufer. Na ja, bei einem Griechen …«

Philippe, dem die Hartnäckigkeit seiner Frau auf den Wecker geht, sagt: »Lass ihn in Frieden! Du siehst doch, dass er noch an einer alten Liebesgeschichte zu knabbern hat. Lass ihm ein wenig Zeit. Du bist doch sonst so romantisch, du musst doch verstehen, dass er erst vergessen muss.«

Sie stichelt weiter. Sie liebt das.

»Eine Liebesgeschichte. Aber ja doch! Also an Frauen fehlt es dir wohl nicht, Constantin? Pass nur auf! Dir werden noch die *roustambofis* platzen!«

»Schatz, du bist vulgär!«

Philippe tut so, als sei er empört über die flapsige Ausdrucksweise seiner spöttischen Hälfte! Die beiden Kinder sind wundervoll. Sie haben die blauen Augen ihrer Eltern geerbt. Die kleine siebenjährige Tochter, Marion, hat mich zu ihrem Freund erkoren und bittet mich, ihr schreckliche Geschichten über japanische Halsabschneider zu erzählen. Der Kleinere, der seinem Vater, einmal abgesehen von den weißen Haaren, wie aus dem Gesicht geschnitten ist, verzapft den schlimmsten Unfug mit einem so strahlenden Lächeln, dass seine Eltern oft außerstande sind, ihn auszuschimpfen. Sie sind sofort entwaffnet. Das Familienleben, an dem ich in diesen Tage teilhabe, hinterlässt in mir ein wohliges Gefühl.

Hin und wieder gehe ich samstagabends in eine Bar im Panier-Viertel. Der Wirt, ein ehemaliger Musiker eines großen französischen Rocksängers, veranstaltet dort eine Jamsession. Ich trinke zwei oder drei Bier, allein oder mit den Leuten, die ich so treffe, höre Musik und träume. Ich fange wieder an zu kochen.

Ich lade Esther ein, oder Philippe, oder andere Freunde, die ich lange nicht gesehen habe. Auch Féfé ist zurückgekehrt. Ich arbeite wieder mit ihm zusammen. Die Arbeit auf See, die Sonne, die Fische. All diese Zutaten nähren meine Sehnsucht und meinen Kummer.

Die Zeit vergeht langsam, meine Erinnerungen verblassen. Ich lerne eine junge verheiratete Frau kennen, mit der ich eine Affäre habe.

Es gefällt mir, dass sie verheiratet ist und ihren Mann

liebt, da muss ich nicht so viel investieren. Wir sehen uns einmal die Woche. Aber unsere Beziehung ist nicht ohne Spannungen. Sie klingelt bei mir, und dann läuft alles ohne überflüssige Worte ab, wild, geradezu verbissen. Ich zerre sie heim, und bis wir in meinem Zimmer sind, sind wir fast nackt.

Ich habe sie gern, diese große, kräftige Frau, und ich glaube, das Gefühl ist gegenseitig. Und dann, eines Tages, stirbt ihr Mann an Krebs. Sie kommt mich ein letztes Mal besuchen. Nach dem Liebesakt verkündet sie mir, dass sie wegzieht, sie geht wieder nach Paris, wo ihre Familie lebt.

»Du verstehst schon, ich habe hier nichts mehr verloren!«

Als sie das so sagt, sieht sie mich ein wenig fragend an. Aber ich sage nichts. Sie lächelt, küsst mich zärtlich und geht.

Ich nehme mein mönchisches Dasein wieder auf. Eines Abends, nach der Arbeit, lade ich Féfé zum Essen ein. Zwei Tage zuvor hatte ich Figatelli vorbereitet, würzige Schweineleberwürstchen, in Livorno ist das das Armenessen; ich kenne es von meiner Großmutter.

Man schneidet Schweineleber in Stückchen, mariniert das Ganze eine Nacht über in einem guten trockenen Weißwein, dann kommen noch Armagnac, Thymian, Rosmarin und Pfefferkörner dazu. Am nächsten Morgen muss man die Leberstücke nur noch in Dünndarmgekröse einrollen, Spieße machen und auf wildem Fenchel anrichten. Man legt sie in eine tiefe Auflaufform und schiebt sie eine Weile mit Schweineschmalz in den Ofen. Wenn die Leber vom Schmalz bedeckt ist, holt man das Ganze heraus, und schon hat man eine köstliche, begrenzt haltbare Konserve. Féfé kommt pünktlich gegen acht Uhr bei mir vorbei.

Ich habe Anchovis vorbereitet, die ich selbst in Salz einlege. Ich wasche sie, nachdem ich sie aus der Salzlake genommen habe, und mariniere sie in ein wenig Olivenöl, Petersilie und frischem Knoblauch, So reiche ich sie dem alten Mann als Begleiter zum *pastagua*.

Der spricht nur ein Wort, und zwar ein korsisches: »Mi! Anchovis!«

Féfé liebt diesen kleinen, typisch mediterranen Fisch. Und er hat mir etwas Wichtiges mitzuteilen.

Er will die Fischerei in l'Estaque an den Nagel hängen.

»Das musst du verstehen, *niston,* ich werde langsam alt.«

Meine Einwände fegt er mit einem Wisch beiseite.

»Ich weiß, dass ich noch jung wirke, aber ich möchte wieder nach Korsika zurückgehen. In diesen paar Monaten, die ich dort verbracht habe, habe ich gemerkt, dass mein Platz jetzt auf der Insel ist. Dort habe ich meine Familie um mich, und jetzt, da ich älter werde, möchte ich das auch. Außerdem habe ich eine kleine Cousine kennengelernt …«

Ich bin baff. Féfé und mein Beruf, Féfé und *l'Engatseur* – das ist für mich ein und dasselbe. Ich werde mich sehr einsam fühlen.

Aber ich kenne den Alten, an seiner Entscheidung ist nicht zu rütteln.

»Das muss ja nicht sofort sein. Ich bleibe noch ein Jahr bei dir. Du musst mich noch das ganze Jahr über ertragen. Aber ich habe Hunger, wann essen wir?«

Ich decke den Tisch und heize das Feuer an, um ein paar Bauernweißbrotscheiben zu rösten, bevor ich die Spieße aus dem Ofen nehme.

»Féfé, das ist ein komisches Gefühl, dass du gehst. Ich hätte nie gedacht, dass wir uns trennen würden.«

Féfé lächelt mich an.

»Du könntest ja vielleicht mit mir nach Korsika kommen. Das Nachbarhaus ist noch frei. Na ja, es gibt zwar politische Probleme, aber vertrau mir, an meiner Seite wird man dich akzeptieren. Na, reizt dich das?«

Ich schüttle den Kopf.

»Nein! Ich kann nicht …«

Féfé schaut mich an, um zu begreifen, warum ich sein Angebot ausschlage. Dann kapiert er's. Er versteht mich immer, mein alter Komplize.

»Warum? Aber ja doch, sie könnte ja zurückkommen …«

»Genau, sie könnte ja zurückkommen. Ich glaube zwar nicht daran, aber …«

Mein alter Freund schüttelt den Kopf. Er sagt, ich könne kommen, wann immer ich wolle, falls ich meine Meinung ändern sollte, dann setzt er hinzu, dass seine Entscheidung unwiderruflich ist.

»Das musste eines Tages so kommen. Weißt du eigentlich, wie alt ich bin?«

»Ja, das weiß ich. Aber ich habe es mir nie vor Augen gehalten … So, jetzt ist es fertig, setz dich her zum Essen.«

Ich beobachte Féfé unauffällig, während er isst. Es stimmt, er ist alt. Und die jüngsten Verwundungen durch die Kugeln haben seinen verbrauchten Organismus nicht gerade gesünder gemacht. Ich fühle mich verantwortlich. So ist das Leben, wie man so sagt.

»Und diese Cousine? Was ist das für eine Frau, die einem alten Mann mit zerlöchertem Körper das Herz gestohlen hat?«

Während Féfé redet, habe ich das Gefühl, dass er sich immer weiter von mir entfernt. Er bleibt noch ein Jahr bei mir, aber er ist schon nicht mehr hier.

Am Ende bin ich allein. Allein mit meinem Leben und meinen Erinnerungen.

In jener Nacht hatte ich einen merkwürdigen Traum, an den ich mich am nächsten Morgen noch gut erinnern konnte. Ich war auf See auf *l'Engatseur* und fuhr gemächlich durch eine sehr helle Nacht.

Ich war allein.

Eine leichte Brise bewegte sanft das Segel. Die Wasseroberfläche war wie Öl. Plötzlich erhellt ein starkes Licht die Welle, genau unter dem Boot.

Ich beuge mich vor und sehe im kristallklaren Wasser eine weiße Gestalt zu mir emportauchen. Es ist eine Frau, angetan mit einem weißen Gewand, das wie eine lange Schleppe wirkt. Es ist Juliette – denn jetzt erkenne ich ihre Gesichtszüge –, die auf mich zuschwimmt und ihre langen Arme nach mir ausstreckt. Sie sieht mich mit strenger Miene an. Ihre Schwimmbewegungen sind leicht und anmutig. Ich strecke meine Arme nach ihr aus, wir werden wieder zueinanderfinden. Unsere Finger berühren sich. Die ihren sind eiskalt.

Sie lächelt mich an und sagt: »Mein Schatz!«

Ich liebkose ihr seidiges Haar. Wir bleiben sehr lange so, ohne uns zu rühren. Dann sehe ich eine Welle, die vom Zentrum des Meeres mit einem endlosen Rhythmus zu uns heranwogt und die mir etwas zu sagen scheint, das ich nicht verstehe.

»Juliette, was ist das?«

Sie sieht mich mit derselben verschreckten Miene an wie

damals, als ich sie kennenlernte. Die Wellenbewegung wird immer schneller. Jetzt bäumt sich das Wasser auf.

Juliette schreit: »Constantin! Hilfe!«

Ich packe ihre Handgelenke, sie lässt sich leicht heranziehen, doch dann wird sie von einer Kraft, die größer ist als meine, mit einem Ruck nach unten gezogen, und das Boot neigt sich gefährlich. Juliette ist jetzt in Panik.

»Ich bitte dich, er zieht mich … Er zwingt mich.«

Ein kräftiger Schlag in den Unterleib schleudert mich ins Meer, das jetzt nicht mehr leuchtend ist. Juliette ist ganz weich. Wir werden sehr schnell nach unten gezogen. Eine Hand von Juliette greift nach der meinen. Ja, gemeinsam sterben.

Juliettes Hand streichelt mir sanft und zärtlich die Wange, dann lässt sie mich los. Mit einem verzweifelten Beinschlag versuche ich, sie wieder einzuholen, und es gelingt mir tatsächlich, sie bei den Haaren zu packen.

Ich halte die Haare fest, und sie lösen sich von ihrem Schädel. Ich habe nur noch eine dunkelhaarige Perücke in der Hand. Ich versuche zu schreien, als ich mich von der jungen Frau entferne, aber das Wasser füllt meinen Mund aus. Ich verliere meine Geliebte erneut.

Schweißgebadet schrecke ich aus dem Schlaf auf. Émilien sieht mich mit einem Ausdruck an, als frage er sich, was mit mir los sei. Ich beruhige ihn und kraule ihn ein wenig am Kopf.

»Mach dir keine Sorgen, Hund, das war nur ein böser Traum.«

Selbst im Wachzustand war ich verblüfft über die Genauigkeit meiner Erinnerungen und der sinnlichen Eindrücke wie dem Wind auf meiner Haut und dem Gefühl meiner Finger in ihren Haaren …

Am nächsten Tag erzähle ich Féfé davon. Wir fahren gerade in den Hafen von l'Estaque zurück, nachdem wir die Netze eingeholt haben.

»Es war, als würde sie mich rufen, als würde sie mich um Hilfe bitten. Und ich konnte nichts tun …«

Der alte Mann wechselt das Thema.

»Ich würde nicht gerne solche Sachen träumen. Ich träume nicht, oder wenn doch, so erinnere ich mich nicht daran.«

Dieser Traum kehrt in jenem Oktober noch oft zurück. Juliettes Schreie werden immer drängender, aber auch immer schwächer.

Etwa Anfang des Monats träume ich diesen Traum jede Nacht. Diese Albträume jagen mir eine solche Angst ein, dass ich mich nicht mehr schlafen legen mag, um ihnen nicht begegnen zu müssen. Ich muss Schlafmittel nehmen, um überhaupt schlafen zu können. Féfé ist besorgt.

»Wo soll das nur hinführen, Kleiner?«

Wo das hinführen sollte? Ich hatte keine Ahnung. Es gab da eine Entwicklung, die ich nicht kontrollieren konnte. Und außerdem war es mit diesen grauenvollen Träumen Anfang November endgültig vorbei.

Auf einen Schlag.

Am ersten Tag, an dem ich nach dem Aufwachen nicht völlig neben der Kappe war, sondern vielmehr ausgeruht, konnte ich es gar nicht glauben. Aber nach einer Woche begriff ich, dass diese Träume nie wiederkehren würden. Ich war darüber unglaublich erleichtert, aber, warum weiß ich nicht, es lähmte mich auch und machte mir Angst. Ab diesem Moment fühlte ich mich ein wenig fern von allem, was um mich herum vor sich ging. Ich ging mit Féfé fischen, in der Freizeit traf ich mich abwechselnd mit verschiedenen Freunden, ich begann wieder ins Kino zu gehen und Musik zu hören. Der Winter wollte und wollte nicht kommen. In diesem Jahr war das Wetter in der Provence sehr mild. Auf den Feldern ringsum war es immer noch Herbst. Wir saßen beim Essen im Polohemd vor dem Haus.

Weihnachten naht.

Wir beschließen, das Fest gemeinsam zu feiern, Féfé und ich. Die Woche davor hatte mich der alte Korse ein wenig verschämt gefragt, ob er zu Weihnachten seine korsische Cousine herbringen könnte.

»Du verstehst schon, sie verbringt ein paar Tage in Marseille und kennt niemanden außer mir, da hab ich mir gesagt …«

»Ganz recht, du alter Freibeuter.«

So hatte ich ihn noch nie gesehen.

»Weißt du, glaub bloß nicht, ich hätte Tine vergessen, es ist nur einfach so, dass das Leben weitergeht, und du solltest es genauso machen. Außerdem wirst du schon sehen, Martine ist charmant, sie ist eine Intellektuelle!«

»Sie heißt Martine? Und hast du vor, sie zu heiraten?«

Féfé wird fuchsteufelswild.

»Jetzt schon! Du bist echt ein harter Knochen! Ich kenne sie ja kaum, und außerdem geht dich das gar nichts an!«

Wir beschließen, den Abend bei ihm zu verbringen.

Er sagt mir, er werde sich um die Vorspeisen kümmern, den Wein und den Nachtisch. Ich werde das Hauptgericht zubereiten.

»Was hältst du von gegrillten Langusten, und anschließend einen Lammbraten in Honig?«

Féfé leckt sich die Lippen.

»Abgemacht!«

Am Sonntag vor Weihnachten gehe ich wie jedes Jahr auf den Flohmarkt, um zu versuchen, etwas für meine Freunde zu finden.

Der große Flohmarkt liegt zwischen dem Stadtzentrum und l'Estaque. Er ist eine Mischung aus Trödelmarkt und Suk, hier findet man alles. An die zwanzig Metzger, zwei Fischhändler mit großer Auswahl, einen ganzen Haufen Bäcker, arabische Patisserien, Gemüsehändler und sogar einen Schlachthof, wo Hühner und Gänse nach strengen religiösen Vorschriften geschlachtet werden. Ganz zu schweigen von den Händlern, die Oliven und Getreide verkaufen. Fernseher, Waschmaschinen, alles! Auf diesem Markt findet man alles.

Für Martine, die ich ja noch nicht kenne, stöbere ich eine hübsche alte Brosche aus den Dreißigerjahren auf. Für Féfé kaufe ich eine schöne Holztruhe, die einmal einem Offizier der britischen Marine gehört hatte. Das Holz ist kostbar. Ich glaube, es ist Guayana-Teakholz, ein lilafarbenes Holz, das man in Südamerika findet.

Innen ist sie mit Satin ausgeschlagen. Ich werde arm dabei, aber was soll's … Ich muss auch Esther ein Geschenk machen und weiß schon, was ihr gefallen wird. Ein Farbfernseher. Den finde ich mithilfe von Hamid, einem Freund, der ein Geschäft mit Lederkleidung betreibt. Dieser Mann hat sein heimatliches Marokko schon in jungen Jahren verlassen, weil der König ihm Ärger machte. Er schickt mich zu einem seiner Freunde.

»Sag ihm, Hamid schickt dich …«

Der junge Mann hat eine große Auswahl, und ich werde fündig. Ich hatte nach einem kleinen Gerät gesucht, denn die Wohnung meiner Freundin ist winzig.

Mit Geschenken bepackt, gehe ich wieder nach Hause. Esther klopft an meine Tür. Sie bringt mir Émilien, denn auf den Flohmarkt kann ich ihn nicht mitnehmen.

»Ist er brav gewesen?«

Meine Nachbarin liebt diesen Hund. Sie hatte mal eine Katze, die vor ein paar Jahren gestorben ist, und sie hat sehr unter dem Verlust gelitten. Seitdem will sie sich nicht mehr an ein Tier binden.

»Das würde mich umbringen!«

Ich verstehe das, bei dem Leben, das sie gehabt hat, will sie nichts mehr verlieren, ist sie lieber allein. Sie beruhigt mich.

»Gus ist sehr brav gewesen … geradezu mustergültig! Ich habe schon auf dich gewartet, denn ich muss noch ein paar Einkäufe erledigen.«

Sie hat seinen Namen geändert. Émilien, das sei doch kein Hundename, aber Gus ihrer Meinung nach schon!

»Esther, sagen Sie mal, Sie fahren doch zu Ihrer Freundin nach Aix-en-Provence, wie jedes Jahr zu Weihnachten?«

Esther sieht mich von der Seite an. Plötzlich bekomme ich Zweifel. Meine Nachbarin bereitet gar nicht ihre berühmte Hasenterrine vor, wie sie es sonst immer tut, um sie ihrer Freundin mitzubringen.

»Nein, dieses Jahr nicht. Tja, so ist das, sie fährt nach Paris zu ihrer Tochter. Sie hat mir zwar angeboten mitzukommen, aber für mich ist das zu anstrengend ... Und das ist auch besser so, ich fühle mich so *escagassée,* so erschöpft.«

Ich weiß, das ist nicht der einzige Grund. Die alte Frau hat eine winzige Rente und muss jeden Groschen zweimal umdrehen. Sie wird Weihnachten allein verbringen.

»Esther, mir fehlt noch eine Begleiterin an Weihnachten, hätten Sie nicht Lust, das Fest mit meinem Partner Féfé und mir zu verbringen?«

Sie hat sehr wohl Lust, das sehe ich, aber sie ist schüchtern, und ich muss mein ganzes diplomatisches Geschick aufbringen, um sie zu überreden. Als ich ihr das Menü darlege, gibt sie sich geschlagen.

»Einverstanden, wenn ich die Vorspeise machen darf, mein Hasenpâté. Und du musst auf jeden Fall erst noch Monsieur Féfé fragen.«

Das ist kein großes Problem. Ich rufe Féfé an und frage ihn, ob ich auch eine Frau mitbringen darf.

Er wirkt überrascht, ist aber einverstanden. Esther ist begeistert von der Vorstellung, das Fest mit Féfé und mir zu verbringen. Für einen Dezember ist das Wetter außergewöhnlich schön, aber im Süden ist es um diese Zeit ja oft recht mild.

Ich arbeite weiter mit Féfé zusammen, der mit seinen Gedanken nicht so ganz bei uns ist.

Seit ich nicht mehr diesen beängstigenden Traum habe, träume ich überhaupt nicht mehr, oder zumindest erinnere ich mich nicht mehr daran. Mein Schlaf ist bleiern. Aber ich habe so ein merkwürdiges Gefühl – als hätte ich mich irgendwie schuldig gemacht.

Weihnachten steht vor der Tür. Am Nachmittag gehe ich mit Esther und Émilien zu Féfé. Der alte Mann hat ein wenig Ordnung in das sonst in seinem Haus herrschende Chaos gebracht. Man kann jetzt wieder durch die Fensterscheiben sehen, sie blitzen geradezu vor Sauberkeit. Die Teppiche haben wieder ihre ursprüngliche Farbe, von der ich nicht einmal etwas vermutet hatte. Das Kupfer ist blitzblank, kurz und gut, ich bin baff.

»He, sag mal, Féfé, es muss dich ja wirklich voll erwischt haben, dass du solche Aufräumaktionen veranstaltest.«

Mein Freund lächelt, als er die alte Dame sieht. Dann sagt er ironisch: »Eine Verlobte? Wusst ich's doch!«

Er begrüßt Esther, die von seiner starken Persönlichkeit ein wenig eingeschüchtert ist. Der Korse runzelt die Stirn, als ich die gewaltigen Pakete aus meinem Kofferraum hole und in seinem Salon abstelle.

»Das sieht ja aus, als hätte da jemand Geschenke gebracht! Gut, ich überlasse euch die Küche des Hauses und werde Martine am Landesteg abholen. Esther, passen Sie ein wenig auf ihn auf, ich vertraue ihm nicht so ganz, Ihnen dagegen schon ...«

Sie lächelt. Das ist rührend ... Féfé zieht los.

Ich setze mich mit meiner Nachbarin in die Küche und lege auf Féfés CD-Spieler *Aida* auf, um Esther eine Freude zu machen, denn sie liebt die italienische Oper, besonders Verdi.

Nachdem wir ihre Terrine aus der Form gelöst haben, macht sie noch ein Soufflé mit ein paar von den Trüffeln, die sie im Lubéron immer sammelt.

Ich nehme meine Lammschulter in Angriff, löse den Knochen aus und breite das Fleisch schön flach aus. Dann gieße ich Honig darüber, den ich mit ein wenig frischer Minze und Koriandergrün bestreue. Pinienkerne, Datteln, Ras el-Hanout, Pfeffer und Salz, und dann wickle ich die Schulter mit einer Schnur zusammen. Anschließend spicke ich das Fleisch mit Nelken und schiebe das Ganze in den Ofen. Bei der Arbeit muss ein Koch immer auch ein wenig Weißwein trinken. Da wir Weihnachten haben, mache ich eine Flasche gut gekühlten Champagner auf.

»Esther, ein Glas Champagner?«

»Aber das ist doch noch zu früh!«

Ich schaue auf die Uhr. Sieben Uhr. Es ist mittlerweile dunkel geworden, und wir haben es nicht bemerkt.

»Es ist Weihnachten, da dürfen wir das!«

In dem Augenblick, als ich die perlende Flüssigkeit ins Glas meiner charmanten Nachbarin gieße, trifft Féfé mit seiner Cousine ein. Ich bin beeindruckt. Die Frau ist so um die fünfzig, hat vollkommen weißes Haar und blaue Augen. Zart, elegant, das gerade Gegenteil von Tine, der überschäumenden Marseillerin.

Féfé sieht mich von unten herauf an, um auszuloten, welchen Eindruck sie auf mich macht. Ich zwinkere ihm unauffällig zu. Nicht schlecht! Féfé stellt uns einander feierlich vor. Ich drücke die kleine, recht zerbrechlich wirkende Hand von Martine.

»Ihr kommt genau zur rechten Zeit, wir wollten uns gerade einen Aperitif gönnen.«

Ich schenke allen ein. Und das Weihnachtsfest kann losgehen. Esther ist zu Beginn der Mahlzeit noch etwas gehemmt, eingeschüchtert von Féfé und Martine, die ganz offensichtlich sehr gebildet ist. Ich bin auch beeindruckt von der Verschworenheit zwischen Féfé und Martine. Dass mein Freund viel liest, das wusste ich, aber seine theoretischen Haltungen zur deutschen Philosophie, die kannte ich noch nicht.

Martine wiederum ist angenehm überrascht von der alten Dame, nachdem sie sie zum Reden gebracht hat.

Als Esther einmal eine Bewegung mit dem Handgelenk macht, bemerkt auch Martine die schändlichen Zahlen. Sie will schon eine Frage stellen, dann hält sie inne und sieht mich an. Ich zucke mit den Schultern und lächle ihr zu, dann lege ich diskret einen Finger auf meine Lippen. Féfé hat einen langsamen Walzer aufgelegt und die alte Dame zum Tanzen aufgefordert.

Martine fragt mich: »Dachau?«

»Ich weiß nicht, sie will nicht darüber reden, ich bin nie weiter in sie gedrungen.«

Sie schaut sich mein Gesicht ganz genau an ...

»Sie haben Féfé sehr gern, nicht wahr? Vielleicht wie einen Vater?«

Ich sehe ihr still in die Augen.

»Ich frage Sie das, weil ich weiß, dass Féfé und Sie in eine finstere Geschichte verwickelt waren, mit einer Frau, die Sie alle beide sehr mochten, Tine, glaube ich ...«

Ich lächle.

»Eine dunkle Geschichte, ja. Aber das ist Vergangenheit, und genau wie Esther möchte ich diese Vergangenheit nicht noch einmal durchleiden. Was tot ist, kann in unseren Herzen lebendig bleiben, aber die Gegenwart ist hier, und Féfé ist frei von allen Bindungen.«

»Sie nicht, laut Féfé.«

Es ist, als hätte ich einen Schlag in die Magengrube bekommen. Martine sieht, wie ein Schatten mein Gesicht einhüllt.

»Entschuldigen Sie, ich wusste nicht, wie empfindlich Sie in diesen Dingen sind.«

Ich nehme mich zusammen.

»Es ist nichts, das ist schon ganz weit weg. Es ist nur einfach so, dass ich nicht gedacht hätte, dass Féfé Ihnen das alles erzählt hat …«

»Ha! Féfé hat mir nicht alles erzählt. Er hat mir nur gesagt, dass Sie beide durch Tote verbunden sind. Und vor allem durch eine Frau namens Tine, die ersetze ich nämlich in Féfés Bett.«

»Habe ich Sie angegriffen?«

Sie denkt einen Augenblick nach, dann erwidert sie ehrlich: »Nein, aber ich hatte Angst, abgelehnt zu werden, wie damals von der Familie meines Exmannes.«

Ist es der Alkohol, Weihnachten oder die Sentimentalität, die mich überkommt? Ich weiß es nicht …

»Martine, Sie sind eine wundervolle Frau, und wenn ich nicht von einer Meerjungfrau gequält werden würde, von der ich besessen bin, dann würde ich Sie Féfé einfach wegschnappen.«

Die neue Freundin des alten Korsen lacht. Als dieser sieht, dass wir uns kabbeln, nähert er sich mit gespielter Besorgnis.

»Gut, und jetzt die dreizehn Nachtische: die Orange, die Walnüsse, die Mandeln, die Feigen, die kandierten Kirschen aus Apt, die *suce-miels,* die Datteln, die *croquants,* die *pompe à l'huile d'olive,* die Haselnüsse, den schwarzen und den weißen Nougat, die *navettes …*«

Der Abend wird lang, und gegen acht Uhr morgens zeigt Esther gewisse Anzeichen von Müdigkeit.

Féfé bietet ihr galant sein Bett an.

Martine fragt sanft, aber entschieden: »Esther, würde es Sie stören, wenn ich mich eine Stunde neben Ihnen ausruhe? Ich kann nicht mehr vor Müdigkeit ...«

Und dann fügt Esther noch ein wenig unmotiviert hinzu: »A l'an que ven, é se sian pas maï, siegen pas men ... Wenn wir im nächsten Jahr nicht mehr geworden sind, sind wir hoffentlich auch nicht weniger!« Dann setzt sie an Martine gerichtet noch hinzu: »Sicher, aber unter einer Bedingung: Dass die Männer nicht ins Zimmer kommen.«

Ich lächle verschwörerisch.

»Keine Sorge, Féfé und ich werden jetzt gehen, und wir kommen erst gegen Mittag wieder zurück. Wir werden uns draußen auf dem Meer die Sonne ansehen.«

Das hat schon Tradition bei uns, dass wir uns an Weihnachten den Sonnenaufgang ansehen. Und während die beiden Frauen sich schlafen legen, sind wir bereits auf und davon zu einem Abenteuer, von dem wir nicht mit heiler Haut zurückkehren werden.

Ich schnappe mir eine letzte Champagnerflasche, die ich in einen mit Eiswürfeln gefüllten Eimer stelle. Wir ziehen uns eine Caban-Jacke an, einen Pullover und einen Rolli, denn auf See ist es kalt.

Der Hund, der sich zusammengerollt hatte und schläft, macht kurz ein Auge auf. Er hat zu Weihnachten einen schönen Knochen bekommen, verziert mit einem seidenen Band, ein Geschenk von Féfé.

Er legte eine Pfote darüber, damit auch ja jeder weiß, wer der Besitzer ist.

»Kommst du, Hund?«

Émilien steckt ganz brav wieder seine Schnauze zwischen die Pfoten, um mir zu zeigen, dass er sich nicht von der Stelle rühren möchte.

Die Wintersonne streckt schüchtern ihre Nasenspitze heraus. Die *gabians* drehen laut krächzend ihre Kreise um uns. Das Meer ist schön, und ich habe Lust, baden zu gehen. In meiner Jugend sind wir an schönen Wintertagen wie heute mit einer ganzen Bande zur Plage des Prophètes gegangen. Die Glückspilze, die ein Fahrrad besaßen, kamen vor den anderen an, die gezwungen waren, den schmalen Weg zu nehmen, der an der Jungfrau de la Garde vorbeiführte. In meiner Kindheit ist dieser Weg meine einzige Verbindung zum Land gewesen.

Die Grundstücke rund um die kitschige Statue gehörten der Kirche, und die Pfarrer erlaubten uns, zwischen den Kiefern und duftenden Rosmarinsträuchern durchzugehen. Dann rannten wir hinunter zum Strand, zu der kleinen Plage des Prophètes. Dort stürzten wir uns, nachdem wir eine Partie Fußball gespielt oder Seeigel gesammelt hatten, ins eiskalte Dezemberwasser.

Das Boot gleitet stolz Richtung Chateau d'If, dem militärischen Architekturmonument aus dem 14. Jahrhundert. Dort werden einem allen Ernstes die Kerker von Edmond Dantès und Abbé Faria vorgeführt. Es heißt, man habe sie sogar Alexandre Dumas höchstpersönlich gezeigt. Es ist ein Symbol für Marseille, diese kontrastreiche, turbulente, anarchistische Stadt, in der Realität und Fiktion oft dicht beieinander liegen.

Wenn man sie von diesem Bauwerk aus und um diese Uhrzeit betrachtet, wird die phönizische, von Bergen eingerahmte Stadt zart von einem flach einfallenden Licht erhellt. Im Norden das Étoile-Massiv, im Osten die Nerthe, im Südosten das Massiv von Allauch, im Süden das Massiv der Calanques. Auf See, neben der kleinen Insel mit dem Chateau d'If, liegen hübsch aufgereiht die beiden anderen Inseln, Pomège und Ratoneau.

»Féfé, was hältst du davon, wenn wir eine Tour nach Corbières machen?«

Mein alter Freund sieht mich lächelnd an. Dort bin ich im Juni ein paar Tage mit Juliette gewesen, bevor alles aus dem Ruder lief.

»Gut, wir wollen unsere Erinnerungen wieder auffrischen. Aber dann machst du auch den Champagner auf. Sag mal, wie findest du Martine?«

Ich überlege einen Moment und suche nach den rechten Worten.

»Sie ist eine intelligente Frau, und gebildet. Sie hat viel Feingefühl und ist verliebt in dich. Sie ähnelt Tine in gar nichts, aber vielleicht ist das der Grund ...«

Ich spreche weiter, damit mir leichter ums Herz wird.

»Vielleicht ist das der Grund, warum ich sie nicht verstehe. Wie kommt es, dass sie verliebt in dich ist? Mysteriös. Übrigens, wenn wir schon mal dabei sind, vorhin habe ich ihr eine Liebeserklärung gemacht.«

Ich entkorke die Flasche und schenke die beiden Sektschalen voll, die ich aufs Eis gelegt hatte. Wir nähern uns der kleinen Bucht, und ich sehe, dass dort ein Boot vor Anker liegt.

»Sieh mal einer an, ein Tourist! Féfé, reich mir mal das Fernglas!«

Es stört mich, dass da Leute sind, ausgerechnet heute. Es ist ein schönes Boot aus den Sechzigerjahren, aus Holz, für Wettrennen geeignet. Es ist mit einem großen Motor ausgerüstet, wirkt elegant und ist zur Hälfte auf den Kiesstrand gezogen, der seinen zerbrechlichen Rumpf zerkratzt. Der Korse schnappt sich das Fernglas, betrachtet das Boot ganz genau und schreckt hoch.

»Mein Gott!«

»Was ist?«

Féfé sucht den Strand mithilfe seines Seefernglases ab. Er flucht. Er macht mir richtig Angst, der Hund …

»Féfé, was ist? Was hast du gesehen?«

Er wirkt schon nicht mehr ganz so aufgeregt.

»Nein, nichts, ich habe einen Moment lang geglaubt …«

Es nervt mich, dass er mir nicht antworten will. Dann schlägt er plötzlich vor: »Sag mal, Constantin, wollen wir uns nicht ein bisschen in der kleinen Felsbucht umschauen?«

Ich verstehe nicht, warum er so hartnäckig ist.

»Na gut, gehen wir, und schauen wir uns von nahem an, was in dieser Felsbucht ist, aber nicht, bevor du mir nicht gesagt hast, was du gesehen hast.«

Féfé ist in der Zwickmühle. Er lässt das Fernglas sinken.

»Hör zu, es klingt unwahrscheinlich, aber ich habe eine Frau gesehen …«

»Okay, also, du hast eine Frau gesehen.«

»Die ganz arg der Kleinen ähnelt! Juliette.«

Einen Moment sage ich gar nichts, dann schnappe ich mir sein Fernglas und gehe vorn in Position. Ich entdecke kein Lebenszeichen. Das Boot liegt zwar da, aber sonst wirkt alles verlassen. Ich sage zu Féfé: »Lass uns nachschauen!«

Er nimmt die Pinne des *Engatseur* und steuert die Felsbucht an. Der verlassene Strand macht einen seltsamen Eindruck auf mich. Ich weiß nicht, ob es an der durchwachten Nacht liegt oder an dem, was Féfé mir gesagt hat, aber der Ort kommt mir wie ein Traum vor. Unser Boot läuft sanft auf dem weißen Kiesstrand auf.

Unsere Ankunft bleibt folgenlos. Mit dem nachlässig vertäuten Boot wirkt das Ganze recht unheimlich. Vor uns erhebt sich ein großer Felsen, hinter dem sich jemand verstecken könnte. Ich steige aus. Meine Füße machen ein scharrendes Geräusch auf den Kieselsteinen.

Plötzlich wirft mir jemand, der offenbar hinter dem Felsen steht, einen Körper vor die Füße. Der Körper fällt wie ein schwerer Sack zu Boden. Dann steht die Frau – denn es ist eine Frau – auf und dreht uns ihr Gesicht zu. Ein Schrei entfährt meiner Brust.

»Juliette!«

Es ist Juliette – und gleichzeitig ist sie es nicht. Es ist eine magere, gealterte Juliette, zwei bittere Falten laufen von ihrem Mund, der ganz schmallippig geworden ist, nach unten. Sie sieht mich nicht an, sie dreht sich zu dem um, der sie zu Boden geworfen hat und der jetzt hinter dem Felsen hervorkommt. Es ist ein dicker blonder Mann mit schwarzer Sonnenbrille. Seine Korpulenz erinnert mich an etwas, gegen das ich mich sperre.

Er ruft mir zu: »Sieh an, sieh an, dieses Arschloch da kenn ich doch!«

»Morandi!«

Er ist es tatsächlich, zum Beweis nimmt er seine Sonnenbrille ab. Er hat sich die Haare blond färben lassen, hat stark abgenommen und trägt goldfarbene Kontaktlinsen, sodass seine Augen etwas seltsam wirken. Wie ist er nur dem flammenden Inferno seines Autos entkommen?

Da fällt mir ein, dass seine Leiche nie gefunden wurde. Die Polizisten waren davon ausgegangen, dass die Strömung sie ins offene Meer hinausgetrieben hatte.

Pustekuchen! Morandi ist hier, ziemlich lebendig, schaut mich an und hält einen Revolver von beeindruckender Größe auf mich gerichtet. Er schenkt mir ein breites Lächeln und verbeugt sich leicht.

»Jawohl, ich bin's! Morandi, der Fantastische. Wir sind

gekommen, um nachzuschauen, ob das Mädel nicht an diesem scheußlichen Ort, an den sie sich damals mit dir geflüchtet hat, nicht etwas versteckt hat, das wir so schrecklich gerne haben möchten.«

Juliette blickt hinter den Felsen. Man hört Schritte, dann taucht Ponpeia auf, der Noir Marron. Groß und kräftig steht er da und wirft Morandi einen verächtlichen Blick zu. Sein Erscheinen überrascht mich kaum. Ich rufe Juliette.

»Juliette! Geht es dir gut? Haben sie dir wehgetan?«

Aber sie antwortet nicht. Sie sieht Morandi an wie ein Hund, der sein Herrchen anfleht. Was mich am meisten bestürzt, ist nicht ihre Magerkeit oder dass sie trotz der Kälte nichts weiter anhat als ein kurzes Sommerkleidchen, nein! Es ist ihr erloschener Blick, als sei sie tot. Kein Strahlen mehr, kein Funkeln. Ich gehe zu ihr und lege ihr meine Caban-Jacke über die Schulter. Sie bemerkt meine Geste gar nicht, ist völlig apathisch.

Morandi sagt in einem ironischen, bösen Ton zu mir: »Wie rührend! Sie wird mir fehlen, die kleine Schlampe!«

Dann wandert mein Blick nach unten, und ich sehe die Spuren auf ihren Armen. Ich balle die Hände zu Fäusten.

»Was habt ihr mit ihr gemacht?«

Morandi bricht in Gelächter aus und fuchtelt mit der auf mich gerichteten Waffe herum. Sein dicker Bauch wird durchgeschüttelt. Der große Schwarze mit der dämonischen Ausstrahlung beobachtet mit verächtlicher Miene die Szene.

»Ich musste ein bisschen nachhelfen, damit sie tut, was ich von ihr erwarte. Es ist ihre Schuld, sie hatte etwas, das uns gehört ... Und sie hat ziemlich was eingebracht beim Lutschen von Schwarzen und Kameltreibern. Eine echte Goldmine, jeder wollte sie haben. Ich hatte sie in einer Baubude in Toulon untergebracht.«

Das ist schrecklich … Ich hatte schon von diesen ambulanten Bordellen gehört, in denen es ganz schön heftig zur Sache geht. Féfé hatte mir davon erzählt, nachdem er eine Verwandte von ihm den Händen dieses Verrückten entrissen hatte. Mich schaudert's vor Ekel und vor Wut.

Aber die Knarre ist auf mich gerichtet. Ich werfe Féfé einen kurzen Blick zu. Der alte Korse scheint gar nicht mitzubekommen, was für ein Drama sich hier abspielt.

Er ist damit beschäftigt, in aller Seelenruhe sämtliche Angelhaken von der Legeangel abzusammeln, die sich immer noch im *Engatseur* befindet. Aber ich habe keine Zeit, mich zu fragen, was er da macht, denn Morandi geht mit irrem Blick auf die junge Frau zu.

Er packt sie heftig bei den Haaren, um sie zu zwingen, vor ihm auf die Knie zu gehen. Er drückt ihr den Lauf seiner Waffe in den Nacken. Sie lässt es widerstandslos mit sich geschehen. Dann wendet sich Morandi an mich: »Gut, du Arschloch, genug gescherzt jetzt. Sie war eine gute Einnahmequelle, aber was getan werden muss, muss getan werden. Entweder du sagst mir sofort, was ich wissen möchte, oder ich zerschmettere den Kopf dieser Schlampe, und anschließend kümmere ich mich um dich. Schnell.«

Er wird es tun, ich spüre das. Ich muss ein bisschen Zeit gewinnen, um nachzudenken. Ich hab da eine Idee, sie ist zum Greifen nah. Um Zeit zu schinden, frage ich ihn: »Hat Juliette Ihnen nichts gesagt?«

Morandi sieht mich genüsslich an. Gleich wird er mir wehtun …

»Ich hab's dir noch nicht gesagt, du Blödmann, deine Braut, die hat ein kleines Problem … Ich weiß nicht, ob sie zu viel die Nutte gemacht hat oder ob es die Schläge sind, die sie von mir bezogen hat, oder sogar das Dope, aber sie ist nicht mehr bei uns. Sie redet nicht mehr. Sie hat ihre Stimme verloren. Und dabei hatte sie doch so ein hübsches Stimmchen, wenn sie mich anflehte.«

Morandi macht Juliettes Stimme nach.

»Monsieur Morandi, o nein, ich bitte Sie, das nicht …«

Es ist grotesk und lächerlich, aber sein zerstörerischer Wahn jagt mir trotzdem einen Schauder über den Rücken. Der schwarze Mann macht eine Handbewegung, eine einzige, um ihm zu bedeuten, dass sie schon genug Zeit verloren hätten. Man merkt, dass er hier die Entscheidungen trifft. Morandi dreht Juliette auf eine ganz fiese Art die Haare um, sodass sie aufstöhnt.

»Also, dalli! Nein? Na, dann halt nicht …«

Ich sehe, wie sich der Finger am Abzug krümmt. Ich habe eine Idee, wie ich weiter Zeit gewinnen könnte.

»Warten Sie! Ich weiß, wo sich das befindet, was Sie suchen …«

Der Lauf der Waffe wandert von Juliettes Nacken zu mir. Meine Reaktion war ganz instinktiv. Ich weiß, dass da etwas ist. Meine Träume! Sie haben alle etwas gemeinsam …

»Wo? Erzähl jetzt bloß keinen Unsinn. Wo ist es?«

»Lassen Sie es mich Ihnen zeigen. Féfé, gib mir die Schere und den Rasierapparat.«

Ich spüre, wie die Augen der drei Männer auf mir ruhen. Nur die junge Frau ist unbeteiligt.

Féfé gibt mir, worum ich ihn gebeten habe. Beim Vorübergehen drückt er mir leicht den Arm. Juliette kniet immer noch. Ich gehe zu ihr und lege eine Hand auf ihren Kopf. Obwohl sie so mager ist und alles Leben aus ihr gewichen zu sein scheint, ist sie immer noch sehr schön.

Die Haare haben ihren bläulich schwarzen Schimmer

verloren. Sie sind kraftlos und stumpf. Ich mache mich an die Arbeit und bete, dass ich mich nicht geirrt habe.

Dunkle Büschel fallen auf die Kiesel. Sie rührt sich nicht. Man könnte meinen, sie sei ein Zombie. Als ich mit der Rasierklinge weitermache, stecke ich die Schere in die Tasche, man weiß ja nie ... Ich verletze ein wenig den Schädel der jungen Frau, sie zuckt nicht einmal zusammen. Unter der Rasierklinge kommt allmählich eine blaue Linie zum Vorschein, die auf den Kopf tätowiert ist. Ich hatte recht ... Juliettes Vater hat den Fundort der Goldader auf ihren Kopf tätowiert, als sie noch ein Kind war. Hätte es ein besseres Versteck geben können? Er hat wahrscheinlich einen Galibi angeheuert, die sind bekannt dafür, dass sie für diese Arbeit über das nötige Fingerspitzengefühl verfügen. Ich rasiere weiter ihren Kopf. Sie lässt es mit sich geschehen wie ein Lamm. Dass sie so gar nicht reagiert, bricht mir schier das Herz. Er hat dieses Meisterwerk von einem Künstler ausführen lassen. Man kann alles erkennen: die Biegungen des Flusses, die Bäume, die Namen der Nebenflüsse, und sogar die Darstellung eines Bootes, das an einen toten Baum gebunden ist. Ich kratze die letzten Haare von Juliettes Kopfhaut. Ihr Vater hat ein Kreuz auf ihre Haut tätowieren lassen, um den Schatz zu markieren. Es ist ganz eindeutig ...

Als ich damals mit ihr baden war, habe ich undeutlich einen blauen Strich wahrgenommen, hatte es aber nicht verstanden, trotz all der Botschaften meines Unbewussten, das mir bedeutungsschwangere Träume schickte.

Ich seufze und bin darauf gefasst, jeden Augenblick eine Kugel in den Leib gejagt zu bekommen.

Morandi, dessen Augen vor lauter Gier nur so funkeln, lacht schallend auf.

»Gut gemacht, du Idiot! Und jetzt einen schönen Aufenthalt in der Hölle, du verstehst, dass ich dich nicht mehr recht gebrauchen kann ...«

Er hebt den Arm und zielt auf meinen Kopf.

»Constantin! Leg dich hin!«

Ich lasse mich auf Juliette fallen und drücke sie zu Boden.

Ich sehe, wie das Auslegenetz mit all den Angelhaken über die Köpfe und die Schultern der beiden Ganoven geworfen wird. Féfé hat ihnen soeben mit dem Fischkorb eine neue Frisur verpasst. Jetzt zieht er mit einem kräftigen Ruck am Netz und die Angelhaken werden ihnen roh ins Fleisch getrieben. Morandi verliert das Gleichgewicht und reißt den Schwarzen mit, der wie ein Pfeil nach oben schießt. Die Angelschnüre hindern sie daran, sich zu befreien. Féfé schaltet den Motor ein, der fröhlich schnurrt. Er legt den Rückwärtsgang ein, und unser Boot macht einen Satz. Morandi brüllt. Die Angelhaken bohren sich ihm in den Rücken, die Arme, den Bauch. Der ehemalige Bulle lässt seine Knarre los.

Obwohl er starke Schmerzen hat, greift der große Schwarze in aller Ruhe nach dem Felsen, klammert sich daran fest. Das Boot, das an Fahrt gewonnen hat, wird jäh gestoppt. Ich sehe, wie die Adern am Hals des Schwarzen hervortreten, aber er lässt nicht los. Die Angelhaken geben nicht nach, einer zerfetzt sein Fleisch. Aus der Wunde spritzt Blut.

Da ertönt ein heiserer, unmenschlicher, langer, verzweifelter Schrei. Es ist Juliette, ihre Augen blicken irr, sie steht auf und hält einen großen Felsbrocken in ihren geschundenen Händen. Sie brüllt und stürzt sich auf die beiden Monster. Sie lässt den Stein niedersausen und zerschmettert die Hand des Schwarzen, der immer noch nicht loslässt. Ein Finger platzt, dann ein zweiter, der Schwarze sieht ohnmächtig zu, wie seine Hand am Fels abgleitet. Da beginnt er zu brüllen wie Juliette. Es ist kein Angstgebrüll wie bei Morandi, nein. Ein Kampfgebrüll. Juliette verstummt.

Die beiden Männer werden von Dutzenden von Angelhaken mitgerissen, die in ihren Körpern stecken. Der Schwarze versucht mit seiner gesunden Hand große Kieselsteine zu packen und schreit weiter wie ein Wilder. Eine lange Blutspur begleitet ihre verzweifelte Rutschpartie bis zum Meer.

Das Boot zieht sie hinein. In dem Moment, da sie das Wasser berühren, bekommt Morandi eine Art hysterischen Anfall und klammert sich an Ponpeia fest.

Diesmal gerät der Schwarze aus dem Gleichgewicht und fällt auf ihn. Ein letztes Mal sieht man sie noch am Strand zappeln. Dann sind sie unter Wasser, und eine große Stille breitet sich in der Felsbucht aus, unterstrichen vom gleichmäßigen Geräusch des Motors und dem vereinzelten Kreischen der Möwen, die von dem Blut und den Todesschreien angelockt wurden. Plötzlich, wie ein Raubtier, schießt der Schwarze bis zur Körpermitte aus dem Wasser und stößt noch einmal seinen wilden Schrei aus. Dann verschwindet er im Meer, das für ihre sterblichen Überreste auf ewig Leichentuch und Grabstein sein wird. *L'Engatseur* fährt unter großem Kraftaufwand weiter und zieht seine düstere Fracht hinter sich her.

Féfé steht an der Ruderpinne und sieht uns wortlos an. Nach einer Weile ruft er mir zu: »Ich werde die beiden Mistkerle draußen auf hoher See abwerfen, dann komm ich wieder.«

Das Boot verschwindet langsam auf der linken Seite der Felsbucht. Jetzt sind Juliette und ich allein.

Selbst ohne ihre Haare, mager, den Blick ins Nirgendwo gerichtet, ist sie immer noch schön, meine Meerjungfrau. Ich schaue sie an und stelle fest, dass sie gar nicht da ist. Letztlich bin ich alleine hier. Juliette ist anderswo, in ihren Albträumen, im Drogenrausch, in einer Welt, von der ich ausgeschlossen bin.

Ich schwöre vor dem Meer, der Sonne und den weißen Felsen, dass ich alles tun werde, um sie da wieder herauszuholen.

30. Januar
Ich habe beschlossen, einmal im Monat Bilanz zu ziehen, um zu sehen, ob wir weiterkommen, Juliette und ich. Der Januar ist vorbei. Nach dem Tod der beiden Monster sind wir in dieser Bucht geblieben. Juliette ist ein Junkie. Sie ist heroinsüchtig, und nur ich kann ihr erfolgreich beim Entzug helfen. Féfé ist noch am selben Tag losgezogen, um das Nötige zusammenzutragen, sodass wir eine Weile in dem Bunker leben können. Er ist mit Robert zurückgekommen, der Juliette untersucht hat. Er war einigermaßen optimistisch. Sie könnte es schaffen. Ihr Organismus hatte trotz der Umstände nicht allzu großen Schaden genommen.

Robert hat mir Medikamente gegeben, eine ganze Batterie Schlafmittel und andere Drogen, die ich in einer abschließbaren eisernen Truhe verwahre. Juliette hat schon einmal versucht, mir die Schlüssel zu klauen, ein anderes Mal, das Schloss zu knacken, erfolglos. In der ersten Nacht war sie zugedopt bis zum Anschlag. Aber ab dem nächsten Morgen war es die Hölle, und das ist seither auch so geblieben. Juliette leidet sehr unter dem Entzug, und ich musste sie schon mehrmals festbinden. Sie isst auch nichts. Wenn Robert einmal die Woche kommt, gibt er ihr Spritzen. Ansonsten kann ich mir noch so sehr Mühe geben, schöne Mahlzeiten zu kochen, sie mäkelt an allem rum, aber sie magert nicht noch weiter ab, das ist schon was. Sie hat mich noch nicht angeschaut, und Émilien auch nicht, obwohl er ihr die Hände geleckt hat. Sie ist abwesend. Ich gehe stundenlang mit Féfé zum Fischen, und wenn ich zurückkomme, hat sie sich nicht von der Stelle gerührt. Eines Tages habe ich sie am Meeresufer sitzen lassen, und dann hat es angefangen zu regnen. In der Provence sind die Regenschauer kurz, aber sehr heftig. Als ich zurückkam, saß sie da, immer noch in derselben Haltung, völlig durchnässt. Bis heute kann ich nicht behaupten, ich hätte an ihrem Verhalten eine Veränderung festgestellt, seit ich sie der Gewalt Morandis entrissen habe.

Aber ich werde durchhalten, ich vertraue auf meine Kraft.

24. Februar

Ich weiche von der Regel ab, die ich mir selbst gesetzt habe, nur am Ende des Monats zu schreiben. Es hat sich etwas Wichtiges ereignet, und ich habe Angst, die Einzelheiten wieder zu vergessen, wenn ich sie nicht sofort aufschreibe. Heute Nacht hat Juliette versucht sich umzubringen. Eigentlich werden ihre Krisen immer seltener. Dafür sind sie heftiger. Es gibt Nächte, in denen sich Juliette selbst unter Schlafmitteln hin und her wirft, stöhnt, schwitzt und leidet. Gestern Abend hat sie ein bisschen Wein getrunken. Ich habe es daran gemerkt, dass ihr Glas leer war. Das ist das erste Mal, dass sie Wein trinkt. Ich schenke ihr jeden Tag davon ein. Einen Augenblick dachte ich, ich hätte vergessen, das Glas wieder zu füllen, aber nein, es war noch ein kleiner Rest drin. Das gefällt mir sehr. Sie legt sich sofort schlafen und macht schon bald die Augen zu. Ich lese ein paar Seiten im Schein der Öllampe, dann schlafe ich ein. Es ist der Hund, der mich weckt. Er zieht mich am Arm und kläfft. Ich zünde die Lampe an und sehe sofort, dass Juliette nicht mehr da ist. Ich rufe nach ihr, aber sie spricht ja nicht mehr … Ich fasse den Hund an, merke, dass er nass ist, und begreife sofort. Ich gehe mit meiner Taschenlampe nach draußen, es ist Neumond. Der Hund läuft mir bellend voraus und führt mich zu Juliette. Sie liegt im Wasser, mit dem Kopf auf den Kieselsteinen und dem Körper im Meer. Sie lebt. Sie hat so gut wie überall Blutergüsse. Ich lade sie mir auf den Rücken und bringe sie nach oben, dort ziehe ich sie aus und reibe ihren mageren Bauch und Oberkörper mit Ouzo ab. Ihr zu schnell gewachsener mädchenhafter Körper rührt mich. Ich versuche zu rekonstruieren, was sie gemacht hat. Sie hat so getan, als schliefe sie, damit ich in meiner Wachsamkeit nachlasse, dann ist sie hinausgegangen und hat sich vom Felsen gestürzt. Zum Glück ist sie ins Meer gefallen. Émilien ist ihr gefolgt und hat sie an Land gezogen. Das erklärt die Zahnspuren an ihren Armen. Und als sie mit dem Kopf aus dem Wasser war, hat der Hund mich geholt. Ich liebe diesen außergewöhnlichen Hund. Aber heute Abend habe ich den Mut verloren. Ich glaube, ich werde es nicht schaffen, und wahrscheinlich täte ich besser daran, es kompetenteren Leuten zu überlassen, sich um sie zu kümmern. Falls im nächsten Monat …

1. März
Ich schreibe nur kurz, um den Bericht über Juliettes Selbstmordversuch abzuschließen. Am Tag nach dem dramatischen Ereignis habe ich Féfé getroffen.

»Wenn es bis nächsten Monat nicht irgendeinen noch so kleinen Fortschritt gibt, was weiß ich, irgendetwas, dann gebe ich auf und bringe Juliette in eine Klinik«, sagte ich zu ihm.

Féfé hat mich angefahren: »Sei ein Mann, Constantin! Du hast dich einer harten Herausforderung gestellt, hier geht es auch um dein Leben, mein Kleiner. Nur Mut!«

Als ob das leicht wäre, ein Mann zu sein, unter diesen Umständen. Wenn sie wenigstens sprechen würde ... ich spreche schon mit ihr.

30. Juni
Im März, April und Mai habe ich nichts aufgeschrieben, weil es eigentlich nichts Besonderes gab. Aber vor kurzem ist endlich etwas Erfreuliches geschehen. Wir haben miteinander kommuniziert. Ich hatte einen schlimmen Anfall von Malaria, ein Souvenir aus Afrika. Bei so einem Anfall habe ich immer so hohes Fieber, dass ich ein paar Tage lang außer Gefecht gesetzt bin und fantasiere. Beim ersten Mal dachte ich, ich müsse sterben. Jetzt spüre ich diese Anfälle schon mehrere Stunden im Voraus. Diesmal hat es mich erwischt, bevor ich Vorsorge treffen konnte. Wir kommen gerade vom Strand zurück, Émilien vorneweg, dahinter Juliette, und ich bilde die Nachhut. Plötzlich schaudert mich. Wird wohl eine Erkältung sein ... Ich gebe Émilien zu fressen und koche für Juliette, eine dieser berühmten Mahlzeiten, die sie nicht isst. Dann bekomme ich Bauchweh. Ich habe kein Chinin hier, lege mich ins Bett, und schon geht es los ... Bauchschmerzen, Fieber, Zähneklappern, mir ist kalt! Ich verliere das Bewusstsein. Als ich am Morgen wieder aufwache, ist das Zimmer von der Morgensonne durchflutet. Auf mir, auf meinem Bauch, liegt ein Gewicht. Es ist Juliette. Sie schläft friedlich. Ihre Haare wachsen schnell wieder nach. Jetzt könnte man sie fast für einen Jungen halten. Sie hat einen Arm um meinen Hals gelegt, als wolle sie mich vor dem Herunterfallen bewahren. Ihr Kopf ruht auf meiner Schulter. Ihr Becken reibt sich sanft an meinem Schwanz, und ich bekomme eine Erektion. Plötzlich wacht sie auf und spürt meine Männlichkeit. Sie springt wie eine Furie aus dem Bett und kauert sich wei-

nend auf den Boden. Sie weint wie ein kleines Mädchen, mit großen Schluchzern und viel Geschniefe. Ich versuche aufzustehen, um sie zu trösten, aber sie macht eine abwehrende Geste, wie ein verängstigtes Tier, und ich dränge sie nicht weiter. Ich weiß nicht, ob es ihr, nach all dem, was sie erlebt hat, wieder gelingen wird, normale Beziehungen zu haben. Wird sie vergessen können? Anfangs ist es mein Ziel gewesen, dass sie von den Drogen loskommt. Wir haben zwar noch nicht gewonnen, aber es ist schon besser; was den Rest angeht, wird man sehen ...

10. September
Ich schreibe schon seit einer Weile nicht mehr in dieses Tagebuch, weil ich nicht mehr das Bedürfnis danach habe. Juliette hat in ihrem Versuch, von der Droge loszukommen, gewaltige Fortschritte gemacht. Die Wunden an ihren Armen, diese schändlichen Zeichen ihrer Abhängigkeit von der Nadel, sind verheilt, und die Wunden der Seele werden es vielleicht auch bald sein. Eines Tages habe ich Juliette dabei erwischt, wie sie dieses Heft hier gelesen hat. Ich habe nichts dazu gesagt, denn ich habe nichts zu verbergen. Sie hat wieder Appetit und trinkt ihr Glas Wein, ohne sich zu verstecken. Ihr Busen und ihr Po sind fast wieder wie früher, das kann ich sehen, wenn wir baden gehen. Sie weiß, dass ich sie anschaue. Vor allem sind ihre Augen wieder so klar und leuchtend, dass es mir Hoffnung macht. Dieser dunkle Schleier, der ihren Blick getrübt hat, ist verschwunden ... Eines Nachts wurde ich von ihr geweckt. Als hätten wir uns erst am Vortag verlassen, schlüpft sie auf mein schmales Lager.

Ich schiebe sie sanft von mir, um ihr Gesicht zu sehen. Sie macht sich schwer. Ich habe einen Kloß im Hals und sage: »Juliette?«

Mit einer rauen, brüchigen Stimme antwortet sie mir zögernd: »Ich … will …«

Da steigen mir jäh die Tränen in die Augen und ein gewaltiges Gewicht fällt von mir ab. Aber dann fängt sie an zu weinen … Ich kann es gar nicht fassen, dass sie etwas gesagt hat. Ich möchte in dieser Nacht nicht mit ihr schlafen. Die Dinge sind kompliziert, und ich weiß nicht, ob wir alles lösen können. Aber heute bin ich optimistisch. Ich werde nicht mehr in dieses Tagebuch schreiben, vielleicht verschwinden dann all die Gespenster, die in der Erinnerung eines jeden von uns herumspuken. Wir können nicht erwarten, wieder bei null anzufangen, das wäre schwierig, aber mit der Hilfe meiner ewigen Verbündeten, dem Meer und der Sonne, werden wir es schaffen.

GLOSSAR

Balettis: kleiner volkstümlicher Tanzball, der in den örtlichen Tanzlokalen, den Guinguettes, veranstaltet wird.
Banaste: Weidenkorb mit Deckel und Tragriemen.
Bette: Flaches Holzboot.
Blagaïre: Witzbold, Spaßvogel.
Boumian: Provenzalisch für Zigeuner.
Brosse du Rôve: ein köstlicher Schafskäse, den die Frauen aus Rôve früher in allen Marseiller Vierteln verkauften, indem sie durch die Straßen zogen und die Kunden riefen.
Cacou: das Wort stammt von dem provenzalischen Wort càcoua, der Jüngste, der Kleinste, und bedeutet Aufschneider, Großmaul, Rowdy.
Cagole: abgeleitet von den *cagoules,* ursprünglich die Schürzen, die die Frauen in den Dattelfabriken trugen; Bezeichnung für eine vulgäre Frau.
Capian: Holzskulptur, die einen männlichen Phallus darstellt, am Bug der Marseiller Pointus angebracht.
Caramantran: Karnevalspuppe, die man am Aschermittwoch am Strand verbrennt.
Caraque: vom Provenzalischen *caràco,* Zigeuner.
Chichi-Fregi: eine Art Krapfen, gewürzt mit Orangenblütenwasser, eine Spezialität des Estaque. Ein Chichi ist im Provenzalischen ein kleiner Vogel. Steht für das männliche Geschlechtsteil.
Conception: das große Stadtkrankenhaus von Marseille.

Croquants: Weichnachtsgebäck mit ganzen Mandeln.
*Djukas (*frz. *Ndjukas):* eine Volksgruppe der Noirs Marrons.
Engambi: Ärger, Kuddelmuddel, Durcheinander.
Escagassé: provenzalischen Ursprungs: müde, erschöpft.
Estrambord: Bedeutet im Allgemeinen einen Freudenrausch, ursprünglich ein Begriff für die ansteckende Begeisterung der Menge bei einem Stierkampf. Hier eher in der Bedeutung von Spaß, Gaudi.
Fada: einfältig, naiv.
Fan de chiourle: ein Ausruf, *fan* ist die Diminutivform von Kind.
Félibre: aus dem Provenzalischen, von Mistral als Doktor des Rechts übersetzt, eigentlich Dichter, Philosoph, Schriftsteller, steht letztlich für jede Person, die durch ihre Werke oder ihren Erfolg zum Ruhm der provenzalischen Sprache beiträgt, also im erweiterten Sinne auch für Journalisten, Bildhauer, Maler und Musiker.
Fieu-Pélan: große Krabbe, die man nur in der Nacht fangen kann, gibt es bei den Fischhändlern nicht zu kaufen.
Fine Lance Estaquéenne: Marseiller Sportclub, der als einer der letzten noch Turniere im Lanzenstechen veranstaltet. Die mit Lanzen bewaffneten Kämpfer müssen vom Boot aus den Gegner ins Wasser stoßen.
Furer; fureur: Flirten, anbaggern; Casanova.
Gabian: Möwe.
Garlaban: Ein Berg bei Aubagne und ein weißer Alkohol.
Garrì: prov. Wort für Ratte, seltsamerweise ein Kosename.
Girelle, girelle royale: Meerpfau, ein bunter, sehr köstlicher Speisefisch, wird gerne als Bezeichnung für junge Frauen verwendet.
Jobi, jobastre: Verrückter, Spinner.

Karmo-tek: der Stein, der Zauberkräfte verleiht, Gedicht aus einer indianischen Erzählung.
Kémia: Kleine Gerichte, die man üblicherweise als Vorspeise serviert, stammen ursprünglich aus dem Mittelmeerraum.
Labé: Marseiller Wind aus Südwest.
Longuetonne: ein Werkzeug aus Guayana, das zum Umgraben der Erde dient.
Mana: Fluss in Guayana.
Martiale: Marseille.
Massa-Gadou: schwarze Gottheit der Noirs Marrons Djuka.
Navettes: typisches Marseiller Gebäck in Form von Schiffchen.
Neki: der Hals, in diesem Fall eine Besonderheit der Holzschnitzkunst der Noirs Marrons.
Niston: prov. nistoun, Bezeichnung für Kinder, weibl. Form: *nistonne*, etwa mein Kleiner, meine Kleine.
Noirs Marrons: Sammelbezeichnung für die Ethnien, die sich in den Wäldern des Amazonasbeckens aus entflohenen afrikanischen Sklaven gebildet haben.
Nòvi: Verlobte oder frisch Verheiratete, zärtliche Bezeichnung für ein altes Pärchen.
Pali kitingi (oder Tiingi): Aus der Sprache der Noirs Marrons, der Pali ist das Ruder, und Kitingi die Furche.
Panisses: Kichererbsenkrapfen.
Passé-tout: eine Art Rechen.
Pastagua: Pastis.
Patì, pâti: prov., hier in der Bedeutung von Saustall, Ort, an dem der Müll gesammelt wird.
Pescadou: prov. Fischer, Seemann.
Petits Farcis de Provence: Gemüse mit Hackfleischfüllung auf provenzalische Art.

Pieds paquets: typisches Marseiller Gericht aus Hammelfüßen und Hammelkutteln.
Pistou: Basilikumsauce.
Pitchoun: Kleiner.
Pite-mouffe: kleine Fische, die sich von den Mikroorganismen an den Bootsrümpfen ernähren; im übertragenen Sinn Leute, die von kleinen Gelegenheitsarbeiten leben.
Pompe à l'huile d'olive: die »Ölpumpe«, ein Gebäck aus Brotteig, Olivenöl, Rohrzucker und Orangenblütenöl.
Que tchi: Nichts und niemand.
Roustambofis: Hoden.
Santenne: Kämmerchen auf dem Boot, in dem Netze und Seile lagern.
Suce-miel: Bonbonspezialität aus Allauch.
Tafanàri: prov. Po oder Hintern. Die Porte d'Aix ist ein Triumphbogen, der unter Napoléon III. auf dem großen Marseiller Platz errichtet wurde.
Targaïre: Kämpfer beim Lanzenstechen auf See.
Tchatcheuse: Plappermaul, kommt vom Prov. Cha-cha, dem Gesang der Zikade, ein Ausdruck für unaufhörliches Geschwätz.
Tè: Ausruf des Erstaunens, abgel. von dem prov. Téni (tenir), etwa: da schau her.
Témouine: prov. die Zeugin.
Tron de l'air: prov. Bezeichnung für eine sehr energische, aktive Frau.
Tronche d'àpi: Marseiller Gaunersprache, wörtl. »Selleriebirne« – àpi ist ein provenzalisches Wort für Sellerie.
Zé: Koseform von Joseph.
Zou maï: Los!

blanvalet

Louise Penny bei Blanvalet

In jedem Paradies gibt es Schlangen …

36836

Lesen Sie mehr unter:
www.blanvalet.de